BLINDER ZORN UND BLAUE ZIPFEL

Birgit Ringlein absolvierte sowohl eine Ausbildung zur Rechtsanwaltsfachangestellten als auch zur Fremdsprachenkorrespondentin und arbeitete mehrere Jahre in Nordafrika als Geschäftsführerin. Im Jahr 2000 kehrte sie nach Bayreuth zurück und ist seitdem als Autorin tätig. Neben ihren Genusskrimis hat sie zahlreiche regionale Kochbücher veröffentlicht.

BIRGIT RINGLEIN

BLINDER ZORN UND BLAUE ZIPFEL

Ein fränkischer Genusskrimi

emons:

Bibliografische Information der Deutschen Nationalbibliothek
Die Deutsche Nationalbibliothek verzeichnet diese Publikation in der Deutschen Nationalbibliografie; detaillierte bibliografische Daten sind im Internet über http://dnb.d-nb.de abrufbar.

FSC www.fsc.org
MIX
Papier aus verantwortungsvollen Quellen
FSC® C083411

Umschlagmotiv: Joana Kruse/Arcangel.com
Umschlaggestaltung: Nina Schäfer, nach einem Konzept von Leonardo Magrelli und Nina Schäfer
Umsetzung: Tobias Doetsch
Gestaltung Innenteil: DÜDE Satz und Grafik, Odenthal
Lektorat: Susanne Bartel
Druck und Bindung: CPI – Clausen & Bosse, Leck
Printed in Germany 2021
ISBN 978-3-7408-1198-3
Ein fränkischer Genusskrimi
Originalausgabe

Dieser Roman wurde vermittelt durch die Literaturagentur Lesen & Hören, Berlin.

Für meine Freundinnen
Carmen und Susan,
die das Entstehen des Buchs geduldig, beratend
und mit großem Engagement begleitet haben

Aus-der-Haut-Fahren ist Risikosport für die Seele.

Professor Dr. Hans-Jürgen Quadbeck-Seeger,
deutscher Chemiker

Wenn jemand außer sich gerät, bekommt man einen ungewohnten Einblick in sein Inneres.

Ernst Ferstl,
österreichischer Lehrer und Autor

1

»Ruhe!«

Mit der rechten Hand taste ich auf dem Nachttisch nach dem Funkwecker, der mir um sieben Uhr in der Früh dermaßen ins Ohr plärrt, dass mein Trommelfell vibriert. Wie ich ihn find, hau ich mit der Faust drauf, und beleidigt hält er die Goschn. Recht so. Todmüd reib ich mir die Augen. Draußen is es noch stockfinster, aber so is es halt Anfang Dezember in aller Herrgottsfrüh.

Ich richt mich auf, reiß den Vorhang zur Seite und glotz missmutig aus dem Fenster. Es hat geschneit, ned viel, aber so fünf Zentimeter werden scho zsammkommen. Außerdem heult der Wind, dass es sich anhört, wie wenn alle bösen Geister der Wilden Jagd um mein Pförtnerhäusla fegen. Bei so einem Wetter fehlt mir jegliche Lust, mich aus dem Bett zu quälen, um im »Eppelein« drüben des Frühstück fürs Personal und die Grafenfamilie herzurichten. Aber es hilft halt alles nix. Heut hab ich nämlich Frühdienst.

Ach so, Sie kennen mich wahrscheinlich noch gar ned. Also, ich bin die Dora Dotterweich, achtunddreißig, mit pumucklroten Haaren, volljährig, vollbusig, vollschlank und Küchenchefin im trendigsten Wirtshaus der Fränkischen Schweiz, dem »Eppelein« auf Schloss Lauenfels. Schloss wie Wirtshaus gehören meinem Chef, dem jungen Grafen Karl-Gustav von Lauenfels. Seit fast vier Jahren schwing ich da heroben den Fleischklopfer, erst drüben in der Schlossküche als Haushälterin beziehungsweise Köchin für die Grafenfamilie und seit zwanzig Monaten als Küchenchefin im »Eppelein«. Wohnen tu ich von Anfang an auf dem Schlossgelände im ehemaligen Pförtnerhäusla. Des is winzig, ned sonderlich komfortabel, aber enorm gemütlich. Vor allem der Blick von meiner Zwergenterrasse auf die Naturschönheiten der umliegenden Landschaft is der Hammer, und außerdem is der Weg von meiner Wohnung zum Arbeitsplatz überschaubar. Viele im Dorf neiden mir die freie Kost und Logis als fettes Extra zum Lohn, aber der is ned so üppig, wie sich die meisten wohl einbilden. So sind sie halt, die Lauenburger Bauern, neidig um jeden noch so lumpigen Hosenknopf. Aber wenn man sich erst amol an die oberfränkischen Eigenarten gewöhnt hat, kann man einigermaßen locker darüber hinwegschauen. Man muss sie halt in die Rubrik Folklore einordnen, dann fühlt man sich unter den Eingeborenen wohl, für die »bassd scho« des allerhöchste Lob is. Ich jedenfalls mag die fränkische Wortkargheit und des Rustikal-Derbe lieber als wie großmaulige Wichtigtuerei, aber ich bin ja selbst eine Eingeborene, weil ich ursprünglich aus Lauenburg stamme.

Die erste Zeit hat's mir da heroben auch saugut gefallen. Was aber in den letzten Monaten bei uns im Schloss alles passiert is, des glauben Sie mir bestimmt ned, wenn ich's Ihnen erzähl. Drei Morde hat's innerhalb kürzester Zeit gegeben. Erst is der alte Graf, also der Vater vom Chef, in der Folterkammer aufgespießt worden wie ein Grillhähnchen. Fei ned, dass jetzt der Eindruck entsteht, dass hier lauter abartige Spinner wohnen, die wo eine Folterkammer brauchen, ganz bestimmt ned. Die Folterkammer gibt's scho so lang wie des Schloss, und die Vorbesitzer haben sie auch ned etwa für irgendwelche komischen Sexspielchen gebaut, sondern um ihren Feinden so richtig Feuer unter dem Hintern zu machen, im wahrsten Sinne des Wortes. Aber ich schweif scho wieder ab. Ein paar Monate später nämlich sind dem alten Grafen seine Patentochter und ein Angestellter im Schloss zu Tode gekommen. Quasi in Sichtweite. Und weil ich mich mehr so oberflächlich für die Mordermittlungen interessiert hab, hätt's mich sogar um ein Haar selber erwischt. Ein paarmal bin ich bloß ganz knapp mit dem Leben davongekommen. Obwohl ich fei wirklich keine Zimperliesl bin, sondern mehr so der robuste, standfeste Typ, hat mich des doch ganz schön aus der Bahn geschmissen. Früher hab ich meine Haustür oder mein Auto nie abgesperrt, aber seit den letzten Erlebnissen bin ich vorsichtiger geworden. Ich schau mich erst nach allen Seiten um, bevor ich um Mitternacht vom »Eppelein« aus über den Schlosshof zum Pförtnerhäusla spreißle. Ja, Sie haben scho richtig gelesen. Ich schlapp nimmer wie früher gemütlich von einer Tür zur anderen, sondern presch so schnell, wie ich kann, vor allem, wenn's finster is. Und wenn der Sofie, des is unser Gemüsmadla, in der Küche ihr Wiegemesser mit Geschepper auf den Boden fällt, fahr ich vor Schreck so zsamm, wie wenn ich ein feiger Angsthas wär. Zum ersten Mal in meinem Leben fürcht ich mich, und zwar oft. Drum fühl ich mich auch nimmer so recht wohl auf Schloss Lauenfels. Ab und zu überleg ich ernsthaft, wie es denn mit mir und meiner Kochkarriere weitergehen könnt und ob meine Zukunft tatsächlich im Bekochen von Mord-Touristen liegt, die des »Eppelein« tagtäglich heimsuchen. Ständig fragen sie uns, wie es denn so is, ein Mordopfer am Arbeitsplatz zu finden, und ob es uns ned grausen tät, weiterhin im Schloss zu arbeiten. Mich allerdings graust's genauso arg vor den neugierigen Gaffern.

»Gruseln Sie sich denn gar ned? Ich hätt ja eine Heidenangst in so einem uralten Kasten!« »Fürchten Sie sich ned, hier zu arbeiten, wo immer wieder derart schreckliche Verbrechen geschehen?« Solche Sätze kriegen wir jeden Tag von den Deppen zu hören. Dass da auf Dauer ein psychischer Schaden entsteht, versteht wohl ein jeder.

Während ich des so denk, dusch ich und wurstle mir anschließend die Haare auf dem Kopf zsamm. Dann pack ich mich warm ein in Daunenjacke, Schal und Stiefel und öffne die Tür. Mit einem bösartigen Fauchen fährt mir gleich der eisige Nordostwind ins Gesicht und lässt mir eine Ladung Schnee um die Ohren tanzen. Huscherla, is des kalt! Ich zieh den Kopf ein und wiesle im Eiltempo Richtung Wirtshausküche.

»Guten Morgen, Dora!« Die Mona, des »Eppelein«-Beilagenmadla und meine zweitallerbeste Freundin, wirbelt scho total aufgedreht durch die Wirtshausküche, richtet Platten mit Wurst und Käs an, schneidet Brot und legt die noch warmen Weggla, die unser Kellner Alex immer vom Lauenburger Dorfbäcker mitbringt, in einen handgeflochtenen Korb. Eigentlich wär des ja heut mein Job, aber die Mona is halt eine ganz Emsige, und tüchtig noch dazu. Nachdem ich kurz die Vorräte inspiziert hab, hol ich die selbst gekochten Marmeladen aus dem Kühlschrank, den Honig aus der Speis und nehm die Pfanne vom Haken. Ratzfatz hab ich ein Stückchen Butter erhitzt, zwölf Eier aufgeschlagen und bereit ein feines Rührei mit frischem Schnittlauch, einem Schuss Sahne, einer Prise Salz und einem Hauch Pfeffer für unser Frühstück zu. Der Alex deckt derweil den Personaltisch drüben im Wirtshaus und schleppt Teller, Besteck und eine appetitlich angerichtete Platte nach der anderen hinüber.

Wie die Mona und ich mit den Weggla und dem Rührei die Tür zum Wirtsraum aufstoßen, sitzen der Graf und seine Frau scho am Tisch. Sie begrüßen uns freundlich, dann langen sie kräftig zu. Es schmeckt ihnen, des is unübersehbar.

»Sehr gut, das Ei, Dora. Locker und flaumig. So muss es sein«, lobt der Chef.

Stimmt, die Rühreiproduktion gehört zu meinen Spezialitäten. Aber des is ja auch keine große Kunst, oder? Jedenfalls ned für eine Köchin mit langjähriger Erfahrung, wie ich eine bin.

»Für heute Abend haben wir bisher einunddreißig Anmeldungen«, informiert uns der Chef über des Tagesprogramm. »Der Kegelverein Schnalzlreuth hat sich spontan entschieden, seine Weihnachtsfeier bei uns zu veranstalten. Haben wir genügend Vorräte, oder brauchen wir noch etwas?«

»Naa, bassd scho, es is alles da«, kann ich berichten, weil ich mir wie jeden Tag als Erstes einen Überblick über die Lage in der Speis, den Vorratsräumen und den Kühlkammern verschafft hab. Des gehört zu meinem Job als Küchenchefin, müssen Sie wissen.

»Ein Wunder, dass sich bei diesem Wetter überhaupt noch jemand zu uns heraufwagt. Der Weg von der Hauptstraße durch den Wald bis zu unserem Parkplatz ist sicher tief verschneit«, meint Gräfin Freya, die sich gerade ihr zweites Marmeladenweggla schmiert.

»Dann muss eben mal der Biergärtner seine Füße bewegen und mit dem Gartentraktor den Weg freischaufeln. Wofür bezahle ich ihn denn?«, murrt ihr Mann. »Überhaupt, wo steckt der Kerl eigentlich? Sonst ist er doch stets der Erste bei Tisch.«

Uiuiui, da is aber einer mächtig sauer auf seinen Schlossverwalter. Aber der Biergärtner oder Bierdümpfel, wie ich ihn nenn, wenn er es ned hört, is auch wirklich der faulste Sack, den man sich vorstellen kann. Und es stimmt, dass er immer der Erste is, wenn es ums Saufen und Fressen geht. Die Arbeit überlässt er lieber anderen, vorzugsweise dem Böhner Sebbi, unserem umtriebigen, multitaskingfähigen One-Man-Team, der der Bruder meiner Erzfeindin Sonja Böhner is. So eine hinterfotzige Britschn, wie seine Schwester eine is, so ein hilfsbereiter, netter Kerl is der Sebbi. Man will's kaum glauben, dass ausgerechnet die beiden Geschwister sind.

Grad kommt er zur Tür rein, zieht die Handschuh aus und klopft sich den Schnee von der Joppen. Dann hockt er sich zu uns her. »Der Weg vom Schloss bis zur Strass vor wär frei«, teilt er dem Chef mit.

»Wieso hat der Biergärtner das nicht schon längst erledigt?«, entgegnet der krätzig. »Wozu wohnt er eigentlich im Schloss? Doch wohl, damit er sich gleich frühmorgens um solche Dinge kümmert. Nach dem Frühstück werde ich mir den Herrn Verwalter einmal vorknöpfen und auf seine Aufgaben hinweisen.«

»Des wird ned gehen.« Der Sebbi wirkt skeptisch. »Der Herr Biergärtner is nämlich krank.«

»Soso, was fehlt ihm denn?«, will der Graf wissen.

»Der hat wahrscheinlich einen ordentlichen Kater«, wirft die Mona ein, die den Bierdümpfel genauso gefressen hat wie ich.

»Können wir nicht einmal in Ruhe frühstücken?«, fährt Gräfin Freya dazwischen. »Besprich deine geschäftlichen Angelegenheiten doch bitte im Büro und nicht bei Tisch, wenn es keine Umstände macht.«

Aha, es herrscht also dicke Luft zwischen dem Ehepaar Laufenfels. Wir ziehen die Köpf ein und mampfen still vor uns hin. Wenn die beiden schlechte Laune haben, macht man sich erfahrungsgemäß lieber klein und hält des Maul.

Der Tag plätschert ereignislos vor sich hin. Mittags is wegen dem Schneefall, der mit jeder Stund ärger wird, ned viel los. Sechzehn Essen gehen über den Tresen, des is gar nix im »Eppelein«. An schönen Sommertagen haben wir mittags manchmal achtzig bis neunzig Gäste, abends noch mehr. Aber jetzt im Winter? Ich tät ja des Wirtshaus mittags zusperren und nur abends öffnen, aber ich hab da herin ja nix zu melden.

Nachdem des letzte Essen ausgegeben is, wienern die Sofie, die Mona und ich die Küche auf Hochglanz, dann ziehen wir unsere Jacken über und stapfen durch den mittlerweile ziemlich hohen Schnee hinüber in mein Pförtnerhäusla. Ich koch uns einen Tee aus Pfefferminze, die von mir eigenhändig gepflanzt, gepflegt, geerntet und getrocknet worden is. Des Herstellen verschiedener Teesorten is nämlich ein Steckenpferd von mir. Den Tee würz ich mit dem Honig unserer schlosseigenen Bienen, horch zufrieden, wie die Madla des Gebräu in den Himmel loben, und servier ihnen auch noch ein paar von den Butterplätzchen, die ich gestern für den Konni, meinen ganz persönlichen Lieblingsförster, gebacken hab.

Den Nachmittag über hocken wir beieinander, ratschen, lachen und lästern, während draußen leise der Schnee rieselt. Die Sofie lässt sich endlich von dem fiesen Frauenschläger, dem Burger Justus, scheiden und zieht zu ihrem neuen Freund Alex, dem Kellner vom »Eppelein«, der auf dem Hof von seiner Schwester Hanni wohnt. Der Justus is nämlich ein ganz schlimmer Finger, der scho einige Zeit wegen Einbruchdiebstahl und anderen Straftaten im Knast gesessen hat. Die Sofie hat tierisch Angst vor ihm, und des aus gutem Grund. Er argumentiert nämlich lieber mit den Fäusten als wie mit Worten.

Gestärkt vom Tee und Buttergebäck machen wir uns abends mit Feuereifer wieder an die Arbeit. Nur ein paar Minuten nach uns treffen auch scho die Kegler ein; man hört's am Geschrei aus dem Gastraum. Warum eigentlich können Mannsbilder sich ned leis und gesittet unterhalten, sondern müssen immer umeinanderbrüllen wie eine Horde Paviane? Der Alex hat alle Hände voll zu tun, weil des Bier und der selbst gebrannte Obstler so dermaßen in Strömen fließen, dass der Chef den Sebbi an den Zapfhahn beordern muss. Die Madla und ich bereiten derweil wie am Fließband Steinpilz- und Biersuppe, Sauerbraten, Wildschweingulasch, Lammrücken, Hirschragout, Schnitzel und Entenbrust mit Unmengen von Klößen sowie andere beliebte Beilagen und Salate zu.

Nachdem sich alle ordentlich den Wanst vollgeschlagen und auf Betriebstemperatur vorgeglüht haben, fangen sie an, Weihnachtslieder zu grölen, die sich nach dem unmäßigen Alkoholgenuss eher anhören wie der Fangesang in der Clubbererkurve.

Weil bei dem Schneesturm wohl niemand sonst mehr den Weg auf den Lauenfels findet, schwingen wir scho amol fleißig die Putzhadern, damit wir heut ausnahmsweis pünktlich Feierabend machen können. Wie ich nur noch schnell an meinen Spind im Personalraum will, weil ich scho seit Tagen meinen Autoschlüssel such, torkelt mir im Gang ein Kegler entgegen, der sechs bis acht Obstbrände sowie diverse Seidla zu viel intus hat.

»Ja, Zuckerschneggla, wos machst denn du do?«, lallt er und bläst mir seine Schnapsfahne ins Gesicht.

Ich will mich an ihm vorbeischieben, doch er packt mich so grob an den Schultern, dass mein T-Shirtla bis zum Bauch aufreißt, drückt mich gegen die Wand und presst mir sein stinkendes Maul auf die Lippen, während er mit einer Hand nach meinem Busen grapscht. Weil ich aber kein zierliches Frauchen, sondern mehr so ein gewichtiges Weibsbild bin, geb ich ihm einen gscheiten Schumberer, dass er mit dem Schädel an die gegenüberliegende Wand kracht. Wumm! Mit einem überraschten Schnauferer geht er zu Boden. Bevor er sich wieder aufrappeln und nach meinen Beinen greifen kann, kriegt er noch einen ordentlichen Tritt in die Eier, und der sanfte Schnauferer verwandelt sich auf der Stell in ein durchdringendes Quieken.

Wie ich grad so überleg, ob ich nachlegen und ihm noch eine verpassen soll, geht die Klotür auf, und ein anderer Kegelbruder wankt heraus.

»Ja, Fritzla, wos is denn los? Wos treibst denn du do am Boden?«, staunt er.

Des Fritzla wimmert.

Der Kegelheini mustert mich misstrauisch. »War'n Sie des? Ham Sie mein Kumpel umg'haut?«, will er wissen und kommt mit bedrohlicher Miene näher.

»Wenn Sie fei glaub'n, Sie könna mich antatsch'n, dann fanga Sie sich einen Schwinger ein«, fauch ich den Kerl an, der daraufhin erschrocken ein paar Schritt zurückstolpert.

»Des gibt's doch ned!«, poltert er und hilft seinem lädierten Kumpel auf die Füß. Dann schwankt er mit ihm Richtung Gastraum davon, aber ned, ohne mir vorher zu drohen: »Des zahl ich dir heim, du Brunzkundl, du traurige, verlass dich drauf! Du wirst dich nuch wundern.«

Des mag scho sein, aber jetzt grad hab ich keine Zeit, mich zu wundern, weil ich erst amol hektisch nach Luft schnappen muss.

Also ehrlich, ich bin's ja mittlerweile gewohnt, dass ich ständig von irgendwelchen Irren eingesperrt, gewürgt, geschlagen, verfolgt und bedroht werd, aber bei uns da im Wirtshaus hat mich noch nie ein Gast angegriffen. Ich halt mein zerrissenes T-Shirtla über der Brust zsamm, schnauf ein paarmal tief durch und stolpere dann zurück in die Küche, wo mit krebsrotem Gesicht scho der Chef auf mich wartet.

»Haben Sie total den Verstand verloren, Dora? Was zum Teufel hat Sie dazu getrieben, dem Vorstand des Kegelvereins in die Weichteile zu treten? Außerdem hat der Mann eine Platzwunde am Hinterkopf und kann vor Schmerzen nicht mehr sitzen. Vielleicht erklären Sie mir freundlicherweise, wie das passiert ist. Also los, ich höre!«

Wortlos zeig ich ihm mein Hemdla, dessen rechter Ärmel nur noch an einem Faden hängt und des in der Mitte durchgerissen is. Außerdem deut ich auf den blutigen Kratzer, der sich von meinem Hals bis zum Brustansatz zieht.

Dann überwältigen mich die Nachwehen des soeben erlittenen Schocks. »Soll ich mich vielleicht zum Wohl von Ihrem Wirtshaus vor dem Klo vergewaltigen lass'n? Hätten Sie des wohl gern?«, kreisch ich empört und bin den Tränen nah, weil der Graf anscheinend null Verständnis für meine Situation hat.

»Natürlich nicht, Dora«, stottert er. »Aber mussten Sie ihn deshalb gleich halb totschlagen?«

»Halb tot?«, schnaub ich verächtlich. »Da muss ich fei amol

lachen, gell. Da hätt scho noch die eine oder andere Watschen g'fehlt, bis der halb tot gewesen wär. Aber Sie versteh'n scho, dass ich mich irgendwie wehren musst?«

»Ich gehe jetzt jedenfalls hinaus und entschuldige mich, auch in Ihrem Namen. Wir sind uns doch darüber einig, dass es sich um ein Missverständnis handelt, oder nicht?«, motzt der Chef mich an.

»Sie sind sich einig, ich ned«, schnief ich weinerlich.

Sobald der Graf in die Wirtsstube zurückgestaubt is, packt mich die Mona am Arm.

»Komm, Dora, wir gehen. Ich übernachte heute bei dir, nicht dass du noch losziehst und einen Mord oder zwei begehst.«

»Ja, geht nur, ihr zwaa«, stimmt ihr die Sofie zu. »Des bissla Putzen schaff ich allein. Außerdem muss ich eh auf den Alex wart'n, weil der ja nuch im Service is.«

Im Pförtnerhäusla braut uns die Mona einen Kirschglüher, der es in sich hat. Nichts wärmt den Körper und beruhigt die Nerven besser als wie ein ordentlicher Kirschglüher, am besten mit einem großen Schuss Rum drin. Nach und nach lässt mein Zittern nach.

»So geht des nimmer weiter, Mona«, schimpf ich, zutiefst verletzt vom Chef seinem Verhalten. »Ich kann es ned glaub'n, dass der mir die Schuld an dem Verhalten von dem Besoffenen gibt. Irgendwann amol is mein Glück auf Urlaub, und einer von den Wahnsinnigen, die do bei uns ein und aus geh'n, nutzt die Gelegenheit und drückt mir die Gurgel zu. Und was tätst du ohne mich mach'n, ha? Wahrscheinlich vor Langeweil sterben, weil dann halt keiner mehr für a bissla Action sorgen tät.«

»Darüber macht man keine Witze, Dora«, sagt die Mona ernst. »Es ist wirklich unglaublich, wie oft du schon einen Anschlag auf dein Leben ohne größere Blessuren überstanden hast. Wobei dich allerdings bisher noch keiner vergewaltigen wollte.«

Des klingt jetzt irgendwie a weng abwertend, find ich. Fast so, wie wenn ich zu greislich dafür wär. Aber des stimmt ned. Ich bin zwar ned die Miss Oberfranken, aber so abschreckend schau ich jetzt auch wieder ned aus. A kleins bissla massig vielleicht, aber ned greislich, ich schwör's. Weil mich nämlich meine Ecken und Kanten erst so richtig rund machen.

»Wenn ich einen Job finden tät, der mir taugt, dann wär ich so schnell weg, dass von mir bloß noch ein Chemtrail zu sehen wär«, erklär ich meiner Freundin. »Aber es müsst halt was Gscheites sein, a echte Herausforderung, verstehst? Spaß müsst es mir machen, und a bissla Geld tät ich auch gern verdienen. Und a Wohnung sollt dabei sein, so was wie des Pförtnerhäusla, aber ned so schäbig, dass die Ziegel auf dem Dach bei jedem Windstoß Tango tanz'n und es ins Bett neiregnet. Und mit Blick ins Grüne und einer schönen Terrassen.«

»Genau, und mit goldenen Armaturen und Marmorausstattung im Bad, einem Porsche vor der Tür und einem knackigen Toy Boy in der Kiste. Ich hab's verstanden.« Die Mona verdreht die Augen. »Träum weiter von elektrischen Weißwürsten, Dora. Eine Arbeit, wie du sie gern hättest, muss erst noch erfunden werden. Außerdem schaffst du es sowieso nicht, dich von Schloss Lauenfels zu trennen. Ich darf dich daran erinnern, wie du nach kaum zwei Wochen mein Haus fluchtartig verlassen hast, weil du solches Heimweh nach deiner Wohnhöhle hattest.«

»Aber wenn ich eine Arbeit finden tät, die wo –«

»Wenn du dich beruflich verändern willst, hör auf zu jammern, komm in die Gänge und schau dich nach etwas Geeignetem um«, unterbricht sie mich. »Du hast schließlich jede Menge Berufserfahrung, bist eine talentierte, einfallsreiche Köchin und findest in jedem Umfeld deinen Platz, was deine zahlreichen Auslandserfahrungen beweisen. Wenn es dir hier nicht mehr gefällt, musst du dir eine neue Stelle suchen, so einfach ist das.«

»Es geht doch ned ums Gefallen, Mona. Gefallen tut es mir hier immer noch, aber ich fühl mich einfach nimmer sicher auf dem Lauenfels.« Ich halt kurz inne. »Sogar hier in meiner Wohnhöhle spring ich mitten in der Nacht auf, um nachzuschauen, ob die Fenster alle zu sind und die Tür abgesperrt. Is des vielleicht normal? Ich hab Angst, nachts vor die Tür zu geh'n, weil ich immer denk, dass mir wer im Finstern auflauern könnt. So kann ich ned weitermachen. Ich will keine Angst mehr hab'n. Aber do im Schloss is in der letzten Zeit zu viel passiert. Verstehst du des ned, Mona? Ich will nimmer do heroben bleib'n. Ich will weg, und zwar am liebsten auf der Stell. Und dich mitnehmen.«

»Interessant. Und wohin soll unsere Reise gehen?«, fragt meine Freundin sarkastisch.

»Wart's halt ab. Mir fällt scho wos ein, du wirst es erleb'n.«

Feine Butterplätzchen

Zutaten:
250 g Mehl
150 g Butter
150 g Zucker
4 Eigelb
Schale einer abgeriebenen Zitrone
Eigelb und etwas Sahne zum Bestreichen
gehackte Mandeln und Hagelzucker zum Bestreuen

Zubereitung:
Alle Zutaten zu einem glatten Teig verkneten und in Folie gewickelt im Kühlschrank eine Stunde ruhen lassen.
Anschließend den Teig dünn ausrollen und mit verschiedenen Förmchen Plätzchen ausstechen.
Eigelb mit etwas Sahne verrühren, Plätzchen damit bepinseln, Mandeln mit Hagelzucker mischen und auf die Glasur streuen.
Die Plätzchen auf ein Backblech mit Backpapier legen. Im auf 200 °C vorgeheizten Backofen circa 15–20 min hellbraun backen.
Währenddessen immer wieder einen Blick in den Ofen werfen, weil die Plätzchen schnell zu dunkel werden.
Bei mir gibt's dazu einen Becher Glühwein und für Antialkoholiker einen Cappuccino.

2

Den Silvesterabend verbring ich mit der Sofie, dem Alex, dem Sebbi und meinem Lieblingsförster daheim bei der Mona. Während die Feuerzangenbowle vor sich hin dampft, gießen wir Blei und lachen schallend, wie ich so eine Art Ring aus dem kalten Wasser hol.

»Also, Konni, wennst uns fragst, dann schaut des verdächtig nach einem Verlobungsring aus«, stänkern die Mannsbilder. »Da wirst jetzt auf die Knie gehen und der Dora einen Antrag machen müssen.«

»Ihr spinnt wohl«, hust ich verlegen und werd dabei so rot wie ein erntefrisches Radiesla. Es stimmt scho, dass ich den Konni ziemlich gernhab, aber ich hab halt gedacht, dass es außer der Mona keiner spannt. Da war ich wohl auf dem Holzweg. Ganz ehrlich, eine Verlobung mit dem Konni, des wär was. Aber des sag ich jetzt nur Ihnen, erzählen Sie's bloß ned weiter. Mein Gspusi nimmt's übrigens sportlich, lacht und meint, dass der Vorschlag durchaus eine Überlegung wert wär.

Seit dem Angriff von dem besoffenen Kegelheini in der Vorweihnachtszeit hab ich auch noch den letzten Rest Spaß an meiner Arbeit im Schloss verloren. Der Chef is mir gegenüber kurz angebunden, ruft mich »Frau Dotterweich« und nimmer »Dora«, so wie früher. Unsere gemeinsamen Kaffeetermine, bei denen wir bis zu dem besagten Vorfall die Speiskarte, Personalprobleme, Bestellungen und auch amol was Privates besprochen haben, hat er ohne eine Erklärung gecancelt. Dafür liegt jetzt jeden Tag in der Früh eine schriftliche Notiz mit den notwendigen Anweisungen auf meinem Arbeitsplatz. Unpersönlicher geht's wirklich ned. Ich nehm es ihm schwer übel, dass er sich meine Seite der Geschichte ned amol anhören wollt und mir die komplette Schuld für des Theater mit dem Saufkopf anlastet. Des is einfach unfair. Anscheinend is ihm der gute Ruf von seinem Wirtshaus wichtiger als wie ich. Die ganze Zeit über hab ich geglaubt, dass mich mein Chef mag und schätzt. Ich bin so was von enttäuscht von seinem Verhalten, dass mir scho die Tränen in die Augen schießen, wenn ich bloß dran denk. Momentan hab ich echt nah am Kirschwasser gebaut, des mir über gelegentliche depressive Durchhänger hinweghilft. Wobei Heulen und Rumjammern normalerweis überhaupt ned so mein Ding is. Deswegen und weil meine Angst ständig wächst, fühl ich mich von Tag zu Tag unwohler im Schloss. Die Drohung von dem Kegler geht mir einfach ned aus dem Kopf. Drei- bis viermal in der Woche fahr ich mit der Mona zu ihr heim nach Lauenburg und übernacht in ihrem Gästezimmer. Zum Glück lebt meine Freundin in einem von ihren Eltern überlassenen Einfamilienhaus, in dem sie immer ein warmes Plätzla für mich frei hält. Schon im letzten Sommer hab ich ein paar Wochen bei ihr campiert, weil meine Eltern, die eigentlich auf Gran Canaria wohnen, des Pförtnerhäusla besetzt hatten, aber des is eine andere Gschicht.

Heut is also scho des neue Jahr und wieder so ein Tag, wo ich mir am liebsten des Kaffeepulver direkt durch die Nase ins Hirn ziehen tät. Wie ich nachmittags heimkomm, steht die Tür sperrangelweit offen, und des bei der Eiseskälte. Hab ich etwa vergessen, sie hinter mir zuzusperren? Hat eine Windböe sie aufgedrückt? Oder hat wer in meiner Wohnung umeinandergestöbert? Eigentlich wurscht. Mir is so was von klar, dass ich nimmer da herinnen bleiben will.

In Windeseile raff ich ein paar Klamotten zsamm und wetz zurück ins Wirtshaus. Zum Glück werkelt die Mona noch in der Küche rum, sodass wir gleich miteinander in ihrem roten MINI runter nach Lauenburg tuckern können. Unterwegs halten wir bei der Babett im Dorfladen, kaufen Bamberger, Nürnberger und Bayreuther Tageszeitungen, dazu noch eine gute Flasche Domina, ein Baguette und ein großes Stück von dem würzigen französischen Weichkäs, den es bloß bei der Babett gibt.

Daheim bei der Mona hocken wir uns in ihr Wohnzimmer und studieren aufmerksam die Stellenangebote. Nebenbei süffeln wir den Rotwein vom Würzburger Juliusspital und naschen Weißbrot und Käs. Eine ganz einfache Brotzeit, aber sensationell gut. Kann ich Ihnen wärmstens empfehlen, wenn Sie amol keine Lust zum Kochen haben.

»Hier, hör mal: ›Küchenchef(in) gesucht‹«, liest die Mona nach ein paar Minuten laut vor. »›Für unseren kleinen, aber feinen Landgasthof im Herzen der Fränkischen Schweiz suchen wir eine(n) engagierte(n) Küchenchef(in), die/der sich auf die Zubereitung regionaler Spezialitäten versteht. Großzügige Bezahlung, Wohnmöglichkeit in einem der Nebengebäude. Gerne erwarten wir Ihren Anruf unter der Nummer 0181/34729437.‹ Was meinst du, Dora? Wär das etwas für dich? Vielleicht versteckt sich hinter dem Nebengebäude ja so etwas Kuschliges wie dein Pförtnerhäusla?«

»Klingt gar ned schlecht«, bestätige ich. »Ich ruf gleich amol an und frag, ob ich mich vorstell'n kann.«

»Und hier ist noch etwas: ›Junges, kreatives Team benötigt dringend Verstärkung. Wenn du Herausforderungen liebst und sowohl stressresistent als auch teamfähig bist, bist du die/der Richtige in unserem Restaurant der gehobenen Luxusklasse. Wir freuen uns auf deinen Anruf.‹« Die Mona notiert die Nummer auf einen Extrazettel und wird kurz darauf noch amol fündig. »Das könnte auch etwas für dich sein: ›Arbeiten im Herzen von Nürnberg. Direkt unterhalb der Burg liegt unser beliebtes Ausflugslokal mit Terrasse und Blick über die Altstadt. Beste Bezahlung, ein nettes Team und eine komfortable Wohnmöglichkeit im Haus erwarten Sie, die erfahrene und flexible Fachkraft. Rufen Sie uns an.‹«

Und des tue ich auch, sodass zehn Minuten später drei Vorstellungstermine in meinem Kalender stehen. Zuerst beim kreativen Team, danach beim Ausflugslokal und ebenfalls am selben Tag zwei Stunden später beim feinen Landgasthof.

An unserem freien Montag machen wir uns auf den Weg, die Mona und ich.

Des kreative Team kreiert seine feinen Luxusspeisen in einer aufwendig sanierten alten Mühle mit riesigem Parkplatz davor. Auf dem drängelt sich kurz vor der Mittagszeit, als wir ankommen, eine Edelkarosse an die nächste.

»Das sieht wirklich stark nach Stress aus«, murmelt die Mona, während sie die Unmengen an Autos skeptisch mustert. »Wenn die alle in der Mühle beim Essen sitzen … Na, dann viel Glück, ich warte hier auf dich.«

Und tatsächlich, drinnen hocken die genusssüchtigen Fresssäcke dicht an dicht. Vier total genervte Kellner sprinten von Tisch zu Tisch, balancieren mordsmäßig beladende Tabletts oder nehmen Bestellungen auf. Wie ich einen von ihnen nach dem Geschäftsführer frag, scheucht er mich aus dem Weg und zeigt zum kupferglänzenden Tresen. Dort steht ein wie frisch lackiert wirkender Kerl mit festgetackerter König-Ludwig-Frisur, arrogantem Geschau und lavendelfarbenem Lederanzug von Versace, quasi ein oberfränkisches Moshammer-Double. Stockschwul, des seh ich auf Anhieb. Mit einem mulmigen Gefühl geh ich auf ihn zu.

»Servus, ich bin die Dora Dotterweich«, stell ich mich vor. Meine ausgestreckte Hand übersieht er, stattdessen taxiert er mich abschätzend von oben bis unten, bevor er sich umdreht und vor mir her zu einem winzigen Zimmerchen schreitet. Er schreitet wirklich storchenmäßig, so als tät uns die Kaiserin Sisi höchstpersönlich in der schäbigen Abstellkammer von Büro zur Privataudienz erwarten. Nachdem er mir mit aristokratischem Genäsel die harten Arbeitsbedingungen und mageren Verdienstmöglichkeiten vorgesäuselt hat, diagnostiziert er nach zwei bis drei Fragen meinerseits, dass ich optisch irgendwie ned so recht in sein hochherrschaftliches Ambiente pass. Des hab ich zwischenzeitlich aber scho selber geschnallt, drum teil ich ihm frei von der Leber weg mit, dass ich für ihn als unterbezahlte Haussklavin ned zur Verfügung steh. Dann stolzier ich hocherhobenen Hauptes zur Tür hinaus.

Im Auto erzähl ich der Mona von dem misslungenen Vorstellungsgespräch. »So ein wichtigtuerischer Arsch, so ein aufgeblasener. Was glaubt der denn, wer er is, dass er mich wie einen Volldeppen behandeln kann, der für ein läppisches Trinkgeld arbeitet«, schimpf ich wie ein Rohrspatz.

Meine Freundin zuckt bloß mit den Schultern. »Das wäre sowieso nicht das Richtige für dich gewesen, Dora«, meint sie.

»Ein Glück, dass du das sofort erkannt hast. Kopf hoch, es gibt bestimmt andere Jobs, die besser zu dir passen.«

Also schaukeln wir entspannt zum nächsten Termin im Nürnberger Ausflugslokal. Hoffentlich gefällt es mir dort besser, drück ich mir die Daumen.

Parkplätze sind in der Altstadt Mangelware, drum drehen wir eine Runde nach der anderen, bevor die Mona endlich ihren MINI in einen winzigen Parkplatz zwängen kann. Während ich einigermaßen lustlos zum Vorstellungsgespräch losdackle, will sie in einem Café einen Latte macchiato schlürfen. Am liebsten tät ich mit ihr tauschen, aber des is leider ned möglich.

Immerhin is des Ausflugslokal in einem schönen Fachwerkhaus mit bemalten Fensterläden untergebracht und macht von außen einen sehr ansprechenden Eindruck. Drinnen geht es ähnlich zu wie auf dem Nürnberger Christkindlesmarkt. Kaum überschaubare Menschenmassen drängen sich auf engstem Raum. Die Tische stehen so nah beieinander, dass kaum ein Durchkommen is, und ein jeder einzelne Stuhl is besetzt. Die Luft is zum Schneiden dick, und es riecht durchdringend nach Bratwürsten und Sauerkraut.

Den Chef find ich hinter dem Tresen, wo er geschäftig ein Seidla nach dem anderen zapft. Weil es so laut is wie auf einem Rockkonzert, muss ich mein Anliegen über die Theke hinweg brüllen. Wie er mich endlich verstanden hat, winkt er mich gleich in die Küche durch.

Auf den ersten Blick is mir klar, was hier gekocht oder besser gesagt gebraten wird: Bratwürste in allen Variationen, Nürnberger, Coburger, Thüringer und Bayreuther Bratwürst, Merguez, Saucisse grillée, grob und fein, aus Lamm-, Rind-, Schwein- und Kalbfleisch, dazu gibt es kübelweise Sauerkraut. Aber den ganzen Tag Würschtla in die Pfanne hauen, des is ned ganz meine Vorstellung von gehobener Küche. Kein Wunder, dass des Lokal »Bratwurst-Tempel« heißt. Eigentlich hätt ich scho bei dem Namen stutzig werden sollen.

Also nix wie raus aus dem Fettgestank und die Mona ausfindig gemacht, die ihren freien Tag in einer schicken Café-Bar mit Kaffee und Kuchen feiert. Wie ich in des Café komm, hockt ein

Kerl neben meiner Freundin am Tisch, Typ George Clooney ohne Alterspatina. Ich stell mich provokativ neben ihn, und es dauert ned lang, da fängt er an, irritiert rumzuschnuppern. Nach ein paar Sekunden steht er auf und schleicht sich, ned ohne mir vorher noch einen verächtlichen Blick zugeschmissen zu haben.

»Wo hast du dich denn vorgestellt?«, erkundigt sich die Mona grinsend. »In der Frittenbude? Oder bei McDonald's? Du stinkst ja, als hättest du einen Köpfer in die Fritteuse gemacht.«

Ich berichte ihr von meinem Erlebnis im »Bratwurst-Tempel«.

Sie lacht bloß und meint: »War mir von Anfang an klar, dass es nicht einfach wird, eine geeignete Stelle für dich zu finden.«

Ja freilich, denk ich, weil ich halt eine durch und durch anspruchsvolle Person bin.

Als Nächstes steht des feine Landgasthaus auf meinem vollen Terminplan. Trotz eindringlicher Navi-Anweisungen verfranzen wir uns zweimal, bevor wir endlich auf einem morastigen Feldweg von einem Schlagloch zum nächsten unserem Ziel entgegenschaukeln.

»Hier soll es einen noblen Landgasthof geben?«, wundert sich meine Freundin. »Wo der sich wohl verkrochen hat? Noch ein ordentlicher Regenguss, und man kann auf dem Feldweg Schlammbäder nehmen. Wie sollen denn da die Gäste zur Wirtschaft kommen?«

»Vielleicht mit dem Trecker?«, mutmaße ich. »Oder einem Unimog?«

»Perfekt! Die Kneipe ist bestimmt ein Publikumsmagnet«, murrt meine Fahrerin, bevor ihr Autochen fast bis zu den Fenstern in einem Schlagloch versinkt.

Endlich angekommen staunen meine Freundin und ich Backsteine. Der »kleine, aber feine Landgasthof« entpuppt sich als maroder Sanierungsfall mitten im oberfränkischen Nirgendwo. Die einsturzgefährdeten »Nebengebäude« beziehungsweise Bruchbuden müssen sich aneinanderlehnen, damit sie ned umfallen. Dazwischen wuchern Unkraut und Gestrüpp.

»Da kannst du dir schon einmal deine neue Wohnung aussuchen«, lästert die Mona. »Magst du lieber dort in dem Schuppen mit den zerbrochenen Fenstern hausen oder drüben in dem Stall ohne Tür?«

»Des gibt's doch ned.« Ich bin sprachlos, also, gewissermaßen. »Des is ja ein baufälliger Bauernhof, sonst nix. Bist du sicher, dass des die richtige Adress is?«

»Wenn du dich im ›Jagdschlösschen‹ bewerben willst, dann ja.« Die Mona deutet auf des schief hängende Schild über dem Eingang. »Da wünsch ich dir schon jetzt recht viel Vergnügen.«

Mutlos mach ich die Beifahrertür auf und lins hinaus. Neben mir dehnt sich eine Wasserlache aus, so groß wie der Egloffsteiner Weiher. Zum Durch- beziehungsweise Überqueren bräucht ich Gummistiefel oder besser noch ein Schlauchboot.

»Weißt wos? Wir fahr'n haam«, beschließ ich spontan. »Des kann doch ned sein, dass sich so eine Ruine als ›kleiner, aber feiner Landgasthof‹ bezeichnet. Wahrscheinlich sind die einzigen Gäst do drin Ratten, Mäus und Kakerlaken. Danke, aber da bleib ich doch lieber im ›Eppelein‹, egal, wie viel Irre mir dort an die Gurgel woll'n.«

»Besser ist das«, stimmt mir die Mona zu, wendet zackig den MINI, dass des Pfützenwasser nur so spritzt, und gibt Gas.

Wieder bei ihr daheim hocken wir ratlos um den Küchentisch herum. Ganz so einfach, wie ich mir des vorgestellt hab, wird sich der Arbeits- und Ortswechsel offensichtlich ned gestalten.

»Warte doch ab, Dora. Kommt Zeit, kommt Kon-Ra(t)d«, orakelt meine temporäre Mitbewohnerin süffisant.

In mir drin brodelt es. Ständig zieht sie mich wegen meiner Liebesaffäre mit dem Konni auf. Aber sagen tu ich nix, um des lieben Friedens willen.

Es dauert zwei Tag, dann kommt er tatsächlich, der Konrad, und zwar abends ins »Eppelein« zum Essen. Niedergeschlagen schaut er aus seinem grünen Janker heraus, wie er da vor seinem halben Karpfen und einem Glas Weißwein hockt. Der Alex hat mir Bescheid gegeben, dass mein Gspusi da is und mich sprechen möcht.

»Grüß dich, Konni«, begrüß ich ihn, wie ich mich ihm gegenüber niedersetz. »Schön, dass du amol widder vorbeikommst. Ich hoff, dir schmeckt der Karpf?«

»Jaja, Dora, danke. Obwohl ich momentan keinen großen Appetit hab.« Er nimmt einen Schluck von seinem Wein, dann schiebt er den Teller beiseite.

»Warum denn? Bassd was ned? Is der Karpf doch ned recht? Soll ich dir was anderes hol'n?«, frag ich verunsichert, weil der Konni sonst immer einen guten Appetit mitbringt.

»Meine Oma ist überraschend gestorben. Du kennst sie, die Babett vom Dorfladen. Heute Mittag hat die Gabler Hanni sie leblos vor dem Kühlregal gefunden und gleich den Doktor Haager angerufen. Aber der konnte nur noch den Tod feststellen. Ein Herzinfarkt, der dritte innerhalb kurzer Zeit. Sie war die Mutter meiner Mutter. Das ist ein schlimmer Schlag, nicht nur für die Mama, sondern für die ganze Familie. Sie war nämlich die Beste, unsere Oma Babett.«

»Ach, Konni, des tut mir echt leid für dich und deine Leut.« Ich lang über den Tisch nach seiner Hand. »Wenn ich was für dich tun kann, musst es mir nur sag'n, gell«, fordere ich ihn auf.

Er nickt. »Ich pack's dann auch wieder«, sagt er nach einer Weile. »Sei mir nicht böse, Dora, aber eigentlich ist mir heut gar nicht nach Gesellschaft zumute. Ich melde mich bei dir.« Er gibt mir einen flüchtigen Schmatzer und legt einen Geldschein vor mich hin. »Fürs Essen«, sagt er.

»Bassd scho, Konni, lass gut sein.« Ich schieb des Geld zurück, aber er schüttelt den Kopf.

»Nein, das will ich nicht.« Damit steht er auf und schleicht sich mit hängenden Schultern.

»Hat eine von euch g'wusst, dass die Babett vom Dorfladen gestorben is?«, frag ich, wie ich in die Küche komm. »Der Konni hat's mir grad erzählt.«

Sofort lassen meine Beiköchinnen alles fallen und kommen zu mir her. Bloß die Edith ned, weil sie nix gehört hat. Die Edith is unsere stocktaube Küchenhilfe, aber ich kenn keine, die in so kurzer Zeit so viel arbeiten kann wie sie. Drum is sie unser Goldstück, auf des ich nix kommen lass. Wer was gegen die Edith sagt, kriegt von mir eins hinter die Löffel, merkt es euch.

»Wie jetzt? G'storben? Wieso denn g'storben? Woran denn? Sie war doch ned ebba krank, oder? Und noch gar ned so alt«, reden die zwei aufgeregt durcheinander.

»Mehr weiß ich auch ned. Und jetzt zurück an die Arbeit, hopphopp!«, ruf ich, und eine jede saust wieder an ihren Arbeitsplatz. Heut haben wir nämlich wieder amol *full house*, weil ein Bus voller Chinesen aus Nürnberg angereist is. Als denen unser Essen serviert wird, bewundern sie die Kalbshäxla, den gespickten Hecht und die Schäufele auf ihren Tellern und fotografieren sie mit ohrenbetäubendem Geplapper von allen Seiten.

Wie endlich der letzte Asiate bierselig aus dem Wirtshaus gewankt is, machen wir Feierabend.

Auf der Fahrt nach Lauenburg fragt die Mona: »Warum bist du denn so still? Bist du traurig wegen der Babett? So gut hast du sie doch gar nicht gekannt, oder doch?«

»Meine Eltern hab'n früher neben dem Dorfladen g'wohnt, drum hob ich sie scho ganz gut kennt. Wenn mir als Kinder bei ihr eing'kauft hab'n, hod sie uns immer Brausebonbons g'schenkt oder Gummibärla oder Eiskremtörtla. Ich hab nirgends so gern eing'kauft wie bei der Babett. Aber des is es ned«, antwort ich.

»Und was dann?«

»Des weiß ich etzd noch ned so genau. Ich sag dir Bescheid, wenn ich des Ei ausgebrütet hab.«

»Aha.«

Jetzt is sie a bissla angefressen, meine Freundin, des merk ich gleich. Aber wurscht. In meinem Kopf schwirren nämlich grad eine Menge Ideen helikoptermäßig hin und her, aber ich krieg keine einzige davon richtig zu fassen.

Es is mitten in der Nacht, wie ich aus dem Schlaf auffahr, als wär draußen eine Bombe hochgegangen. Auf amol weiß ich pfeilgrad, wie meine berufliche Karriere in Zukunft ausschauen wird. Ganz deutlich hab ich sie vor Augen, und sie schaut rundherum richtig klasse aus. Mit einem Lächeln auf den Lippen dreh ich mich auf die Seite und schlaf zufrieden wieder ein.

Des Allererste, was ich am nächsten Morgen ganz früh noch vor dem Zähneputzen mach: den Konni anrufen.

Ich erreich ihn, wie er scho längst zwischen seinen Bäumen oben im Fuchswäldla umeinanderstiefelt. Er wundert sich ned schlecht, dass ich mich in aller Herrgottsfrüh bei ihm meld, weil des noch nie vorgekommen is. Unsere Liebschaft findet meistens nachts statt, manchmal auch nachmittags, aber nie in der Früh.

»Du, Konni, horch amol, hättst du heut Abend Zeit? – Ja? – Subba! Dann um zehna bei mir im Pförtnerhäusla. Ich freu mich. Bis nachher.«

Wie ich den Hörer aufgelegt hab, schnauf ich ganz tief durch. Der erste große Schritt Richtung Selbstständigkeit is gemacht. Denn wer wär besser dafür geeignet als wie ich? Ich bin nämlich scho ganz schön in der Welt rumgekommen und hab dabei jede Menge Erfahrungen gesammelt. Sie glauben mir ned? Also, gelernt hab ich Patissière in einem noblen Münchener Hotel, aber jeden Tag nur mit Süßkram zu hantieren war mir auf Dauer zu langweilig. Vier Jahr lang bin ich auf einem Kreuzfahrtschiff durch die Karibik und den Golf von Mexiko gegondelt und hab am Herd alles gelernt, was frau im Leben so braucht. Nach einem Zwischenstopp von drei Monaten auf der Knott's Berry Farm in Kalifornien hat es mich dann in einen deutschen Ferienclub nach Sri Lanka verschlagen und danach ein paar Jahre auf die Kanaren. Und wenn mein damaliger Lover, der Arsch, sich ned bei einem Kurztrip nach Südafrika mit einer Tabledance-Tussi und unserer Reisekasse aus dem Staub gemacht hätt, würd ich heut vielleicht in Johannesburg in einem sauteuren Restaurant für den Geldadel kochen und richtig Kohle scheffeln. Stattdessen koch ich im oberfränkischen Hinterwald Schäufele und Klöß für asiatische Touristen und unsere Bauern. Für den, der's mag, des Höchste, gell?

»Du, Mona, heut Abend bleib ich ausnahmsweis amol dahaam im Pförtnerhäusla. Ich hab wos Wichtigs zu erledigen«, teil ich meiner Beiköchin mit, wie wir scho auf dem Weg ins »Eppelein« sind.

»Soso«, is alles, was sie dazu zu sagen hat. Keine einzige Frage, nix. Wahrscheinlich is sie todbeleidigt, weil ich ihr ned erzählen will, was ich vorhab, jedenfalls vorläufig ned.

Heut is es bei uns in der Küche so ruhig wie sonst nie. Sogar die Sofie ratscht ned unentwegt, sondern hält zur Abwechslung amol des Maul. Bloß der Chef schneit überraschend herein, linst mir über die Schulter wie ein waschechter Heffalasglotzer und will mit gespielter Freundlichkeit wissen: »Was kochen Sie denn da Schönes, Dora?«

»Wasser. Ich koch Wasser«, schnaub ich, immer noch so angefressen wie junger Salat im Frühjahr. »Für Grüne Klöß.«

»Ah ja, verstehe.« Verlegen druckst er umeinander. »Was meinen Sie, könnten wir nach dem Mittagessen wieder einmal zusammen Kaffee trinken?«

»Könnt ma, wenn ich Zeit hätt. Hab ich aber ned«, entgegne ich schmallippig.

Wie er merkt, dass ich ned des geringste Interesse an seinem Small Talk hab, zieht er den Kopf ein und schiebt ab in die Wirtsstube.

Der soll bloß ned denken, dass er sich mit einem läppischen Kaffee wieder an mich ranwanzen kann. Mich mit ihm zsammhocken? Im Leben ned. Nach seinem schäbigen Verhalten wär des für mich quasi eine Happy Hour in der Hölle, und darauf hab ich grad überhaupt gar keine Lust. Die Sache mit dem Kegeldepp is ned vergessen und vergeben. Wenn er des glaubt, hat er sich sauber geschnitten, der Herr Graf.

Abends um kurz nach halb zehn is für mich endlich Schicht im Schacht. Ich verabschied mich von meinem Team und saus hinüber in meine Wohnhöhle. Ruckzuck bereit ich alles für einen Snack für zwei vor und überprüf, ob des Bier auch schön kalt is. Dann spring ich unter die Dusche und danach in mein neues dunkelblaues Samtkleid mit dem tiefen Ausschnitt, bevor ich des Blech mit den Pizza-Weggla in den Ofen schieb. Geschäftliches verhandelt man erfahrungsgemäß am besten beim Essen.

Der Konni is pünktlich, wie immer. Scho wie er zur Tür reinkommt, wittert er die Gustostückla im Ofen und grinst. »Das riecht ja saugut. Sag bloß, du hast für mich gekocht?«

Zum Essen treffen wir uns nämlich eher selten. Unsere gemeinsamen Interessen liegen mehr woanders.

»Komm, setz dich her.« Der Tisch is gedeckt mit feinem Damast, Stoffservietten, meinem besten Porzellan und brennenden Kerzen. Da staunt der Konni Bauklötz, weil er noch nie so dermaßen von mir verwöhnt worden is. Jedenfalls ned beim Essen.

»Ist das lecker!«, lobt er dann auch, wie er sich seine fünfte Wegglahälfte in den Schlund schiebt.

»Lang nur zu«, animier ich ihn und halt ihm die Platte mit dem Rest hin. »Ich hob scho im ›Eppelein‹ gegess'n.« Des is zwar eine astreine Lüge, aber wenn es ihm doch so schmeckt, verzicht ich gern.

»Du, Konni, ich wollt dich wos frag'n«, fang ich schließlich an, wie er sich die Hände an der Serviette abwischt.

»Ich hab mir schon gedacht, dass du mich nicht nur zum Abendessen herbestellt hast«, sagt er und greift nach seinem Bierglas. Dann schmunzelt er mich über dessen Rand hinweg an. »Ich ahne schon, worum es heute Abend geht.«

»Echt jetzt?« Des verunsichert mich jetzt scho ein bissla.

»Dora.« Er stellt des Glas ab und nimmt meine Hand. »Wie lange kennen wir uns jetzt? Lange genug, würde ich meinen. Du bist für mich wie ein offenes Buch, ich kann deine Gedanken förmlich lesen. Drum weiß ich auch, dass du im Schloss nicht mehr glücklich bist, jedenfalls nicht so wie noch vor ein paar Monaten. Und ich vermute, dass du mich jetzt fragen willst, was mit dem Laden von Oma Babett passieren soll. Hab ich recht?«

Mein Gesicht brennt vor lauter Verlegenheit. Bin ich tatsächlich so leicht zu durchschauen, gewissermaßen die gläserne Köchin? Und nur für ihn? Oder auch für alle anderen? Am liebsten tät ich mich irgendwo verkriechen.

»Ja, also, des tät mich tatsächlich interessieren«, geb ich widerstrebend zu.

»Weil du den Laden gern mieten würdest, nehme ich an? Um ein kleines Lokal daraus zu machen, ein Café oder etwas Ähnliches?«, forscht er.

Ich kann bloß wortlos nicken. Wie hat er des nur erraten? Hat mir des einer auf die Stirn tätowiert, oder was? Mit keinem hab ich auch nur ein Sterbenswörtla drüber geredet, ned amol mit der Mona, der ich sonst fast alles erzähl, oder der Lenz Isabel, meiner besten Freundin, die wo seit Langem die Beraterin meines Vertrauens is und außerdem eine Top-Rechtspflegerin drin in Nürnberg beim Gericht.

»Ja, stimmt«, gesteh ich, wie ich mich wieder gefangen hab. »Ich überleg scho die ganze Zeit, ob ich ned was Eigenes aufmachen sollt. So a kleins Event-Restaurant mit vier oder fünf Tisch, wo ich Kochkurse und Mottospeisen anbiet'n könnt. Eine Wochn französische Küche, die Wochn drauf mexikanische, dann indische, dann karibische, alles aufgepeppt mit fränkischen Beilagen. So was halt. Ned immer bloß Brodwerscht, Sauerkraut und Schäufele, mehr so wos Internationales mit einem rustikalen Touch, zum Beispiel Tomaten-Frittata mit Bergkäs oder Spargelomelette mit Geräuchertem. Wenn möglich, tät ich am liebsten mit regionalen Produkten kochen, vom Bauern oder Hofladen oder frisch vom Feld oder aus dem Garten. Und dazu gäb's gute Weine, Bierspezialitäten aus der Gegend, Edelbrände und Cocktails mit Saisonfrüchten aus dem Umland und so. Meinst ned, dass so a Restaurant bei uns gut lauf'n tät?«

»Da hast du ja bereits einen fertigen Businessplan in der Tasche«, stellt der Konni trocken fest. »Und hast nur auf den richtigen Moment und das richtige Objekt gewartet.«

»Naa, naa, so is des fei ned«, verteidige ich mich erschrocken. »Des klingt ja so, als hätt ich auf der Babett ihren Tod spekuliert. Ganz bestimmt ned. Mir is des alles erscht letzte Nacht eing'fallen, des musst mir glaub'n. Des, wos ich dir grad vorg'schlagen hob, is nix weiter als wie eine Idee. Ich möcht gern deine Meinung dazu hör'n.«

»Du weißt aber schon, dass der Babett ihr Haus einer Erbengemeinschaft gehört? Meiner Mutter, ihrem Bruder und mir?« Er sieht mich ganz ernst an. »Ich kann nichts allein entscheiden, sondern muss erst die anderen beiden fragen, ob und was sie mit dem Objekt vorhaben. Allerdings möchte ich damit bis nach der Beerdigung warten. Das ist dir doch recht?«

Ich nicke mehrmals. Mir is alles recht, wenn er seine Leut nur zu einem fairen Deal überreden kann.

»Gut, dann geb ich dir Bescheid, sobald ich mit meiner Mutter und meinem Onkel über deine Pläne gesprochen habe.« Er greift erneut über den Tisch und hält wieder meine Hand fest. »Ein schönes Kleid hast du an. Steht dir gut«, grinst er.

»Echt?« Ich freu mich über sein Kompliment. »Gefällt's dir?«

»Ja, schon. Aber noch besser tät es mir zusammengefaltet auf dem Nachttisch im Schlafzimmer gefallen.«

Er steht auf, stellt sich hinter mich und öffnet den Reißverschluss am Rücken vom Samtkleid.

Da hält mich nix mehr auf meinem Stuhl. Ich spring auf, pack ihn am Sweatshirt und zieh ihn hinüber zum Bett.

In der Früh verschlafen wir, weil ich vor lauter Rumschmusen vergessen hab, den Wecker zu stellen. In aller Eile hupf ich aus dem Bett und such meine Kochklamotten zsamm.

»Schick dich, Konni, ich muss los, weil ich heut fürs Personalfrühstück zuständig bin«, treib ich ihn an.

Es reicht grad noch für eine hastige Katzenwäsch, dann verlassen wir Hand in Hand des Häusla.

Sein Suzuki-Jeep parkt unter der Kastanie neben meinem alten Hyundai. Wie wir näher kommen, lässt der Konni meine Hand los und läuft zu meiner Rostlaube, um die er dann herumgeht.

Jetzt seh ich es auch. Alle vier Reifen sind platt. Jemand muss mit großer Wucht zugestochen haben, im Gummi fehlen ganze Stücke. Zu reparieren gibt es in dem Fall nix mehr.

»Da hat jemand aber einen ordentlichen Brass auf dich«, stellt mein Lover fest. »Alle vier Reifen gleichzeitig, nicht schlecht. Hast du eine Vermutung, wer das gewesen sein könnte?«

Ich schüttle wortlos den Kopf, obwohl ich mir vorstellen könnt, dass es einer von den Kegel-Ärschen war. Aber seitdem is scho so viel Zeit vergangen. Dann muss ich dreimal schlucken, weil ich auf amol einen dicken Kloß im Hals hab. Ein weiterer Anschlag auf mich. Es nimmt einfach kein End, und langsam reicht es mir. Oberkante Unterlippe, kann ich nur sagen.

»So ein Scheiß, vier neue Reifen kosten mich a kleins Vermögen. Ausgerechnet etzd, wo ich doch jeden Cent brauch«, heul ich los. »Ständig bassierd mir so ein Scheiß. Ich halt's da heroben nimmer aus. Ich will weg, Konni.«

Zwei kräftige Arme schlingen sich um meine Taille und drücken mich an eine breite Männerbrust.

»Hör auf zu greinen, Dora. Ich ruf meinen Kumpel Benno in Forchheim an, der hat eine Autowerkstatt. Er kümmert sich drum, dann wird's auch nicht so teuer. Und wegen der anderen Angelegenheit fahr ich heute noch zu meiner Mutter und rede mit ihr. Dann musst du nicht bis nach der Beerdigung auf eine Antwort warten.« Er schiebt mich von sich weg. »Ist das ein Deal? Hörst du dann mit der Heulerei auf?«

Ich schnief noch immer vor mich hin, nicke aber. »Des wär total subba, wenn du des machen tätst. Ich kenn nämlich keinen, der wo mir auf die Schnelle vier neue Reifen besorg'n und montier'n tät.«

Er wischt mir die Tränen ab. »Kopf hoch, Dora, ich helf dir, versprochen. Und wenn du unbedingt von hier wegwillst, ist bei mir im Forsthaus immer ein Plätzchen für dich reserviert. Das weißt du doch, oder?«

Noch ein letzter Schmatzer, dann schwingt der Konni sich in den Jeep, startet den Motor und gibt Gas.

Ich trag derweil meine Depressionen vor mir her ins »Eppelein«.

In der Küche sind die Mona und die Sofie scho fleißig am Arbeiten, obwohl doch eigentlich ich heut Frühdienst hätt. Wie sie mein verheultes Gesicht sehen und die Reifenstory hören, kommen sie zu mir, streicheln mir über den Rücken und trösten mich.

»Ich glaube, es ist besser, wenn du in Zukunft wieder ganz bei mir wohnst«, beschließt die Mona. »Im Schloss bist du nicht sicher, und ich will dich nicht eines Tages ermordet in deinem Bett in der Wohnhöhle finden.« Sie denkt pragmatisch wie immer. »Nachher packen wir alles Notwendige zusammen, und dann beziehst du bis auf Weiteres dein altes Zimmer bei mir daheim. Das Pförtnerhäusla ist ab sofort tabu, weil zu gefährlich.«

Ich nicke. Jeden Tag eine neue Überraschung auf Schloss Lauenfels, davon hab ich die Nase echt gestrichen voll. Es reicht. Hoffentlich is die Erbengemeinschaft Zeitler-Biersack bereit, mir der Babett ihr Häusla zu vermieten. Über dem Laden gibt es nämlich eine kleine Wohnung, wenn ich mich richtig erinnere. Wenn ich da einziehen könnt, müsst ich nimmer bei der Mona hausen. Zwar is es richtig schön bei ihr, aber eigentlich hätt ich halt doch gern was Eigenes. Außerdem gefällt mir des Haus scho, seit ich denken kann. Ein altes fränkisches Bauernhaus aus goldgelbem Sandstein, ganz schlicht, mit klaren Formen. Die einzige Extravaganz is eine Gipsfigur des Sankt Florian in einer Nische über dem Eingang. Vor dem Haus gibt es fünf Parkplätze, was für eine Wirtschaft enorm wichtig is. Und obwohl des Häusla mitten im Dorf liegt, stehen rundherum eine Menge Bäume, Büsche und Hecken, also ganz viel Grünzeug. Des is schön.

Die nächsten paar Tage hör ich nix vom Konni. Totale Funkstille. Des nervt, aber ich will ihn auch ned ständig mit Anrufen bombardieren. Immerhin war sein Kumpel Benno vorgestern bei mir und hat meinen Hyundai in die Werkstatt geschleppt. Er will mir einen Sonderpreis für Reifen und Montage machen, wegen seinem Freund Konni, hat er gesagt. Als Dankeschön hab ich ihm drei frische Küchla aus der Gabler'schen Backstub eingepackt. Da hat er sich mächtig gefreut. Falls Sie es noch ned wissen sollten: Die Gabler Hanni is die beste Küchlasbäckerin weit und breit. Ihr Mann, der Schorsch, hat ihr extra ein eigenes Backhäusla neben dem Stall gebaut, damit ned des Wohnhaus nach heißem Fett stinkt und sie trotzdem ihr Schmalzgebackenes für die ganze Umgebung herstellen kann.

Jetzt wart ich also gespannt auf die Entscheidung der Erbengemeinschaft. Aber erst amol wird die Babett Biersack beerdigt. Ich geh allein zum Friedhof, weil die Mona und die Sofie in der Zwischenzeit alles für den Leichenschmaus herrichten, der im »Eppelein« stattfindet. Normalerweise hätt der Wirt vom »Grünen Kranz« den Leichenschmaus ausgerichtet, aber wahrscheinlich hat der Konni auf dem »Eppelein« bestanden. Na, mir soll's recht sein.

Des ganze Dorf is auf den Beinen und hat sich vor der Kirche versammelt, weil die Verstorbene enorm beliebt war bei den Lauenburgern. Wer ned gleich hat zahlen können, der durfte bei ihr anschreiben. Und für jeden Kunden hat es ein Versucherla gegeben, egal, ob vom Käs, von der Wurst oder vom Naschzeug. Auf die Art hat sich die Babett viele Freunde gemacht. Wie ich der Mutter vom Konni auf dem Kirchplatz mein Beileid aussprech, hält sie meine Hand fest und mustert mich. Ned unfreundlich, aber halt neugierig. Keine Ahnung, was ihr Sohn ihr von mir erzählt hat.

»Sie sind die Dora, gell?«, will sie wissen. »Ich kenn Ihr Mudder gut. Mir sind miteinander in die Schul ganga.«

Ah ja. Eine Schulfreundin meiner Mutter also.

»Ich hätt mit Ihnen zu reden. Kumma Sie dann halt amol an unseren Tisch oben im Wirtshaus, wenn Sie Zeit hab'n«, fordert sie mich auf.

»Des mach ich«, versichere ich und geh schnell weiter, weil mir von der Seite her der Gabler Schorsch seinen Bierdunst ins Gesicht schnauft. Uuaah, is des ekelhaft. Bloß weg.

Zurück im »Eppelein« schmeiß ich mich in der Personalumkleide hastig in meine Kochklamotten und saus in die Küche. Die drei Madla werkeln scho mit erhitzten Gesichtern wie narrisch, da kommen zwei frische Händ, die mit anpacken, grad recht.

Wie von der Frau Zeitler bestellt, haben wir drei verschiedene Braten vorbereitet, Rehrücken, Schweinelende und Rinderbraten, dazu gibt's Grüne Klöße, Seidenklöße, Kroketten und Kartoffelpüree, vorher eine Markklößchensuppe und hinterher eine Bayrisch Creme. »Es ist alles so gut wie fertig; du brauchst nur noch die Soßen abzuschmecken«, teilt mir die Mona mit.

Des mach ich auf der Stell, und danach kann des Essen auch scho aufgetragen werden. Dem Alex geht heut einer der Dorfburschen beim Servieren zur Hand, weil des Wirtshaus bis auf den letzten Stuhl besetzt is.

Nachdem sich alle den Bauch tüchtig vollgeschlagen haben, wird es in der Küche ruhiger, und ich geh in die Wirtsstube hinüber und halt nach dem Konni seiner Mutter Ausschau.

Ich entdecke sie, wie sie am Fenster steht und mit dem Pfarrer ratscht. Also pflanz ich mich in ihrer Näh auf und wart, bis der Pfaffe sich verabschiedet. Er übersieht mich demonstrativ beim Rausgehen, weil er mich ned leiden kann. Des Gefühl beruht auf Gegenseitigkeit.

»So, Dora, setz ma uns dort drüben nieder.« Die Frau Zeitler weist auf den Personaltisch, der frei is, weil er ausschließlich für den Chef und uns Madla vorgesehen is. »Sie woll'n also meiner verstorbenen Mudder ihr Ladengschäft mieten, sagt mein Sohn?«, fragt sie.

Ich nicke. »Was tät es denn kosten, wenn ich des ganze Haus mieten tät?«, will ich wissen. »Weil's nämlich so is, dass ich auch eine Wohnung brauchen tät, ned bloß des Gschäft.«

»Schaua Sie amol her, ich hob zwaa Zahln aufg'schrieben.« Sie schiebt mir einen Zettel hin. »Die erschte is für des Gschäft ohne Wohnung, die zweite mitsamt der Wohnung.«

Ich schau mir die Zahlen an. »Sind Sie sicher, dass des so bassd?«, frag ich verwundert. »Des erscheint mir doch arg ... günstig.«

»Des bassd scho. Der Konni meint, dass meiner Mudder ihr Häusla bei Ihnen in gute Händ wär. Und des is uns wichtig, mir und meinem Bruder. Außerdem konn ich von meiner Schulfreundin ihrer Tochter doch ned a horrende Pacht verlang'n. Wenn des in Ordnung is, machen mir erscht amol an Vertrag über drei Jahr, und dann schau ma weiter.«

»Der Laden müsst halt a weng umgebaut werd'n«, informier ich meine potenzielle Vermieterin über meine Pläne. »Ich möcht a kleins Spezialitätenlokal aufmachen. Die Kosten ...«

»Darüber reden Sie am besten mit meinem Sohn«, unterbricht sie mich. »Ich denk, Sie zwaa werd'n sich scho einig.« Sie taxiert mich aufmerksam.

»Des is wärklich ... sehr großzügich. Dank schön!« Am liebsten tät ich der Frau Zeitler um den Hals fallen, so freu ich mich.

»Dann auf a guts Miteinander.« Sie schüttelt mir die Hand und steht auf. »Der Konni sagt Bescheid, wenn der Vertrag fertig is. Und grüß'n Sie Ihr Mudder recht herzlich von mir.«

»Danke!«, ruf ich ihr noch nach, aber sie is scho auf dem Weg zurück an ihren Tisch. Ja, so is des bei uns in Lauenburg: A Frau – a Wort. A Mannsbild – a Wörterbuch.

»Mir hab'n was zu feiern.« Ich strahl über alle vier Backen, wie wir nach Feierabend auf der Mona ihrer Couch hocken. »Heut Abend spendier ich einen Schampus, einen ganz feinen.«

»Da bin ich aber gespannt. Bist du sicher, dass du mich in deine Geheimnisse einweihen willst?« Die Mona is immer noch a weng angefressen, weil sie spürt, dass ich was vor ihr geheim gehalten hab.

»Jetzt sei halt nimmer sauer. Horch erscht amol zu, wos ich dir zu sagen hab«, fordere ich sie auf und köpf ganz nebenbei eine Flasche Champagne Pierre Nicolas, meine Lieblingschampagnermarke, von der ich immer ein paar Flaschen im Pförtnerhäusla gebunkert hab. Ich schenk zwei Gläser ein, reich ihr eins davon, und dann stoßen wir an.

»Was gibt es denn?« Sie is also doch neugierig, die Mona, was anderes hätt mich auch schwer gewundert.

»Ich wollt dich frag'n, ob du Lust hättst, meine Geschäftspartnerin zu werd'n.« So, jetzt is es raus. Ich hab lang hin und her überlegt, ob ich die Mona mit ins neue Geschäft nehmen soll. Aber ohne sie arbeiten? Naa, des kann ich mir überhaupts gar ned vorstellen. Und dann sprudeln meine Ideen für des neue Geschäftsmodell auch nur so aus mir raus; ich red wie ein Wasserfall.

Sie dreht derweil ihr Glas in der Hand und horcht gespannt zu. »Ein interessantes Konzept«, meint sie, wie ich fertig bin, »das könnte funktionieren. Kochkurse, Mottowochen, eine kleine Cocktailbar, feine Getränke. Etwas für die reichen und schönen Neubürger im Lauenburger Villenviertel und der Umgebung, von denen es ja mittlerweile viele gibt. Den Gerry Reuß, den bekannten Pferdezüchter und Hotelier, mit Frau und Tochter zum Beispiel. Oder die Helene Tausendschön, die wohlhabende Finanzmanagerin. Oder das Ehepaar Neuhaus, ein Steuerbeamter und ein Künstler. Wenn wir solche Leute als Kunden gewinnen könnten, wäre das die halbe Miete.«

Ich lächle, weil ich bemerkt hab, dass sie scho »wir« gesagt hat. »Ja, genau so stell ich mir des vor. Nimmer bloß Sauerbraten und Ziebalakäs. In Zukunft soll's auch überbackenen Lachs mit Bamberger Hörnla, Ziegenkäseparfait mit Bauernbrot, gebratene Jakobsmuscheln mit Kürbisschaum, Fingerfood und Tapas geb'n. Internationale Küche, aufgepeppt mit fränkischen Spezialitäten. Dazu die passenden Weine, a Cocktailkartn und selbst g'machte Limonaden. So wos schwebt mir vor.«

Die Mona lacht und nickt. »Ich kann mich auch finanziell beteiligen«, sagt sie dann. »Ich hab nämlich was gespart, für genau so eine Gelegenheit. Weil wir ja auch eine entsprechende Inneneinrichtung brauchen. Schlicht, aber edel. Damit sich die Gäste bei uns so richtig wohlfühlen und recht oft wiederkommen.«

Ich spring auf und umarm sie vor lauter Begeisterung. Des wird eine wunderbare Zusammenarbeit mit der Mona, des sagt mir mein Bauch, und der hat bekanntlich immer recht.

Karpfen blau

Zutaten:
1 Bund Suppengrün (1 Karotte, ½ Stängel Lauch,
¼ Knollensellerie)
2 l Wasser
1 Lorbeerblatt
12 Pfefferkörner
5 Gewürznelken
1 Zwiebel
2 EL Salz
7 EL Essig
1 Karpfen, ausgenommen und gesäubert

Zubereitung:
Suppengrün waschen, putzen und würfeln.
Wasser mit dem klein geschnittenen Suppengrün, dem Lorbeerblatt, den Pfefferkörnern, den Gewürznelken, der halbierten, in Ringe geschnittenen Zwiebel, Salz und Essig in einem ausreichend großen Topf zum Kochen bringen und circa 5 min sprudelnd kochen lassen.
Karpfen unter fließend kaltem Wasser gut abwaschen und vorsichtig auf einem Einsatz in das kochende Wasser geben.
Topf sofort abdecken, kurz aufkochen lassen, dann die Hitze reduzieren und den Karpfen circa 30–35 min im heißen Wasser ziehen lassen. Der Fisch ist gar, wenn sich die Rückenflosse leicht herausziehen lässt.
Im »Eppelein« werden dazu Salzkartoffeln mit zerlassener Butter und ein Glas trockener Weißwein gereicht.

Pizza-Weggla

Zutaten:
8 Weggla zum Aufbacken
50 g Salami
50 g Schinken
100 g Champignons aus dem Glas
150 g Mozzarella
1 Peperoni
150 ml Sahne
Salz und Pfeffer
Pizzagewürz nach Geschmack

Zubereitung:
Den Backofen auf 200 °C vorheizen.
Die Weggla halbieren und beiseitelegen.
Salami und Schinken würfeln. Mit den in Scheibchen geschnittenen Champignons und dem geriebenen Käse vermischen. Wer's mag, kann eine klein gehackte Peperoni dazugeben.
Die Sahne steif schlagen, sämtliche Zutaten dazugeben und gut unterrühren. Mit Salz, Pfeffer und dem Pizzagewürz abschmecken.
Die Masse gleichmäßig auf den Wegglahälften verteilen, dabei die Oberfläche glatt streichen. 15–20 min überbacken.
Ich servier dazu einen Feldsalat mit Speckbröckerla und – je nach Geschmack – Bier oder Rotwein.

3

Nachdem mit dem Konni alles besprochen is, unterschreiben meine Geschäftspartnerin und ich zwei Wochen später den Vertrag. Jetzt kann's losgehen, des Projekt »Doras Hexenküche«. So soll des neue Lokal nämlich heißen, des haben die Mona und ich gemeinsam beschlossen.

Kaum is die Tinte der Unterschriften unter dem Vertrag getrocknet, treffen wir die Frau Tausendschön in der Nürnberger Plärrerbank, um ein Darlehen zu beantragen. Die Mona hat einen astreinen Geschäftsplan aufgestellt, den wir ihr vorlegen, und tatsächlich kriegen wir ein paar Tage drauf die Zusage. Jetzt können wir Handwerker beauftragen und mit dem Umbau anfangen. Wir wissen genau, wie des Lokal ausschauen soll. Französische Fenstertüren hin zum Parkplatz und der angrenzenden Grünanlage vor dem Haus, Platz für vier Vierer- und zwei Zweiertische und eine offene Küche, damit die Gäste mir beim Kochen zuschauen können. Im Sommer haben wir die Möglichkeit, vor dem Lokal weitere Tische aufzustellen. Aber ned zu viele, damit wir mit der Arbeit noch hinterherkommen.

In den nächsten Wochen sausen wir in der Mittagspause von einem Termin zum nächsten. Oft hängt mir die Zunge aus dem Hals vor lauter Hektik. Aber es hat auch was Gutes, ich nehm schneller ab als wie ein Abreißkalender.

Doch des Schwierigste steht uns noch bevor: ein Gespräch mit unserem Chef. Des wird kein Spaziergang, ich weiß es genau. Der Herr Graf wird toben, wenn er hört, dass wir beide kündigen und uns selbstständig machen, noch dazu quasi direkt vor seiner Nase. Mir wird ganz schlecht, wenn ich an des Rambazamba bloß denk.

»Was ist denn in Lauenburg los, Dora? Der Dorfladen wird umgebaut. Wissen Sie, was dort entsteht?«, will er eines Tages Anfang März wissen, wie er bei uns in der Küche rumhängt. Die Mona und ich schauen uns an und wissen: Es is so weit. Showdown, die Stunde der Wahrheit is gekommen!

»Äh, ja.« Mir drückt's den Hals zsamm, und mein Pfirsichteint passt sich farblich der roten Paprika an, die wo die Sofie grad in Streifen schneidet. Schnell seh ich zu der Mona hinüber, die so weiß wird wie ein Kalkeimer.

»Aha, und was?«, forscht er neugierig.

»Vielleicht wär es gscheiter, wenn Sie sich erscht amol hinsetz'n«, schlag ich vor.

Er glotzt ganz verwundert, aber geht uns voraus in die Wirtsstube zum Personaltisch. Da hockt er sich auf seinen Platz und schaut erwartungsvoll von einer zur anderen.

»Ja, also, des is nämlich folgendermaßen; weil, ich wollt ja scho lang ... aber ich bin einfach noch ned dazu kommen ...«, stottere ich verlegen umeinander.

»Wir kündigen«, teilt ihm die Mona knallhart und ohne Schnörkel mit. »Zum ersten April. Weil wir ein eigenes Lokal eröffnen. In dem Laden in Lauenburg, der gerade umgebaut wird.«

Totenstille.

»Wie bitte?«, würgt der Graf nach einer Weile raus. »Jetzt habe ich tatsächlich verstanden, dass Sie beide kündigen wollen. Das ist doch sicher ein Scherz? Sie wollen mich auf den Arm nehmen, nicht wahr?«

»Naa, eigentlich ned«, flüstere ich und starr auf die Tischplatte. Blickkontakt mit dem Chef vermeid ich lieber. »Die Frau Schmälzich und ich, mir zwei machen uns selbstständich.«

»Selbstständig? Und womit?« Offensichtlich hat er vor lauter Schock und Wut ned gscheit hingehört, wie es ihm die Mona grad erklärt hat. »Mit einem Bonbongeschäft? Dem Verkauf von Aufbackbrötchen? Womit wollen ausgerechnet Sie beide sich denn selbstständig machen?«

»Ein bisschen mehr dürfen Sie uns schon zutrauen«, schnappt die Mona beleidigt. »Immerhin haben wir Ihr ›Eppelein‹ fast zwanzig Monate am Laufen gehalten, und zwar sehr erfolgreich. Ohne uns wären Sie niemals so bekannt geworden. Aber wir wollen uns weiterentwickeln, uns etwas Eigenes schaffen.«

»Soso, etwas Eigenes schaffen. Mir die Gäste abspenstig machen, das ist es doch, was Sie wollen, oder etwa nicht?«, brüllt er plötzlich los, dass die Hirschgeweihe an der Wand wackeln. »Sie haben sich hier einen soliden Kundenstamm aufgebaut, unter *meinem* Dach, in *meinem* Gasthaus. Und diese Gäste wollen Sie jetzt mit in Ihr neues Lokal nehmen und dem ›Eppelein‹ damit das Wasser abgraben. Das ist eine perfide Intrige, eine Unverschämtheit ohnegleichen. Aber damit ist jetzt Schluss. Bei mir werden Sie keine Schleichwerbung mehr für Ihre windige Dorfkneipe machen. Auf der Stelle verlassen Sie mein Haus. Sie sind gefeuert, beide, fristlos.« Sein Gesicht glüht wie ein Schwedenofen, an der Schläfe pocht eine Ader, als wäre sie kurz vor dem Platzen. »Raus hier, aber schnell, bevor ich mich vergesse!« Der Graf springt auf, und die Mona und ich machen uns vom Acker, so schnell, wie wir können.

Erst im Auto schnaufen wir durch und sehen uns völlig verdattert an.

»Er hat uns rausgeworfen«, stellt die Mona fest. »Einfach so.«

»Noch nie hab ich den Chef so dermaßen in Rage erlebt.« Ich bin immer noch geschockt von seinem explosiven Ausbruch.

»Das heißt, wir sind ab sofort arbeitslos. Was machen wir denn jetzt?«, will die Mona wissen.

»Uns um unser eigenes Restaurant kümmern, wos 'n sonst? Um die Inneneinrichtung, die Deko, die Küchenausstattung, die Speiskarten. Damit hab'n wir mehr wie genuch Arbeit«, stell ich fest. »Ganz ehrlich, ich hab wärklich befürchtet, dass er uns zum Abschied nuch a paar gscheite Fotzn mitgibt.«

Gleich am nächsten Tag fangen wir mit dem Kümmern an und sind jeden Tag von früh bis spät auf der Baustelle. Nachdem der Ausbau fertig ist, erledigt der Konni mit seinen Kumpels am Wochenende die Malerarbeiten und des Verlegen vom Fliesenfußboden. Einer von ihnen is Grafiker und pinselt den Gastraum mit phantasievollen Art-déco-Motiven in Schwarz-Weiß aus. Des macht so richtig was her. Als Nächstes wird die Küche eingebaut, dann werden auch scho die Tische und Stühle angeliefert. Die komplette Einrichtung is in Schwarz-Weiß gehalten und wirkt durch die strengen Linien stilvoll und elegant.

Nur für die Wohnungsrenovierung fehlen mir momentan Nerven, Zeit und Geld. Aber des is kein Problem, weil ich in der Mona ihrem Gästezimmer so lang hausen darf, bis ich meine eigenen vier Wänd beziehen kann.

4

Nachdem uns der Graf per Einschreiben die fristlose Kündigung geschickt und mir mitgeteilt hat, dass ich Hausverbot auf dem gesamten Schlossgelände hab, holen der Konni und die Mona meine persönlichen Sachen und die paar Möbel, die mir gehören, aus dem Pförtnerhäusla.

A weng enttäuscht bin ich scho, dass der Graf so dermaßen grantig reagiert. Ich hätt mich lieber in Frieden von ihm und dem Schloss getrennt, aber des geht jetzt wohl nimmer. Richtig schad eigentlich, weil ich lang und gern für die Grafenfamilie gearbeitet hab. Und unsere winzige »Hexenküche« wird ganz sicher keine ernsthafte Konkurrenz für des »Eppelein« werden, des von Nürnberg über Bayreuth bis nach Bamberg den besten Ruf genießt, vor allem dank unseres Engagements.

Wie der große Tag der Eröffnung näher und näher rückt, werden die Mona und ich ganz zappelig. Feigen mit Meerrettichfrischkäse, kleine Wan Tans, Samosas, Jakobsmuscheln auf Bauernschinken, Focaccia alla Romana mit Wildschweinsalami, mit Rindfleischstreifen gefüllte Bataten-Tortillas, Garnelen in Safrandressing, Nürnberger Bratwürstla im Blätterteig, Zwergenhauben mit Cocktailwürstchen, Kümmel-Dätscher und Fleischküchla im Glas müssen vorbereitet werden. Dazu gibt's französische und regionale Käshappen sowie Bierspezialitäten aus Huppendorf, Aufseß, Hochstahl, Pretzfeld und Sachsendorf. Und Champagner, Domina, Chablis und alles Notwendige für Biercocktails wie Bitterbier, Jean-Bière und Ingwerbier. Für die Bar is die Mona zuständig.

In den letzten Wochen haben wir Werbung gemacht, was des Zeug hält. Mit Anzeigen in Zeitungen, Flyern, Plakaten und Beiträgen in den sozialen Netzwerken. Sogar bei einem regionalen Radiosender haben wir für unsere »Hexenküche« getrommelt. Hoffentlich haben es wenigstens ein paar Hanseln gehört oder gelesen und sind neugierig auf des neue Lokal geworden, damit wir des ganze Fingerfood ned selber verdrücken müssen.

Ab dem zweiten Mai werden wir dann im Wechsel immer drei warme Gerichte anbieten. In der ersten Woche stehen französische Leckereien wie Spargel auf Kräuteromelette, glasierte Kalbsschnitzel mit gefüllten Artischockenherzen und Sellerieauflauf à la reine auf der Karte. Alles zubereitet aus regionalen Produkten. Darauf leg ich den größten Wert. Und ich nehm mir vor, meinen oberfränkischen Dialekt in Zukunft auf ein Minimum zu reduzieren, weil die »Reingschmeckten«, also die Lauenburger Neubürger, fast ausnahmslos Nichtfranken sind, die sich echt schwertun, uns Eingeborene zu verstehen. Wenn ich will, kann ich nämlich astreines Hochdeutsch sprechen. Wie ich im Ausland gearbeitet hab, musst ich des ja zwangsläufig, weil mein fränkisches Gwaaf sonst keiner meiner Kollegen verstanden hätte.

In der Freinacht vom dreißigsten April machen weder die Mona noch ich ein Auge zu, weil wir Angst haben, dass uns irgendein Narr die »Hexenküche« mit Klopapier einwickelt oder sonst einen Schabernack mit unserem Wirtshäusla treibt. Wir fahren alle zwei Stund an der »Hexenküche« vorbei, um nach dem Rechten zu schauen. Außerdem machen wir uns große Sorgen, ob des mit der Trennung vom Lauenfels tatsächlich die richtige Entscheidung war. Was is, wenn die Gäste ausbleiben? Kaum wieder daheim tigern wir unruhig von einem Zimmer ins andere und versichern uns gegenseitig zum bestimmt hundertsten Mal, dass wir uns mit der Selbstständigkeit richtig entschieden haben. Weil wenn ned, haben wir einen Buckel voll Schulden. Und wer den Schaden hat, spottet jeder Beschreibung. Oder so ähnlich.

Um acht in der Früh schlagen wir im Restaurant auf, um die letzten Vorbereitungen zu treffen, aber eigentlich vor allem deshalb, weil wir es daheim vor lauter Aufregung nimmer ausgehalten haben. Noch amol säubern wir die Tischplatten, wischen den Boden und polieren alle Chromteile, bis man sich drin spiegeln kann. Um zwölf gibt es nix mehr zu tun, und wir genehmigen uns zur Entspannung an der kleinen Cocktailbar des erste Gläsla Sekt des Tages.

Dann reißen wir die Tür sperrangelweit auf, obwohl die Eröffnung offiziell erst um vierzehn Uhr anfangen soll, und ich verzupf mich in den hinteren Teil der Küche, um noch amol nach den Canapés und kalten Platten zu schauen.

»Servus, ihr Madla!«

Erschrocken fahr ich zsamm und hau mir dabei den Schädel an der Kupferpfanne an, die an einem Haken von der Decke baumelt. Is des ebba scho der erste Gast?

»Ach, Sofie! Du bist es.« Des is der Mona ihre Stimm.

Ich lass die Canapés stehen und geh nach vorn an die Bar, wo die Sofie grad einen Strauß Flieder auf den Tresen legt.

»Ich hob mir heut freig'nomma, weil ich gedacht hab, dass ich euch vielleicht a weng zur Hand gehen könnt. Und außerdem wollt ich euch zum eigenen Gschäft gratulieren. Reschpekt, ihr seid etzd richtiche Gschäftsfrauen. Alles Gute für die ›Hexenküchen‹.«

Die Mona drückt ihr ein Glas Sekt in die Hand.

»Danke! Wie läuft's denn so im ›Eppelein‹?«, frag ich neugierig und klappe wie die Mona gespannt die Ohren nach vorn.

»Momentan ned so gut. Mir ham an neua Küchenchef aus Starnberg. Dein Nachfolger, Dora. Der is so grantig wie a Rocker, dem sie die Harley gezwickt hab'n. Beim kleinsten Fehler tickt er aus wie ein Narr. Dann brüllt er umeinander und haut die Pfanna und Töpf durch die Gegend. A richtig hundsgemeiner Arsch is des. Sogar der Biergärtner verzupft sich, wenn er ihn sieht.«

Ausgerechnet der Bierdümpfel, der sonst keiner Schlägerei aus dem Weg geht? Dann muss der Neue wirklich furchterregend sein.

»Und was sagt der Graf zu einem solchen Verhalten?«, will die Mona wissen.

»Bisher nix. Ich glaub, der hat Angst vor dem Mario. Außerdem will er ihn ned verärgern, weil der sonst gleich wieder sein Köfferla packt und haamfährt. Ihm gefällt's nämlich ned bei uns da. Es is ihm zu provinziell. Keine reichen, schönen und prominenten Gäst, bloß lauter Bauern aus Lauenburg und Touris aus Bamberch oder Nermberch. Des is ihm ned glamourös genuch«, erzählt unser ehemaliges Gemüsmadla. »Der Chef vermisst euch zwaa ganz schön, aber des konna halt ned laut sagen.«

Ich schau die Mona an, die bloß gleichgültig mit den Schultern zuckt.

»Das hätte er sich überlegen sollen, bevor er die Dora so schäbig behandelt hat. Jetzt muss er sich eben mit Super-Mario anfreunden«, stellt sie trocken fest.

Aber es war ja ned bloß dem Chef sein Verhalten, sondern vor allem meine Angst um Gesundheit und Leben, die für eine kompromisslose Entscheidung gesorgt haben.

Wie die Kirchturmuhr zwei schlägt, hocken wir immer noch tatenlos umeinander. Ned ein Gast hat sich bisher blicken lassen. Vor lauter Nervosität tropft mir der Schweiß aus allen Poren, meine Seidenbluse pappt mir scho patschnass am Rücken. Wenn die Eröffnung ein Reinfall wird … Ich mag's mir gar ned ausmalen. Dann sind die Mona und ich blamiert bis in alle Ewigkeit, und die Lauenburger Top-Ratschn haben auf Wochen hinaus was zum Breittratschen.

Es is kurz vor vier, da geht es mit einem Schlag los. Als Erste erscheint meine Freundin Isabel aus Nürnberg mit einer riesigen Topfpflanze, kurz danach der Hotelier und Pferdezüchter Gerry Reuß mit Frau und Tochter im Schlepptau. Eine Minute später schlägt die Tausendschön auf, dann der Steuerbeamte Roman Neuhaus mit seinem Künstler-Ehemann, dem Maler Adrian. Die Küchlasbäckerin Gabler Hanni is die Nächste und bringt außer der Sofie ihren ehemaligen Schwiegereltern auch noch ihren Göttergatten, den Schorsch, mit. Dann kommen meine frühere Nachbarin Berta und die fünfzehnjährige Ann-Kathrin in Begleitung ihrer Mutter, deren Grundstück an des von der Mona grenzt. Es is mittlerweile so voll im Lokal, dass sich ein Teil der Gäste an den im Freien aufgestellten Tischen niederlässt. Wie dann auch noch unsere Frauenfußballmannschaft vollzählig bei uns einfällt, wird es richtig eng, weil die Damen den Karl und seine Kollegen vom Polizeirevier Schnalzlreuth dabeihaben. Es herrschen eine Stimmung und ein Gedränge wie auf der Bamberger Sandkerwa. Die Sofie hilft der Mona an der Bar beim Ausschenken der Getränke, weil die kaum noch nachkommt, während ich jedem Gast einen Teller mit den gewünschten Häppchen in die Hand drück. Wie ich nach einer guten Stunde eine kleine Verschnaufpause brauch, stell ich mich zu den beiden an den Tresen und lass mir ein Bier royal einschenken. Des zischt vielleicht, sag ich Ihnen!

»Ich möchte ein Planter's Beer«, verlangt der Herr Osterrieder, als er mich mit meinem Bier royal sieht, und die Mona mixt es ihm zsamm. Ich muss grinsen. Des wird ein schneller, preiswerter Rausch für den Herrn Anwalt, der normalerweise scho nach dem ersten Bier voll is wie ein Eimer.

Über den Rand von meinem Glas mustere ich den Gerry Reuß, der mit unserer Bankerin an der Bar abhängt. Wie der die anglotzt – wie wenn er gleich über sie herfallen und ihr des tief dekolletierte Kleid vom Leib reißen wollt. Außerdem steht er so nah bei ihr, dass sein Ralph-Lauren-Shirt fast an ihrem Busen pappt. Bei jedem Satz von ihm kichert sie wie ein liebeskranker Teenie im Hormonrausch. Wenn des die Frau Reuß spitzkriegt, was da hinter ihrem Rücken abgeht … Aber von der Gutsbesitzersgattin is im Moment nix zu befürchten. Die stöckelt nämlich grad ganz geschäftig Richtung Damentoilette.

»Wohin will denn dein Eheweib so eilig?«, bemerkt die Bankerin abfällig.

»Wahrscheinlich will sie sich hübsch machen«, vermutet ihr Mann und starrt ihr missmutig hinterher.

»Hübsch machen? Tatsächlich? Ich dachte, das macht sie in einer Klinik. In welcher eigentlich?«, giftet dem Pferdeheini sein Aufriss.

»Du bist ja richtig witzig. Ich mag schlagfertige Frauen.« Der Reuß kriegt sich kaum noch ein vor lauter Begeisterung.

Ich lass meinen Blick weiterwandern. Drüben in der Ecke ratscht grad die Gabler Hanni ausgiebig mit dem Konni und seiner Mutter, die wo vor wenigen Minuten als Letzte eingetroffen sind. Eigentlich sollt ich langsam mal rübergehen und Servus sagen, aber die zwei Turteltauben zu beobachten is grad so spannend, dass ich mich gar ned von ihnen losreißen kann. Jetzt streicht der Reuß der Tausendschön eine Strähne aus dem Gesicht. Des is eine derart intime Geste, dass ich vor Verlegenheit fast wegschauen muss.

Aber halt nur fast. Erst als ich seh, wie der Lustgreis anfängt, mit dem Zeigefinger ihre Brustwarzen zu streicheln, mach ich mich wirklich vom Acker. Also echt, des is so was von geschmacklos, weil er doch in Begleitung seiner Frau is. Ein echter Scheißkerl, dieser Reuß.

»He, Sie da, Bedienung!« Damit meint der Rosstäuscher die Mona, ned mich. »Haben Sie einen ordentlichen Champagner auf Lager? Ich meine, einen trinkbaren? Wenn ja, dann holen Sie mal zügig eine Flasche«, ordert er in dem Moment großkotzig.

»Und wie heißt das Zauberwort mit zwei t?«, flötet meine Kollegin mit falschem Lächeln, weil ihr der Angeber bestimmt genauso tierisch auf den Zeiger geht wie mir.

»Flott!«, entgegnet er schroff.

So ein Maulaff, so ein aufgeblasener. Wirft mit dem Geld nur so um sich, hat aber ned für fünf Cent Benehmen. Dass die Tausendschön auf so einen Blender abfährt, is kaum zu glauben. Weil ich sein affiges Gebalze ned länger ertragen kann, begrüß ich endlich den Konni, seine Mutter und die Frau Reuß, die wieder von der Toilette zurück is. Sie is eine richtig sympathische Person mit blond gesträhnter Kurzhaarfrisur und Minimal-Make-up im schicken Escada-Kostüm und bietet mir gleich an, sie mit »Carolin« anzusprechen. Bestimmt hat sie es ned leicht mit ihrem notgeilen Deppen-Ehemann.

»Und das ist Fiona, meine Tochter.« Sie langt hinter sich und zieht einen etwa achtzehnjährigen Teenie zu sich, missmutige Miene, groß wie ein Mannsbild und Schultern wie ein Preisringer. Des Madla stiert mich so angewidert an, wie wenn ich die Krätze hätt. »Fiona, das ist Dora, die Chefin des Hauses«, stellt sie mich vor.

»Und? Wo steht der Bus mit den Leuten, die das interessiert?« Dem weiblichen Gaul, der zu allem Überfluss sein Haar auch noch zum Pferdeschwanz gebunden trägt, rutschen die Mundwinkel noch weiter nach unten.

»Hinter dem Haus. Die kommen aber erscht rein, wenn sich alle Unsympathen verzupft hab'n«, entfährt es mir.

Woraufhin sich des Pferd umdreht und beleidigt hinüber zu

Papi trabt, der über die kleine Unterbrechung seiner Baggerarbeiten sichtlich *not amused* is. Er schiebt seinen lästigen Nachwuchs beiseite und widmet sich weiter intensiv der schönen Helene, die kurz darauf so kreischend lacht, dass sich alle Gäste nach ihr umdrehen.

Meine neue Freundin Fiona macht auf den Hufen kehrt und galoppiert zur Tür hinaus, wobei ihr Pferdeschwanz empört auf und ab wippt. Auch ihr verlängerter Rücken kann übrigens locker mit jedem Pferdehintern mithalten. Und weg is sie, des Fräulein Pferdeschwanz.

Es is kurz nach Mitternacht, wie sich der Konni und seine Mutter verabschieden. Bloß ein allerletzter Gast drückt sich noch an der Bar umeinander.

»Haben Sie zufällig meinen Mann gesehen? Wissen Sie, ob er noch da ist?«, fragt die Carolin Reuß unsicher. Ich werf der Mona einen Blick zu, aber die stapelt weiter schmutzige Gläser aufs Tablett, ohne aufzublicken.

»Keine Ahnung«, lüg ich mit schlechtem Gewissen, obwohl ein jeder von uns beobachtet hat, wie der Großgrundbesitzer vor einer Stunde eng umschlungen mit der Bankerin verschwunden is. Des wird ein Getratsche im Dorf geben, sag ich Ihnen.

»Na gut, dann ruf ich jetzt besser ein Taxi«, meint sie und schaut dabei kreuzunglücklich aus. Sie schnappt sich ihre Croc-Jige-Clutch von Hermès, nickt uns zu und verlässt die »Hexenküche«.

Erschöpft sinken die Sofie, die Mona und ich auf die nächststehenden Stühle.

»So ein Saukerl, der alte Rosstäuscher«, schimpft die Sofie. »Habt ihr g'sehen, wie der die Banktussi abg'fingert hat? Und des vor alle Leut. Der schämt sich wohl gor ned?«

Betretenes Schweigen.

»Also, über fehlendes Publikum konnten wir uns jedenfalls nicht beklagen«, wechselt die Mona geschickt des Thema. »Obwohl das erste Getränk aufs Haus ging, haben wir an der Bar richtig Umsatz gemacht. Sechs Flaschen Schampus, dazu die Cocktails und alles andere, nicht schlecht für den ersten Tag.«

»Von die Canapés is ned a einziges Bröckerla übrig geblieben.

Die hab'n g'fressen wie die Geier«, stell ich fest. »Und ich hab scho Tischreservierungen für die ganze nächste Wochn.«

Wir freuen uns wie die Kinder über den gelungenen Start unseres neuen Restaurants.

»Sauber machen wir morgen«, beschließt die Mona und gähnt. »Wir sind immerhin seit sechs Uhr früh auf den Beinen. Ich bin schlagkaputt.«

Bier royal

Zutaten:
20 cl Kristallweizen
4 cl Cassis

Zubereitung:
Das Weißbier in ein hohes Glas einschenken und vorsichtig den Cassis eintröpfeln.
Eiskalt servieren.
Dieser Biercocktail ist eine Abwandlung des Klassikers Kir royal, der mit Sekt und Cassis zubereitet wird.

Planter's Beer

Zutaten:
8 cl Orangensaft
2 cl Zitronensaft
2 cl Grenadine
2 cl brauner Rum
2 cl weißer Rum
20 cl Pilsener

Zubereitung:
Orangen-, Zitronensaft, Grenadine und beide Rumsorten miteinander vermischen und mit Bier auffüllen.
In Longdrinkgläsern auf Eis servieren.

5

Die Ersten, die am nächsten Mittag bei uns aufschlagen, sind der Reuß in Begleitung unserer Bankerin Helene Tausendschön. Ich staun ned schlecht, wie ich bemerk, dass er noch die gleichen Klamotten trägt wie am Vorabend. Also hat er ned daheim geschlafen. Wo, da brauch ich ned lang zu überlegen. Die zwei lassen sich drin an einem Tisch mit Blick ins Grüne nieder und studieren aufmerksam meine französischen Speisen auf der Schiefertafel.

»Das sieht alles sehr gut aus, Frau Dotterweich«, macht mir die schöne Helene ein Kompliment und strahlt mich an. »Ich hätte gern den Spargel auf Kräuteromelette mit Bauerngeräuchertem.«

»Bringen Sie mir die glasierten Kalbsschnitzel mit gefüllten Artischockenherzen«, verlangt der Herr Gutsbesitzer. »Und gibt es hier einen ordentlichen Weißwein?«

»Selbstverständlich«, schnurr ich. »Wär denn ein 2015er Volkacher Karthäuser Weißburgunder recht?« Hoffentlich, denk ich, weil da die Flasche bei uns zweihundertzwanzig Euro kostet. Wenn ich könnt, wie ich wollt, würd ich ihm allerdings ein schönes Glas Odel kredenzen, und zwar zum gleichen Preis.

»Jaja, jetzt machen Sie schon!«, knurrt er und scheucht mich mit einer Handbewegung weg wie eine lästige Stallmuckn. Er is ein Arsch, obwohl er dabei gar ned schlecht ausschaut. Sehr groß, maskulin und breitschultrig mit silbernen Schläfen, so der Typ Männermodel für Segeljachten, allerdings in leicht angegammelt. Und auch ned unbedingt mein Fall. Sie is ebenfalls recht passabel. Lange brünette Haare, mittelgroß, schlank, feminin. Und clever obendrein. Eigentlich ein schönes Paar.

Wie ich der Mona seinen Getränkewunsch mitteil, reißt sie vor Freud die Augen auf und schickt sich, die Flasche aus der Kühlung zu holen. Hoffentlich is es ned des erste und des letzte Mal, dass so ein teurer Wein bei uns bestellt wird.

Vom Küchengrill aus beobacht ich, wie meine Freundin den Wein serviert und sich kurz mit der Tausendschön unterhält. Sobald sie davongeht, schleckt der Reuß seinem Gspusi die Hände und die Arme ab bis hinauf zum Hals. Dabei giggelt sie so laut, dass ich es trotz des Gebrutzels hören kann.

Kurz darauf bring ich den Spargel und die Kalbsschnitzel eigenhändig an den Tisch.

»Lass es dir schmecken, Katerchen«, schnurrt dem Reuß seine Liebschaft und steckt ihm die Zunge in den Rachen bis hinunter an die Mandeln. Gut, dass sich des Lokal jetzt füllt und ich keine Zeit mehr hab, dem schmierigen Ehebrecher beim Poussieren zuzuschauen. Mir tut die Reuß Carolin von Herzen leid. Keine Frau hat es verdient, dass ihr Ehemann sie derart bescheißt.

Weil ich mich auf meine Kocherei konzentrieren muss, verpass ich um ein Haar der Reuß Carolin ihren großen Auftritt. Erst wie im Restaurant auf amol eine Mordsschreierei anfängt, fahr ich erschrocken zsamm.

»Du mieser Betrüger, was denkst du dir eigentlich, mich allein mit einem wichtigen Kunden sitzen zu lassen? Jeff O'Brian hatte um zehn Uhr einen Termin mit uns wegen des Kaufs von drei Reitpferden. Und wo warst du? Du brauchst nicht zu antworten, ich sehe es selbst. Bei einer deiner Schlampen. Wenn du ein Flittchen besteigen kannst, ist dir alles andere egal, sogar das Geschäft.«

Es folgen ein Fetzenklatscher und des Splittern von Glas. Hektisch zieh ich die Pfannen und Töpf vom Herd und renn aus meiner Kochecke vor in den Gastraum. Die Reuß Carolin hält sich eine feuerrote Backe, auf den Fliesen liegen Glasscherben in einer Lache aus sündteurem Wein.

»Das wirst du noch bereuen«, heult die Ehegattin, und einen Moment lang befürcht ich, dass sie sich eine Scherbe schnappt und damit ihrem betrügerischen Ehedeppen die Kehle aufschlitzt. »Glaub bloß nicht, dass ich mir alles gefallen lasse. Und du, Miststück, lass die Finger von meinem Mann, sonst passiert noch ein Unglück.« Damit nimmt sie ein volles Weinglas vom Tisch und schüttet seinen Inhalt der verdutzten Tausendschön ins Gesicht.

»Du verdammte Heuchlerin!«, brüllt der Reuß und geht drohend auf seine Frau zu. »Wenn ich mich richtig erinnere, vögelst du seit Wochen mit dem Freund deiner Tochter, wenn du nicht gerade damit beschäftigt bist, mein Geld mit vollen Händen zum Fenster rauszuschmeißen. Und ausgerechnet du wagst es, mir eine Szene zu machen? Raus hier, aber schnell, bevor ich meine guten Manieren vergesse!«

Wie zwei Kampfhähne stehen sich die Eheleute gegenüber, und es schaut ganz nach weiteren Handgreiflichkeiten aus. Aber dann dreht sich die Reuß Carolin auf amol um, staubt hinaus und knallt die Tür mit einer Heftigkeit zu, dass die Scheiben scheppern.

Ich atme tief durch. Mein lieber Schieber! Bei so einem Affentheater brauchst du keine Soap mehr im Fernsehen.

Die anderen Gäste sind quasi mit offenen Mündern zu glotzenden Salzsäulen erstarrt. Dem Ehepaar Neuhaus is vor lauter Schreck des Besteck in den Sellerieauflauf gefallen. Die Familien Eichmüller und Pimpl starren mit weit aufgerissenen Augen den Reuß an. So einen Auftritt erleben unsere Dörfler ned jeden Tag, da schauen sie scho gern zweimal hin.

Und ich denk genervt: Erster Tag im eigenen Lokal, und gleich so ein Zirkus, des kann doch ned wahr sein. Die Gschicht wird in Lauenburg rumgehen wie ein Lauffeuer, und ich bin widder amol Dorfgespräch. Aber auch eine miese Werbung is schließlich eine Werbung. Hoff ich jedenfalls.

»Wo kann ich mich säubern?«, unterbricht die Tausendschön meine Gedanken. Ihr tropft der kostspielige Weißburgunder aus den Haaren auf die noch teureren Designerklamotten.

»Hinten rechts«, sag ich.

Sie rauscht an mir vorbei, reißt die nächstbeste Tür auf und stürzt hinein in den Besenschrank. Putzutensilien fallen aus dem Regal, Schrubber und Besen knallen auf den Boden.

Im Gastraum wird laut gekichert.

Ich geh zu ihr hin, nehm sie am Arm und schieb sie zur nächsten Tür. »Da geht's nei«, sag ich und drück ihr ein sauberes Geschirrtuch in die Hand.

Wie sie wieder aus dem Klo auftaucht, sind sowohl ihre tadellose Frisur wie auch ihr Lover verschwunden. Auf dem Tisch hat er drei Hunderteuroscheine liegen lassen. Mit finsterem Blick stürmt die Bankerin an mir vorbei und zur Tür hinaus.

Schad drum, denk ich. Die sehen wir bestimmt nimmer in unserer »Hexenküche«. Aber vielleicht täusch ich mich auch.

Wie ich mir's gedacht hab, macht die Story im Dorf ratzfatz die Runde. Wurscht, ob die Gabler Hanni, die Berta oder die Sofie, ein jeder will wissen, was da mittags bei uns los war. Und wie's halt beim Tratschen so is, wird die Story von Stund zu Stund monströser, bis die Gattin sogar eine Morddrohung gegen die Finanzberaterin ausgestoßen haben soll.

Aber noch am selben Abend erleben wir eine Riesenüberraschung. Aufgebrezelt wie Meghan Markle in der Londoner Armenküche stolziert die Tausendschön Helene erneut ins Restaurant und direkt auf mich am Grill zu.

»Wie ich gelesen habe, bieten Sie auch Kochkurse an«, sagt sie und wedelt dabei mit einem Flyer vor meiner Nase umeinander. »Ich will mich anmelden. Was wird denn gekocht, und wann geht es los?«

Halt amol, so weit war ich doch noch gar ned mit meinen Planungen. Eigentlich wollt ich erst in einem Monat mit den Kochkursen starten, wenn der Restaurantbetrieb amol in Schwung gekommen is und reibungslos läuft.

»Äh, wahrscheinlich übernächste Wochn«, improvisier ich. »Italienisch für Anfänger.«

»Anfänger hört sich gut an. Ich habe zwar eine phantastische Küche, aber keinerlei Erfahrung im Umgang mit Pfannen und Töpfen.«

Des mit der Küche stimmt; die hab ich scho amol vom Auto aus bewundert. Die Bankerin wohnt nämlich in einer Villa aus Glas, wo man von der Strass aus in jedes Zimmer hineingaffen kann, vor allem nachts, wenn alles hell erleuchtet is. Dann herrschen für einen jeden Spanner wahrhaft paradiesische Zustände; man is in dem Tausendschön-Haus nämlich ungefähr so unbeobachtet wie ein Fisch in einem Goldfischglas mit Inneneinrichtung.

»Okay, ich würde den Gerry und mich gern dafür anmelden.«

»Moment, ich schreib es auf! Und wegen dem konkreten Termin geb ich Ihnen noch Bescheid.« Ich mach mir eine Notiz ins Reservierungsbuch.

»Übrigens, ich bin die Helene.« Sie streckt mir die Hand hin. »Wir können uns doch alle duzen.« Ihr Blick schweift hinüber zur Mona. Die nickt.

Und mir soll's auch recht sein. Mittlerweile hab ich des Gefühl, dass wir die Helene noch öfter in »Doras Hexenküche« begrüßen dürfen, weil sie ja mit Kochen ned so viel am Hut hat.

Die Tausendschön Helene lächelt. »Dann mach mir doch heute einen Tapas-Teller für zwei zum Mitnehmen, Dora! Und zum Überbrücken der Wartezeit hätt ich gern ein Glas Schampus. Trinkt ihr eines mit? Ja? Dann bitte drei Gläser, Mona.«

Während ich in der offenen Küche Chorizo-Pilz-Spießchen, pikante Kartoffelecken, Sherry-Garnelen, Krebs-Tartelettes und fränkische Käsehappen zubereite, ratscht unsere neue Stammgästin entspannt mit meiner Freundin am Tresen. Die zwei verstehen sich gut, des merk ich auf Anhieb. Und ich mag die Helene auch, obwohl es mir ned gefällt, wie sie sich in die Reuß-Ehe hineindrängt. Aber in solche Dramen misch ich mich grundsätzlich ned ein, weil hinterher verträgt sich die Streithenne wieder mit ihrem Streithahn, die zwei haben sich auf amol ganz doll lieb, und man selber steht da wie der letzte Vollpfosten und hat auf einen Streich gleich zwei Feinde mehr. Des kenn ich aus eigener Erfahrung, drum halt ich mich lieber bedeckt beziehungsweise raus.

Wie ich die Vorspeisenplatte auf den Tresen stell, zahlt die Helene und gibt uns ein fürstliches Trinkgeld. Ich kann mir ein Grinsen ned verkneifen. Es freut mich einfach, wie gut wir mit unserem Service bei den Gästen ankommen.

Beim Rausgehen nickt die Bankerin dem Roman Neuhaus zu, der vorhin angerufen hat und jetzt die bestellte Salatplatte zum Mitnehmen abholt. Aha, man kennt sich also. Aber des is eigentlich kein Wunder, denn die Helene wohnt genau gegenüber vom Ehepaar Neuhaus. Der Roman und sein Mann Adrian leben seit ungefähr zwei Jahren in Lauenburg, und zwar in so einem kostengünstigen Fertighaus im Neubaugebiet, also ned im alten Dorf so wie die Mona und ich. Anfangs sind sie von den alteingesessenen

Dorfbewohnern ziemlich misstrauisch von allen Seiten beäugt worden. Zwei Männer, die wo miteinander verheiratet sind, einer davon auch noch ein Künstler? Geht denn so was? Is des überhaupts erlaubt, oder sind des ned vielleicht gemeingefährliche Perverse? So was hat es in unserem Kaff vorher noch nie gegeben, so was haben die Dörfler bis dahin bloß aus den Softpornos im Fernsehen gekannt. Aber mittlerweile hat sich sogar der katholischste Spießer an die zwei gewöhnt, weil es echt umgängliche und hilfsbereite Menschen sind, die wo ein jeder gern zum Nachbarn hat.

Kurz vor Ende unserer Öffnungszeit schneit auch noch die Sofie auf einen Absacker herein. Bei einem Aperol Spritz berichtet sie, dass sich des Ehedrama Reuß bis ins Schloss rumgesprochen hat. Graf Lauenfels, der zwei Gäule vom Gestüt Reuß kaufen will, hat seiner Frau beim Essen davon erzählt. Die Sofie hat sich im Gastraum vom »Eppelein« rumgedrückt und die Ohrwaschel auf Empfang getunt, damit ihr ja kein Wort entgeht. Dass der Reuß schwerreich is, hat sie beim Lauschen erfahren, ein waschechter Multimillionär, dem es in München zu eng geworden is. Deswegen haust er jetzt mitsamt Familie auf dem denkmalgeschützten und luxussanierten Gut Rosenhain in der Näh von Schnalzlreuth. Das Gestüt hat er angeblich aus der Portokasse bezahlt, weil er halt des Geld in der Schubkarre heimfährt, so gut laufen seine Hotels deutschlandweit. Er is ein bayerischer Dagobert Duck, könnt man sagen. Außerdem kriselt es in der Reuß-Ehe gewaltig, weil die Carolin kaufsüchtig is, hat der Graf auch noch gewusst. In München is sie jeden Tag durch sämtliche Boutiquen gezogen und hat des Geld schneller hinausgeblasen, wie es dem Gerry seine Hotels einnehmen konnten. Er wär sie nur zu gern los, seine Holde, hat die Sofie noch erfahren, aber eine Scheidung käm ihm teuer zu stehen, weil es keinen Ehevertrag gibt. Und dass er gern fremdvögelt, der Herr Multimillionär, und dabei weder besonders diskret noch ausgesprochen wählerisch is. Barfrauen, Kellnerinnen, Verkäuferinnen, er nimmt mit, was ihm vor die Flinte läuft. Des Lauschen hat die Sofie übrigens von uns gelernt, von der Mona und mir. Man weiß ja nie, wozu man Informationen später noch brauchen kann.

»Hallo!«

Allmächd, wenn man vom Teufel spricht. Vor uns steht die Reuß Carolin und schwankt hin und her wie ein Grashalm bei Windstärke neun. Wahrscheinlich hat sie schon den ein oder anderen Cocktail intus.

»Einen doppelten Tequila!«, ordert sie missmutig. »Warum seid ihr denn auf einmal alle so still? Habt ihr gerade über mich gelästert?«

Wie auf Kommando schütteln wir die Köpf, während die Mona ihr den Schnaps hinstellt. Verstohlen mustere ich die Millionärsgattin im Versace-Barocco-Kleid, den Aquazzura-Stilettos Modell Tequila, passend zum Getränk, mit nagelspitzen Mörderabsätzen und mit dem teuren Chopard-Schmuck. Ehrlich, in der ihren Schuhen könnt ich ned amol stehen, geschweige denn laufen. Wie macht sie des bloß, ohne ständig aufs Maul zu fallen?

»Noch einen!«, fordert sie.

Des mit dem Umkippen klappt bestimmt noch, wenn sie so weitersäuft, denk ich grad, da serviert die Mona schon Schnaps Nummer zwei.

»Los doch, trinkt einen mit, weil, wenn ich nichts trinke, ist mir langweilig. Und wenn ihr nichts trinkt, seid ihr langweilig.«

Wir lehnen dankend ab.

»Alle im Dorf tratschen über uns«, jammert sie und schüttet sich den zweiten Doppelten in den Hals. »Der Gerry macht mich zum Gespött der ganzen Gegend mit seiner Bitch. Warum mussten wir auch in diese Wildnis ziehen, wo jeder jeden kennt und sich jeder Dorfkasper das Maul über uns zerreißt. Noch einen!«

Die Mona schenkt ihr den dritten zweistöckigen Tequila ein, und auch den haut sie mit einem Zug weg. Darin hat sie, scheint's, Übung, die Reuß Carolin.

Dann knallt sie des Schnapsglas auf den Tresen, dreht sich um und schwankt mit leichtem Linksdrall aus dem Lokal.

»Frau Reuß! Stopp! Sie müssen noch zahlen!«, schreit ihr die Mona hinterher. »So halt sie doch auf, Dora! Sie darf sich auf keinen Fall ans Steuer setzen.«

Aber die Reuß is ned aufzuhalten. Wie die Sofie und ich auf

den Parkplatz stürmen, schmeißt sie grad mit Schwung was ins Gebüsch. Was, des is im Finstern ned zu erkennen. Aber fluchen tut sie dabei wie ein Bierkutscher. Die Society-Dame hat Schimpfwörter in ihrem Repertoire, die hab selbst ich noch ned gehört, und ich kenn fast alle.

»Carolin, etzd bleiben Sie da! Sie können nimmer Auto fahren!«, ruf ich, wie sie sich in ihr schwarzes Maserati-Cabrio fallen lässt.

»Du kannst mir den Schuh aufblasen, Dotterweich!«, grölt sie und startet den Motor. Dann prescht sie ohne Licht davon.

»Himmelherrgottsakrament!«, ertönt da eine Stimme aus der Dunkelheit. »Die dumme Sau hätte um ein Haar den Rambo platt gefahren.«

Aus dem Schatten taucht eine Gestalt auf. Es is der Adrian Neuhaus, einen Wischmopp mit Füß an der Leine, der kläfft wie ein Narrischer. »Wer war denn das?«

»Des war die Frau Reuß. Is alles in Ordnung? Is Ihnen wos bassierd?«, frag ich besorgt.

»Die Frau Reuß? Nein, uns geht es gut, gell, Rambo? Aber jetzt gehen wir schnell heim zum Papi, der macht sich bestimmt schon Gedanken, wo wir so lang bleiben. Gute Nacht, Frau Dotterweich.«

Und so schnell, wie er da war, is er auch wieder im Finstern verschwunden.

»Gute Nacht, Herr … äh, Neuhaus!«, ruf ich ihm noch hinterher, aber des hört er sicher nimmer.

Auch für uns is es Zeit heimzugehen, obwohl es für unsere Verhältnisse noch relativ früh am Abend is. Aber für heut hab ich die Nase gestrichen voll. Außerdem is kein einziger Gast mehr da.

»Allmächd, die hod doch bestimmt eins Komma fünf Promill«, schätzt die Sofie, wie wir uns gemeinsam auf den Heimweg machen, nachdem sie uns noch geholfen hat, die Küche zu schrubben. »Mindestens. Hoffentlich kommt die heil haam.«

Ich nicke und wünsch mir, dass es den Schnalzlreuther Dorfsheriffs auffällt, wenn da wer in einem PS-starken Maserati ohne Licht, aber dafür in wilden Schlangenlinien durch die Nacht gurkt.

Spargel auf Kräuteromelette mit Bauerngeräuchertem

Zutaten:
150 g Mehl
Salz
250 ml Milch
2 große Eier
500 g Spargel
Liebstöckel, Petersilie, Thymian oder Kräuter der Provence, je nach Geschmack
Rapsöl oder Butter zum Braten
100 g Bauerngeräuchertes, fein aufgeschnitten

Zubereitung:
Mehl mit ¼ TL Salz, Milch und Eiern verrühren. 30 min quellen lassen.
Den Spargel schälen und in leicht gesalzenem Wasser 20 min köcheln lassen.
Die Kräuter waschen, putzen, sehr fein wiegen und mischen.
Die Kräutermischung in den Teig geben und gut unterrühren. In wenig Öl oder Butter dünne Omelettes ausbacken und diese mit Spargel und dem Geräucherten anrichten.
In meiner »Hexenküche« gibt es dazu einen leichten Weißwein.

Sellerieauflauf à la reine (nach Königinart)

Zutaten:
200 ml Sahne
2 große Eier
Cayennepfeffer
1 Prise Muskat
Salz und Pfeffer
200 g Kräuter wie Petersilie, Schnittlauch, Liebstöckel, fein gehackt
1 Stück Butter
1 Zwiebel, fein gewürfelt
800 g Bleichsellerie, gewaschen und in Streifen geschnitten
250 ml Gemüsebrühe
200 g Emmentaler, gerieben

Zubereitung:
Die Sahne mit den Eiern verrühren. Die Gewürze und Kräuter dazugeben.
Die Butter erhitzen und darin die Zwiebelwürfel andünsten. Die Selleriestreifen dazugeben und circa 15 min mitdünsten. Dann mit der Brühe ablöschen.
Anschließend den Sellerie in eine feuerfeste Form geben und die Sahne-Eier-Kräuter-Mischung darübergießen. Mit dem Reibekäse bestreuen und alles in den auf 200 °C vorgeheizten Backofen schieben. 30 min backen und heiß servieren.
Wem das zu viel Gemüse auf einmal ist, der kann sich bei uns in der »Hexenküche« ein Zanderfilet oder ein Schnitzel dazubestellen.

6

In der Früh sind wir echt spät dran, weil die Mona wieder amol ihren Autoschlüssel ned findet und wir erst ewig umeinandersuchen müssen, bis sie ihn endlich aus der Obstschale fischt. Jeden Tag des gleiche Gschiss! Des Auto brauchen wir trotz des kurzen Wegs fast täglich, weil wir immer wieder Lebensmittel und andere Waren zwischen Wohnhaus und Lokal hin- und hertransportieren müssen.

»Jetzt schick dich halt, Mona! Ich muss ewig viel fürs Mittagessen vorbereiten. Wir sind heut nämlich ausgebucht, und es is scho nach neuna. Mir pressiert's wärklich«, drängle ich, weil ich langsam nervös werd.

Wir schmeißen unsere Körbe und Taschen in den MINI, dann gibt die Mona Gas. Fünf Minuten später stehen wir auf dem Parkplatz vor unserer »Hexenküche«.

»Du, Dora, schau mal, da liegt jemand vor dem Eingang!« Die Mona springt aus dem Wagen. »Eine Frau. Beeil dich, vielleicht ist sie hingefallen und braucht Hilfe.«

Eilig steige ich aus, und gemeinsam hetzen wir hinüber zum Lokal. Ein paar Meter davor bremsen wir ab und bleiben wie angewurzelt stehen. Auf den Stufen zur Eingangstür liegt die Tausendschön Helene in einer Blutlache – oder besser gesagt ihre Leiche. Ihre Arme sind ausgebreitet, die Beine gespreizt, und mit aufgerissenen Augen starrt sie in den Maihimmel. Ein grotesker Anblick, weil mitten in ihrer frisch gebotoxten Stirn der Absatz eines Damenpumps steckt, der mir verdächtig bekannt vorkommt. Ein Aquazzura, Model Tequila Sandal, besetzt mit pinkfarbenen Strasssteinchen, die wo in der Sonne fröhlich funkeln. Mindestens fünf Zentimeter von dem Zehn-Zentimeter-Absatz haben sich der Bankerin in den Kopf gebohrt. Hirnmasse is aus der Wunde ausgetreten und hat sich über ihr Gesicht verteilt. Wirklich fürchterlich schaut des aus. Da hat einer beziehungsweise eine in blindem Zorn und mit großer Kraft zugehauen.

»O Gott, Dora, ist sie tot? Sie ist tot, oder? O nein, die Helene ist tot. Was machen wir denn jetzt?«, kreischt die Mona völlig panisch, packt meinen Arm mit beiden Händen und klammert sich daran fest.

Mit einer Hand zieh ich mein Handy aus der Hosentasche und wähle die 110. Wie sich eine Frauenstimme am anderen Ende meldet, stammle ich in den Hörer: »Bei uns do vor der ›Hexenküche‹ in Lauenburg liegt a Leich. Die Polizei soll kumma, aber schnell.« Vor Schreck hab ich meinen Vorsatz mit dem Schriftdeutschreden ganz vergessen.

Ich stottere noch die genaue Adresse durch, dann zerr ich die Mona weg vom Tatort. Ned dass wir noch Spuren hinterlassen, die wo die Ermittler auf eine völlig falsche Spur führen. Ich kenn mich da nämlich a bissla aus, weil des ned meine erste Leich is. Aber des wissen Sie bestimmt scho. Es dauert bloß ein paar Minuten, dann schnalzt ein Polizeiauto mit Blaulicht ums Eck. Ich denk noch: Bitte ned die Deppen vom Dienst, aber dann steigen wirklich der Karl und sein Kollege Ossi aus dem Fahrzeug. Die zwei haben von Mordermittlungen ungefähr so viel Ahnung wie eine Kuh vom Seiltanzen.

»Ser's, Dora, wo brennt's denn allaweil?«, will der Karl wissen und klemmt cowboymäßig die Daumen zwischen Gürtel und Hosenbund.

»Da, schau halt selber.« Ich deut auf der Helene ihren leblosen Körper.

Der Karl dreht sich um und reißt bei dem grausigen Anblick geschockt die Augen auf. »Ja verreck! Wos is 'n des?«

»A Leich, tät ich amol vermuten. Aber ich bin kein Pathologe, gell«, antwort ich trocken. »Vielleicht wär's gscheiter, wennst erst amol selber nachschaust und dann die Mordkommission verständigst.«

»Genau, so mach ma des.«

Er geht zwei Schritte näher an der Helene ihre Leich heran, wirft einen ganz kurzen Blick auf sie, wendet sich abrupt wieder um und schreit: »Ossi, ruf in Bamberch an! Die Kripo soll herkumma, aber a weng flott, wenn's geht! Bei uns gäbat's a Leich.«

Der Ossi tut wie geheißen und informiert die Bamberger Kripo. Mir is klar, dass wir jetzt viel Zeit und Geduld brauchen, weil Stunden vergehen können, bevor sich die Bamberger nach Lauenburg bequemen.

»Dora, könnst du ned amol in die Küchn geh und aweil an Kaffee für uns kochen?«, schlägt der Ossi nach einer halben Stunde Rumstehen vor.

»Spinnst du?«, herrscht ihn sein Kollege an. »Wie soll denn die Dora da neikumma in ihr Kneipn? Da muss doch erscht amol die Spusi alles untersuch'n. Manchmal bist wärklich so bleed wie zwölf Meter Teerstrass, Ossi.«

Bevor sich die zwei so richtig in die Wolle kriegen, schlag ich vor: »Wie wär's denn, wenn ich in den ›Grünen Kranz‹ geh'n und dort einen Kaffee hol'n tät?« Die Mona schaut nämlich auch so aus, wie wenn sie einen ordentlichen Schuss Koffein vertragen könnt. Außerdem brauch ich einen Moment für mich, weil ich überlegen muss, was genau die Helene vor unserem Lokal gewollt haben könnt. Ihr Essen hat sie doch gestern Abend mitgenommen, wollt sie vielleicht später noch eine Flasche Wein oder Schampus holen, als des Lokal scho geschlossen war? Oder uns in aller Herrgottsfrüh einen Besuch abstatten, obwohl sie doch eigentlich wissen musst, dass wir vor neun Uhr ned da sind? Fragen über Fragen.

»Wos is 'n da drüben bei euch los?«, begrüßt mich der Wirt, sobald ich die Wirtsstube betret.

Ich zuck mit den Schultern, als hätt ich von nix eine Ahnung, und bestell vier Heffala Kaffee.

»Grüß dich, Dora. Du, ich koch einen frischen und bring ihn dir nüber zur ›Hexenküche‹.« Und des sagt ausgerechnet die Sonja, die Kellnerin vom »Kranz« und meine anerkannte Busenfeindin seit Kindergartentagen, die ihren Quadratschädel aus der Küche streckt.

Häh? Wie jetzt? Die Sonja will extra für mich einen frischen Kaffee kochen und ihn mir hinterhertragen? MIR? Freiwillig? Des hat's noch nie gegeben, seit wir uns kennen. Hab ich mich vielleicht verhört?

Bevor der wasserstoffperoxidbleiche Bierkrugtransporter

seine Meinung ändern kann, leg ich des Geld auf den Tresen und mach mich zügig vom Acker. Weiterwundern kann ich mich auch draußen.

Zehn Minuten später schiebt sich des Lauenburger Seidlastaxi mit einem Tablett durch die Gaffer, die sich hinter dem von Ossi und Karl gezogenen rot-weißen Flatterband versammelt haben. Wenn's was zum Glotzen gibt, sind unsere Bauern immer ganz vorn dabei. Die Eingeborenen stehen dicht an dicht nebeneinander, aber ned im Bananenröckchen, sondern in Gummistiefeln und im Blaumann. Und ihre Traktoren dahinter, sodass sie die Zufahrt zur »Hexenküche« blockieren. Des wird die anrückende KTU und den Leichenbestatter bestimmt freuen, weil absolut kein Durchkommen mehr is.

Wie die Dorfsheriffs, die Mona und ich jeder ein Heffala dampfenden Kaffee in Händen halten, starrt die Sonja gebannt auf die Leich und raunt schadenfroh: »Der Tausendschön hod also einer des Licht ausgeblas'n? Des g'schieht ihr gscheit recht, der elenden Kniefieslerin.«

»Wie meinst etzd des?«, will Polizeimeister Karl wissen.

»Die Tausendschön war a geizige Bissgurrn, des weiß doch a jeder. Kein Fünferla zu viel hod die freiwillich rausg'rückt. Und wie die mit die Leut umg'sprungen is, des war a granatenmäßige Sauerei. ›Sie könna Ihre Darlehnsraten nimmer zahlen? Dann werd halt Ihr Häusla zwangsversteigert.‹ So ungefähr war die drauf. Und mich hod sie vor ein paar Wochn übern Haufen g'fahren, weil sie immer g'rast is wie eine g'sengte Sau. Schaut amol her!« Sie lupft ihren Rock in die Höh und zeigt uns eine breite rote Narbe, die ihr vom rechten Oberschenkel bis ans Knie reicht. »Wohnt in einem Palast, scheffelt Gerschtla ohne End, aber weigert sich, mir a paar Cent Schmerzensgeld zu zahlen. Ich musst mir an Anwalt nehma und Klage einreich'n. Aber es gibt halt doch noch eine höhere Gerechtigkeit. Irgendwann kriegt a jeder des, wossa verdient.«

Da schau her, die Sonja is eine Sozialrevoluzzerin mit einem Herz für säumige Schuldner. Des mit ihrem Unfall hab ich ned mitgekriegt, wahrscheinlich vor lauter Umzugs- und Renovierungsstress. Und dass die Helene so schräg drauf war, auch ned. Ob die ihre anderen Kunden wirklich derart schäbig behandelt hat? Vielleicht is ja tatsächlich einem Schuldner die Sicherung durchgebrannt. Oder die Carolin hat die Faxen dicke gehabt und ihr den Schädel eingeschlagen. Die Gedanken überschlagen sich in meinem Hirn, nur zu gern tät ich mir die Leiche aus der Näh betrachten.

»Denk ned amol dran, Dora!« Kann der Karl etwa Gedanken lesen? Er packt mich am Arm und zerrt mich zurück zum Streifenwagen. »Da bleibst etzd steh'n und rührst dich nimmer vom Fleck, bis die Bambercher Kriminaler kumma, hast mich verstand'n? Du schnüffelst da ned umeinander und latschst auf denan Spuren rum.«

Schad, weil der Tatort tät mich brennend interessieren. Immerhin liegt die Leich ja gewissermaßen bei uns im Lokal, könnt man sagen.

Während die Schnalzlreuth-Cops die Traktoren aus dem Weg schaffen lassen, vergehen noch amol vierzig lange Minuten. Dann prescht ein schwarzer BMW auf den Parkplatz und hält mit quietschenden Reifen neben uns. Die Bamberger Kriminaler sind da.

Auf der Fahrerseite rollt der Kommissar Richart Maunzer heraus, und vom Beifahrersitz springt der Hauptkommissar Janzen. Die zwei kenn ich, seit vor fast vier Jahren der alte Graf Laufenfels im Schloss auf einer Saufeder sein Lotterleben ausgehaucht hat. Der Janzen bleibt stehen, streckt sich und lässt dabei den Blick prüfend über die Gaffer und unsere kleine Gruppe neben dem Polizeiauto schweifen. Wie er an mir hängen bleibt, entgleisen ihm die Gesichtszüge, und er murmelt: »Klei mi ann Mors, die Dotterweich.« Wenn Sie jetzt fei denken, dass der Hein vom Hamburger Ohnsorg-Theater die Ermittlungen leiten tät, dann sind Sie falsch gewickelt. Der Janzen hat was auf dem Kasten, auch wenn er ein ewig missgelaunter Fischkopf is.

Schlagartig wird er so rot wie ein geschlechtsreifer Tomatenfrosch. Dass er mich nämlich noch nie richtig hat leiden können, is kein Geheimnis.

»Darf ich fragen, was Sie hier treiben? Sollten Sie nicht im ›Eppelein‹ Fleischklopse braten oder Schnitzel klopfen?«, geifert er zu mir her.

»Ich arbeit nimmer im Schloss, weil –«

»Der Graf Sie endlich vor die Tür gesetzt hat? Bravo! Die einzig richtige Entscheidung. Wer will auf Dauer auch eine neugierige Schnüfflerin wie Sie um sich haben.«

So eine Frechheit. Der tickt wohl nimmer ganz richtig.

»Da täusch'n Sie sich gewaltig, Herr Hauptkommissar. Mich hat keiner nausg'schmissen, ich bin freiwillig ganga«, braus ich auf, sauer wie ein Zitronendrops.

»Und kaum gibt es in Lauenburg eine Leiche, sind Sie sogleich zur Stelle, was? Immer vornweg mit der Schnüffelnase, damit Ihnen nur nichts entgeht. Es ist nicht zu fassen«, schnauzt er übellaunig und wendet sich ab. Es geht ihm unübersehbar gewaltig gegen den Strich, wieder amol in unserem Kaff ermitteln zu müssen.

»Die ›Hexenküche‹ is der Dora ihr Kneipn. Steht doch groß und breit drüber«, verteidigt mich der Ossi. »Die wollt bloß auf ihr Arbeit geh'n, dabei issa über die Leich g'stolpert, könnt ma sag'n.«

Der Kripobeamte dreht sich wieder zu mir um. »Ihre Kneipe? Stimmt das?«, will er wissen.

Ich nicke. »Ja, des seh'n Sie doch selber. Wer lesen kann, is klar im Vorteil, gell? Da steht es groß und breit: ›Doras Hexenküche‹.«

Jetzt stößt auch der Maunzer zu unserem Grüppchen. Im Gegensatz zu seinem permanent übellaunigen Vorgesetzten strahlt er vergnügt von einem Ohr zum andern und is ganz begeistert, wieder in Lauenburg ermitteln zu dürfen.

»Dora, is des klasse, dass mir uns treff'n. Und die Frau Schmälzich is aa dabei.« Er schüttelt uns beiden hocherfreut die Händ. »Und des dort is wärklich Ihr Wärtshäusla? Des is ja subba, da könna mir ja später gleich was essen.«

»Maunzer! Nu is aber daddeldu. Sabbeln Sie ma nich länger rum, sondern gehen Sie an die Arbeit. Wir sind schließlich nicht zu unserem Vergnügen hier. Los, los, die Handschuhe und Überzieher für die Schuhe, aber zackig!«, knurrt sein Vorgesetzter und mustert ihn, wie wenn er eine Kakerlake wär. Der Fischkopf is noch genauso grätig wie bei unserem letzten Zusammentreffen, denk ich. Aber dabei schaut er halt zum Niederknutschen aus mit den markanten Gesichtszügen, den dunklen Haaren und der Silbersträhne über den stahlblauen Augen. Dass er immer so mies drauf is, macht den positiven äußerlichen Eindruck allerdings schnell zunichte.

Der Maunzer, der mehr so dem Posaunenengel aus dem Bamberger Dom gleicht, beeilt sich, des Gewünschte aus dem Kofferraum zu holen. Die beiden Beamten bereiten sich vor, um der Helene ihren Leichnam in Augenschein zu nehmen. Inzwischen sind auch der Dr. Haager zur Leichenbeschau, die Ermittler von der kriminaltechnischen Untersuchung, der Rettungswagen und der Bestatter mitsamt Leichenwagen zum Abtransport eingetroffen. Heut wird unseren Bauern amol richtig was zum Glotzen und Tratschen geboten. Live und in Farbe. Des gibt jede Menge Gesprächsstoff für die nächsten paar Wochen – mindestens.

»Wenn Sie kotzen müssen, gehen Sie ins Gebüsch, Maunzer.« Die Stimme gehört dem Janzen, eindeutig. »Aber reihern Sie bloß nicht auf die Tatspuren, sonst haben Sie heute das letzte Mal für die Mordkommission gearbeitet!«

Der Jungspund taumelt in die Büsche und entleert dort unter lautem Würgen seinen Magen. Es dauert ein paar Minuten, bis er zurückkommt, in der Hand ein kleines Plastiktütchen, in das er etwas hineinstopft. Allerdings schaut er nimmer ganz so frisch und rosig aus wie bei der Ankunft, sein Gesicht hat jetzt so einen leicht grünlichen Touch.

»Mei Lieba, da hod aber einer mit ganz viel Wucht zug'haut. Der muss eine Mordswut auf des Opfer g'habt hab'n, dass der Absatz so tief ins Hirn hinein is.« Mit einem Papiertaschentuch, des ihm die Mona in die Hand drückt, wischt er sich mehrmals den Mund ab. »Wer macht denn so was?«

»Des war bestimmt die alte Reuß.« Die Sonja hat sich vorgedrängt und steht dem Maunzer jetzt Busen an Brust gegenüber. »Die Banker-Bitch hod doch mit der ihrm Mann rumpoussiert. Da könna Sie frag'n, wen Sie woll'n, des weiß in Lauenburg nämlich ein jeder. Bestimmt hod des Millionärsweib die Tausendschön derschlag'n. Aber um die isses wärklich ned schad, Herr Kriminaloberhauptkommissar, die war nämlich ein ganz ausgekochtes, hundsgemeines Luder.«

Wegen dem »Kriminaloberhauptkommissar« kriegt der Azubi-Kommissar vor Freud knallrote Ohren.

»Na, und damit hätten wir ja auch bereits unsere erste Tatverdächtige, nicht wahr, Frau Böhner?« Des is der Janzen, der sich unbemerkt zu unserer Gruppe gestellt hat. »Sie scheinen das Opfer ja regelrecht gehasst zu haben und wollen den Verdacht jetzt von sich auf diese Frau Reuß lenken.«

»Halt amol, stopp!« Obwohl die Böhnerin und ich seit Geburt erbittertste Erzfeindinnen sind, kann ich ned zulassen, dass sie zu Unrecht verdächtigt wird.

»Der Stöckelschuh da, der wo dem Opfer im Hirn steckt, der gehört der Carolin Reuß. Eindeutig«, geb ich bekannt.

»Eindeutig, soso. Und woher wissen ausgerechnet Sie das?«, ereifert sich der Janzen. »Sind Sie etwa auch noch nebenberufliche Schuhverkäuferin? Oder wollen Sie sich wieder einmal nur wichtigmachen?«

»Ich weiß des, weil sie die Pumps ang'habt hat, wie sie gestern Nacht bei uns in der ›Hexenküche‹ war«, teil ich ihm mit und überleg: Muss ich so eine Beleidigung wirklich auf mir sitzen lassen? »Aquazzura-Stilettos, Model Tequila, mit pinkfarbenem Strassbesatz, ich schätz amol Größe sechsunddreißig oder siebenunddreißig.«

»Da haben Sie aber ganz genau hingesehen, was?«, murrt des Nordlicht missmutig.

»Freilich, weil ich nämlich sonst ned eine Frau kenn, die wo so teure Schuh hat. So was sieht man ned alle Tag, vor allem ned in Lauenburg. Die kosten nämlich locker mehr als wie einen Tausender«, echauffier ich mich. »Da schaut eine jede von uns gern zweimol hin.«

»Sie kommen auch als Verdächtige in Frage, Frau Dotterweich, das ist Ihnen schon klar, oder?« Der Tonfall vom Janzen is drohend. »Sie haben das Opfer gestern Nacht noch lebend gesehen, vielleicht als Letzte. Und heute Morgen fallen Sie quasi über die Leiche. Dazu werde ich Sie nachher noch befragen, genauso wie

Sie, Frau Schmälzich.« Ganz klar, er will uns einschüchtern. Aber da is er bei der Mona an der falschen Adress.

»Was wollen Sie eigentlich von uns, Herr Janzen?«, fährt sie ihn an. »Warum verdächtigen Sie Dora? Oder mich? Wir waren die ganze Zeit zusammen, von gestern Abend bis jetzt, ohne Unterbrechung. Wie hätte da eine von uns den Mord begehen sollen? Das ist doch einfach nur lächerlich.«

»Ich vermute einmal stark, dass Sie letzte Nacht geschlafen haben«, keift der Fischkopf. »Hätte Frau Dotterweich währenddessen nicht unbemerkt das Haus verlassen und Frau Tausendschön ermorden können? Überlegen Sie sich gut, was Sie zu Protokoll geben, sonst krieg ich Sie noch dran wegen Falschaussage.«

»Sie glaub'n, dass ich nachts durchs Dorf schleich und meine Gäst erschlag? Was is 'n des für a neues Geschäftsmodell, wenn ich fragen darf?«, schrei ich aufgebracht. »Ich freu mich über einen jeden Gast, bekoch und verwöhn ihn aufs Feinste, ich erschlag ihn ned. Überhaupts bin ich ned die Letzte, die wo die Helene lebendig g'sehen hod. Des wird wohl eher ihr Mörder g'wesen sein.«

In dem Moment kommt der Leichenbeschauer auf uns zu und beginnt, mit dem Nordlicht zu flüstern. Ich klapp meine Ohren angestrengt nach vorn, damit ich auch ja alles mitkrieg.

»Wie lange liegt sie schon hier?«, flüstert der Kriminaler.

»Schätzungsweise ein- bis anderthalb Stunden. Tatzeit zwischen sieben und sieben Uhr dreißig, schätze ich. Genaueres kann ich Ihnen wie immer erst nach der Obduktion sagen.«

»Aber was hod denn die Helene früh in der ›Hexenküche‹ g'wollt?«, platzt es da aus mir heraus. »Die hod doch g'wisst, dass mir nie vor neun im Gschäft sind.«

Wutentbrannt fährt der Janzen zu mir herum. »Sie beide setzen sich jetzt auf der Stelle in den Streifenwagen!«, brüllt er. »Und Sie«, er deutet auf den Ossi, »bringen die Damen aufs Revier nach …«

»Schnalzlreuth«, ergänzt der.

»Genau, nach Schnalzlreuth. Wir kommen nach, sobald wir hier fertig sind. Also, los jetzt. Ich brauche Ruhe zum Arbeiten und keine neugierigen Spanner.«

Zwei Stunden hängen wir auf dem Polizeirevier umeinander, trinken Kaffee und ratschen mit den Beamten, dann endlich stürmen die Bamberger Mordermittler herein.

Die Silberlocke schumbert mich gleich in ein kleines Kabuff, beordert den Ossi dazu, hockt sich hinter den Schreibtisch und wedelt mit der Hand, dass ich mich ihm gegenüber niedersetzen soll. Den Ossi weist er an, meine Aussage auf dem Laptop zu protokollieren.

»So, Frau Dotterweich, dann mal los. Erzählen Sie, und zwar ganz von vorn: Warum sind Sie nicht mehr im ›Eppelein‹ beschäftigt? Seit wann betreiben Sie die ›Hexenküche‹? Wie gut kannten Sie das Opfer, wann und wo haben Sie sich kennengelernt? Gab es Streitigkeiten zwischen Ihnen und Frau Tausendschön? Irgendwelche Differenzen? Mochten Sie die Dame? Wann haben Sie sie das letzte Mal lebend gesehen? Wo waren Sie letzte Nacht? Gibt es dafür Zeugen? Um welche Uhrzeit haben Sie und Frau Schmälzich heute Morgen die Leiche entdeckt?« Wie aus der Pistole schießt er seine Fragen auf mich ab. Jede von ihnen eine Kugel.

Ich antworte wahrheitsgemäß, so gut ich mich an die diversen Vorfälle erinnern kann, während der Ossi fleißig mit dem Zwei-Finger-Suchsystem tippt. Von nebenan hör ich Gelächter. Die Mona und der Jungspund scheinen sich gut zu amüsieren. Mir wär es auch lieber, vom Bamberger Posaunenengel befragt zu werden als von dem Fischkopf mit dem Eisblick und der Nörgelstimme. Obwohl ich nix gemacht habe, komme ich mir irgendwie total schuldig vor. Wie ich endlich fertig bin mit meiner Aussage, lehnt sich der Janzen über den Tisch zu mir herüber und funkelt mich bitterbös an.

»Jetzt hören Sie mir einmal ganz genau zu, verehrte Frau Dotterweich«, knurrt er. »Sollte es Ihnen einfallen, uns wie schon bei den letzten Mordfällen, die in Ihrem persönlichen Umfeld geschehen sind, immer wieder ins Handwerk zu pfuschen, unsere Arbeit in irgendeiner Form zu behindern, herumzuschnüffeln und eigene ›Ermittlungen‹ anzustellen, werde ich dieses Mal nicht lange fackeln und Sie wegen Behinderung der Staatsgewalt in Haft nehmen. Allerdings baue ich darauf, dass Sie mit Ihrem neuen Lokal zu viel eigene Arbeit haben, um sich in unsere einzumischen. Sie halten sich heraus, und zwar aus allem, k-o-m-p-l-e-t-t. Und Sie lassen den Kollegen Maunzer in Ruhe seine Arbeit verrichten, ohne ihn mit Fragen zu löchern oder ihm ein Backblech voller Mandelkracher gegen vertrauliche Informationen anzubieten. Haben wir uns verstanden?«

»Ich Sie scho.« Ich nicke brav. »Keine Ahnung, was Sie verstanden hab'n.« Wenn ich was rauskriegen will, dann werd ich des auch schaffen, denk ich derweil. Aber ich werd es schlauer anstellen als wie beim Mord an der Grafencousine, nimmer ganz so auffällig. Mittlerweile weiß ich ja, wie's geht.

»Lassen wir das. Halten Sie sich einfach an meine Anweisungen, Frau Dotterweich«, ordnet der Hauptkommissar an. »Für heute sind wir fertig. Sie können gehen. Falls ich noch Fragen habe, melde ich mich bei Ihnen.«

Ned dass jetzt wer denkt, ich wär so eine neugierige Krawallschachtel, die wo überall ihre Nase hineinhängt. Gwiss ned. Ich bin halt nur gern gut informiert, aber dass ich neugierig wär, kann man eigentlich ned direkt behaupten.

Wann die »Hexenküche« wieder geöffnet wird, steht laut dem Janzen in den Sternen, weil dort immer noch die Spusi ihre Arbeit verrichtet. Allerdings is mir des eh wurscht. Ich kann mir kaum vorstellen, dass dort, wo vor Kurzem noch eine Leich in ihrem Blut umeinandergelegen hat, jemand essen will. Aber vielleicht täusche ich mich da ja.

Der Ossi bringt mich und die Mona zu unserem Lokal und verabschiedet sich mit dem Versprechen, uns in Sachen Ermittlungen auf dem Laufenden zu halten. Der brutale Mord lässt uns ned kalt, weil wir die Helene gemocht haben und uns ned vorstellen können, wer, außer vielleicht dem Reuß Gerry seine Frau Carolin und dem Seidlastaxi Sonja, einen solchen Hass auf sie gehabt haben könnt. Irgendwie müssen wir des auch erst amol verarbeiten.

Wie es spätabends bei uns daheim an der Tür läutet, stürzt die Mona hin und reißt sie auf. Draußen steht die Sofie, wie üblich mit den wildesten Gerüchten im Huggelkorb.

»Habt ihr scho g'hört? Der Janzen hod die Reuß Carolin verhaftet. Sie hab'n sie nach Bamberg zum Verhör mitg'nomma. Die Tatwaffe, also der Schuh, is nämlich tatsächlich von ihr. Also, wenn ihr mich fragt, hod die wärklich allen Grund g'habt, der Tausendschön auf den Deez zu haua. Wie die sich an den verheirateten Mann hing'hängt hod, des war ja dodal peinlich. Mir tut die Carolin Reuß leid, ganz ehrlich.«

Die Mona und ich schauen uns betroffen an, dann meint meine Freundin: »Ich glaube nicht, dass es die Ehefrau gewesen ist. So ein kleines, zierliches Persönchen hat doch gar nicht die Kraft, so brutal zuzuschlagen. Sie is doch kaum eins fünfundfünfzig groß, und die Tausendschön war bestimmt eins sechsundsiebzig. Da hätte die Carolin ja eine Leiter gebraucht, um ihrer Rivalin die Tatwaffe in den Kopf zu rammen. Außerdem fehlt ihr die intellektuelle Grundausstattung für so eine Tat. Die ist nur auf Shoppen, Champagner und Feiern programmiert, nicht auf Mord. Wenn sie die Affären ihres Mannes nicht mehr ertragen wollte, hätte sie doch die Scheidung einreichen können. Damit hätte sie ihn dort getroffen, wo es ihn am empfindlichsten schmerzt, nämlich auf dem Konto. Warum hätte sie das Risiko einer lebenslangen Haftstrafe eingehen sollen?«

Ich nicke zustimmend. Wo sie recht hat, hat sie recht, die Mona.

Miteinander überlegen wir noch hin und her, wer so einen Hass auf die Helene Tausendschön gehabt haben könnte, um sie dermaßen bestialisch vom Leben in den Tod zu befördern, kommen aber zu keinem Ergebnis. Dann verabschiedet sich unser ehemaliges Gemüsmadla, weil es am nächsten Tag in der Früh zeitig rausmuss.

Kaum is die Tür hinter ihr ins Schloss gefallen, da scheppert mein Handy. Es is der Konni, der sich besorgt erkundigt, ob ich mich bei der Mona auch wirklich sicher fühl oder lieber zu ihm ins Forsthaus ziehen will. Ich erklär ihm, dass ich bei meiner Freundin bleib, weil es charakterlos wär, sie in einer solchen Situation im Stich zu lassen. Außerdem soll ich ja jederzeit für weitere Fragen zur Verfügung stehen, hat der Janzen befohlen. Ich muss dem Konni versprechen, gut auf mich aufzupassen und ihn sofort zu verständigen, wenn es brenzlig werden sollte. Kaum leg ich des Telefon beiseite, da rappelt es erneut. Diesmal is es der Maunzer, der mir mitteilt, dass die Spurensicherung ihre Arbeit beendet und die »Hexenküche« freigegeben hat. Wenn wir möchten, können wir morgen wieder arbeiten. Ich schnauf erleichtert auf, und auch die Mona is froh.

»Jetzt hab ich aber einen gscheiten Hunger«, erklär ich ihr, kaum dass des Telefonat zu Ende is. »Wie wär's mit Trüffelpasta? Der Trüffel muss weg, sonst vergammelt er, und des wär doch jammerschad um des teure Stück. Und zum Nachtisch is noch eine Schüssel voll Ricottacreme von gestern übrig.« Die is zwar nimmer ganz taufrisch, aber essen kann man sie noch. Trotzdem verkneif ich mir besser, des zu sagen, weil die Mona mit Verfallsdaten und so extrem empfindlich is.

»Jetzt, wo du's erwähnst ... Mir hängt der Magen bis zu den Knien. Ich hab den ganzen Tag noch keinen Bissen gegessen.«

»Dann wird's aber Zeit«, entgegne ich und mach mich an die Arbeit.

Kurz darauf fallen wir wie ausgehungerte Wölfe über des Abendessen her. Trüffelpasta schmeckt in jeder Lebenslage und is einfach und schnell zuzubereiten, wenn auch ned ganz preiswert. Trotzdem is es ein absolut empfehlenswertes Gericht. Probieren Sie es einfach selber amol. Des Rezept hab ich extra für Sie aufgeschrieben. Es steht auf der nächsten Seite.

Nach ein paar Gläsern Rotwein haben wir die nötige Bettschwere, und jede von uns fällt in ihrem Zimmer nach einem ereignisreichen Tag vor Erschöpfung in komatösen Tiefschlaf.

Trüffelpasta

Zutaten:
300 g Spaghetti oder Tagliatelle
4 EL Trüffelöl
130 ml Sahne
70 g Parmesan, frisch gerieben
Salz und Pfeffer
15 g Sommertrüffel

Zubereitung:
Die Nudeln nach Packungsangabe kochen.
Das Trüffelöl in einer hochwandigen Pfanne erhitzen, die Sahne in das heiße Öl geben, den Parmesan unterrühren und ganz kurz aufkochen lassen. Mit Salz und Pfeffer abschmecken.
Die Nudeln abgießen, abtropfen lassen, danach in der Sahnesoße schwenken.
In tiefen Tellern anrichten, nach Geschmack noch Parmesan drüberstreuen und den Trüffel mit einem Hobel über die Nudeln reiben.
Bei mir gibt's dazu ein Glas Silvaner vom Juliusspital.

Ricottacreme mit Himbeeren

Zutaten:
500 g TK-Himbeeren
120 g Zucker
4 EL Portwein
6 Blatt weiße Gelatine
500 g fettarmer Joghurt
250 g Ricotta
200 ml Orangensaft, frisch gepresst
Saft einer halben Zitrone
abgeriebene Schale einer unbehandelten Zitrone

Zubereitung:
Die Himbeeren auftauen. Mit 20 g Zucker bestreuen, mit dem Portwein beträufeln und circa 30 min abgedeckt durchziehen lassen. Gelatine nach Anleitung auf der Packung einweichen und auflösen.
Joghurt, Ricotta, restlichen Zucker, Orangen- und Zitronensaft und Zitronenschale glatt rühren. Einige Esslöffel der Creme mit der Gelatine verrühren. Gelatine-Mischung unter die restliche Creme heben und kaltstellen, bis die Masse leicht zu gelieren beginnt. Creme und Himbeeren abwechselnd in hohe Gläser schichten und im Kühlschrank circa 3 h fest werden lassen.
Die Mona und ich trinken dazu am liebsten einen Latte macchiato. Ein Cappuccino oder ein Milchkaffee passt natürlich auch.

7

»Meinst wärklich, dass wir die ›Hexenküche‹ heut scho aufsperr'n soll'n?«, frag ich in der Früh meine Freundin und Geschäftspartnerin. »Is des ned irgendwie pietätlos? Und wer will denn in einem Lokal ess'n, wo gestern noch a Leich umeinanderg'flackt is? Also, ich ned; ned einen Bissen tät ich da nunterbringen.«

Die Mona gähnt herzhaft, bevor sie sich noch einen Kaffee einschenkt.

»Lass es uns doch einfach probieren, Dora. Mal sehen, ob du recht hast. Wenn keiner kommt, machen wir einfach wieder zu.«

Des is dann allerdings ned notwendig. Kaum haben wir den Schlüssel im Schloss umgedreht, da stehen scho die ersten Mordtouristen auf der Matte.

»Is denn heut überhaupts geöffnet?«, will der Hupfer Willi wissen.

»Freilich, komm nur rein, Willi. Und du auch, Gerda.« Ich geh zur Seite und lass die beiden eintreten. »Was derf ich euch denn bringen?«

»Zwei Nikl-Zwickl und so eine Tomaten-Frittata für zwei Personen«, ordert der Willi. »Mit extraviel Käs, bitt schön.«

»Frittata mit viel Käs, is scho recht.« Ich nick. »Des Essen kommt gleich, des Bier sofort.«

»Was war denn gestern bei euch los?«, will die Gerda auch scho wissen, bevor sie noch mit der zweiten Backe auf dem Stuhl hockt.

Aber so schnell kann ich gar ned antworten, da schneit eine von den größten Ratschkaddeln herein, die wo unsere Käffer zu bieten haben. Es is die Elfriede, eine gute Freundin von der Mona ihrer Mutter und die Top-Ratschn vom Team Schnalzlreuth, die sich an die Bar stellt und einen Prosecco bestellt. Ganz ehrlich, ich hab die noch nie was anderes trinken sehen als wie Bier. Und etzd auf amol Prosecco? Ich glaub, es hackt.

»Sag amol, Dora, weiß ma scho, wer die Tausendschön derschlagen hat?«, legt sie los, sobald sie ihr Glas in der Hand hält.

»Ich glaub ja, dass des dem Reuß seine Alte war. Weil der doch die Tausendschön genagelt hat, und des so ungeniert, dass es ein jeder mitgekriegt hat. Ich kenn niemanden, der des ned g'wisst hätt. Eine bodenlose Sauerei war des, wie die zwei sich aufg'führt ham, regelrecht unanständig.«

»Recht hast du, Elfriede«, schreit ihr die Gerda vom Tisch aus zu. »Ein durch und durch schamloses Benehmen, einfach unerhört. Kein Wunder, wenn die Frau Reuß sich so einen offensichtlichen Betrug nicht gefallen lassen wollte und ihre Nebenbuhlerin erschlagen hat. Ich hätt's genauso gemacht.«

Der Willi verschluckt sich vor lauter Schreck an seinem Zwickl. Dass seine Gerda so gewaltbereit is, scheint ihn zu überraschen. Mich übrigens auch. Sonst is sie nämlich eher eine Stille, die ned viel redet, aber immer genau hinhört. Aber jetzt hecheln die zwei Weibsbilder in aller Ausführlichkeit der Tausendschön ihr Liebesleben durch und lassen dabei kein gutes Haar an der armen Frau. Wie ich des interpretier, wär die Finanzberaterin bei uns im Dorf mit Sicherheit niemals zur Nachbarin des Monats gewählt worden, so dermaßen unbeliebt, wie sie war. Wenn es stimmt, was da erzählt wird, war die Reuß-Ehe ned die erste, die sie geschreddert hat. Dem Krämer Hugo aus Schnalzlreuth seine Ehe und die von einem Lehrer aus Forchheim soll sie auch auf dem Gewissen haben. Ein *marriage wrecker*, eine mannstolle und rücksichtslose Ehevernichterin war sie anscheinend, die Helene, die bevorzugt mit verheirateten Mannsbildern angebandelt hat. Andererseits wird in unserem Kuhkaff auch viel Schmarrn geredet, wenn der Tag lang is, da darf man ned alles glauben.

»Auf meinen Willi hatte sie auch mal ein Auge geworfen. Aber da hab ich schon aufgepasst, dass da nichts passiert, gell, Willi?«, weiht uns die Gerda in ihre Ehegeheimnisse ein.

Echt jetzt? Auf Zwerg Willi, der beim Autofahren kaum übers Lenkrad schauen kann, war die Helene scharf? Der drei quer über die Glatze gepappte Haarsträhnen und eine schwabblige Bierwampe zur Schau trägt? Da hat die Finanzberaterin aber einen recht ausgefallenen Männergeschmack gehabt.

Es is kaum Mittag, da sind alle Tische und alle Stühle besetzt.

Handykameras klicken im Sekundentakt, und die Lauenburger brüllen von einem Tisch zum anderen, dass ich mein eigenes Wort kaum versteh. Es herrscht ausgelassene Kerwastimmung. Ned bloß über die Helene, auch über den Reuß wird rücksichtslos hergezogen, wobei Ausdrücke fallen wie »Ehebrecher«, »Hurenbock« und »Weiberheld«. Ein jeder von unseren lieben Nachbarn hat seine ganz eigene Mordtheorie, ein jeder kennt ein anderes Motiv. Und der Verbrechenstourismus boomt, weil ein jeder auch seine Anwesenheit am Tatort mit einem Handyfoto beweisen will. Persönlich find ich so ein Verhalten ja einfach nur scheiße. Wir hätten die »Hexenküche« heut doch besser schließen sollen, denk ich, aber jetzt is es dafür zu spät.

Wie auf amol schlagartig Ruhe einkehrt, schau ich von meinem Grill auf und seh, wie der Reuß Gerry geradewegs auf die Bar zusteuert.

»Einen dreifachen Zwetschgenbrand«, fordert er, wie er vor der Mona steht.

Die Lauenburger gaffen mit offenen Mäulern. Es is so still, dass man des Fleisch brutzeln hört.

Der Reitstallbesitzer dreht sich langsam um und lässt seinen angewiderten Blick über die voll besetzten Tische gleiten. »Soso, zerreißt ihr euch ausgiebig das Maul über die Helene und mich? Ich hätte mit meiner Familie in München bleiben sollen. Carolin hat es immer gewusst: Bei solchen Korinthenkackern wie euch kann man nicht glücklich werden. Dafür seid ihr viel zu kleinkariert, zu neidisch und zu provinziell.« Jetzt schaut er zu mir herüber und zischt: »Ein Segen für deinen windigen Dorfimbiss, dass die Helene ausgerechnet vor deiner Tür zu Tode gekommen ist, nicht wahr?« Er haut sich den Edelbrand in einem Zug in den Hals. »Mit ihrem Tod machst du mit deinem Dilettanten-Stadl jetzt den ganz großen Reibach. ›Mord à la carte‹, darauf fährt das Dorfgesindel ab, wie man sieht. Pietätlos ist das, einfach widerwärtig. Das wollte ich euch nur sagen, und dass ihr mich heute in eurer Kaschemme zum letzten Mal gesehen habt.« Er schmeißt der Mona einen Geldschein hin, dann geht er zur Tür. Dort dreht er sich noch einmal um und brüllt: »Nur damit ihr es wisst: Meine

Frau hat mit Helenes Tod nicht das Geringste zu tun! Und ich auch nicht, habt ihr das verstanden? Niemand aus meiner Familie ist für den Mord an Helene verantwortlich. Einer von euch ist der Mörder. Schaut euch nur um. Mit Sicherheit sitzt ihr hier grad gemütlich mit ihm beisammen. Aber ich warne euch; ich werde nicht dulden, dass ihr mit den Fingern auf mich und meine Familie zeigt.« Damit knallt er die Tür hinter sich zu und stürmt zum Parkplatz hinaus.

Sekundenlang herrscht fassungsloses Schweigen, dann bricht ein Gegacker los, ärger wie auf der Gabler Hanni ihrem Hühnerhof. Ein paar von den jüngeren Kerlen wollen dem Reuß Gerry nach und ihm für seine Unverschämtheit eine aufs Maul hauen. Zum Glück kann die Mona sie so weit beruhigen, dass sie sich wieder auf ihre Hintern hocken und nur bierdampfige Drohungen gegen ihn und seine verlotterte Sippschaft in die Gegend rülpsen.

Weil der Run auf unsere »Hexenküche« einfach ned nachlassen will, schließen wir ned am Nachmittag, sondern haben spontan und ohne Pause bis kurz vor Mitternacht geöffnet.

Wie endlich der letzte Gast draußen is, sink ich ausgepowert auf einen Barhocker. Ohne zu fragen, mischt die Mona ein Jean-Bière und stellt es mir hin.

»Mir hätt'n heut ned aufmachen sollen, dann wär uns des ganze Affentheater erspart geblieb'n. Des war weder besonders rücksichtsvoll noch besonders schlau von uns«, seufze ich und genehmige mir einen ausgiebigen Schluck.

»Dann hätten wir aber auch keine Einnahmen«, argumentiert die Mona. »Dabei brauchen wir jeden Cent. Wir können es uns nicht leisten, aus Pietätsgründen tagelang geschlossen zu bleiben.« Die Mona is wirklich Geschäftsfrau durch und durch, die hält sich ned lang mit Sentimentalitäten auf.

»Glaubst du denn dem Gerry? Dass er und die Carolin nix mit dem Mord zu schaffen ham? Dass es einer aus dem Dorf war?«, frag ich sie.

»Woher soll ich das wissen, Dora? Der Reuß könnte auch lügen. Vielleicht will er den Verdacht nur von sich und seiner Frau ablenken«, mutmaßt meine Kollegin.

»Weißt was?« Trotz Müdigkeit hab ich plötzlich einen Geistesblitz. »Ich schau und horch mich einfach amol auf dem Reiterhof vom Reuß um.«

»Eine brillante Idee, Dora, wirklich!« Die Mona schüttelt spöttisch den Kopf und verdreht auch noch genervt die Augen. »Und wie willst du das anstellen? Hingehen und dem Herrn Gutsbesitzer erklären, dass du ›ermittelst‹? Der schmeißt dich doch schneller hochkant raus, als du das Wörtchen ›Mord‹ sagen kannst.«

Ich will grad etwas antworten, da bumpert wer an die Eingangstür. Draußen steht der Maunzer und winkt wie wild. Ich hupf von meinem Barhocker herunter und mach ihm auf.

»Ja, Richart, was mach'n denn Sie um die Zeit da bei uns?«, begrüß ich ihn. »Kumma Sie rei. Woll'n Sie was trinken?«

Der Maunzer und ich haben scho viel miteinander erlebt, drum reden wir uns mit dem Vornamen an. Aber wegen seinem dauerhaft übellaunigen Vorgesetzten bleiben wir eisern beim »Sie«. Am End tät uns der Janzen noch ein geschlampertes Verhältnis andichten, und des wär gar ned gut für dem Maunzer seine Karriere, um die es wegen einiger Verfehlungen in Sachen Dienstanweisungen eh scho ned zum Besten steht.

»Der Herr Janzen hod mir ang'schafft, dass ich mich do in Lauenburg amol a weng umhorchen soll. Er bleibt vorläufig in Bamberch wegen der Frau Reuß ihrer Vernehmung«, informiert er uns. »Ich hob mein Büro etzd drübn in Schnalzlreuth, in der Polizeistation.«

Er hockt sich an einen der Tische, ich mich ihm gegenüber. Blass schaut er aus und ganz schön fertig.

»Möchten Sie vielleicht eine Kleinigkeit essen, Herr Maunzer?«, fragt ihn meine Kollegin über meinen Kopf hinweg.

Sofort huscht ein erfreutes Lächeln über sein Gesicht. »Ja freilich! Wos gibt's denn?«

»Die Dora könnte Ihnen ein paar Tapas anrichten«, schlägt die Mona vor und bugsiert mich sacht in Richtung Küche.

Genau, denk ich, weil ich ja heut noch ned genug gearbeitet hab. Trotzdem schau ich brav im Kühlschrank nach, was wir noch vorrätig haben.

»Chorizo-Empanadillas und dicke Bohnen mit Bauernschinken hätt ich anzubiet'n!«, schrei ich kurz darauf zum Tisch nach vorn.

»Des bassd!«, schreit unser Gast zurück.

Der Maunzer is erfahrungsgemäß mit allem zufrieden, was ich ihm vorsetz. Besonders wählerisch is der ned.

Wie ich ihm den gut gefüllten Teller hinstell, seh ich, dass die Mona ihm in der Zwischenzeit ein Weißbier gezapft hat.

»Gibt's denn scho was Neus im Fall Tausendschön?«, will ich wissen.

Statt zu antworten, schaufelt unser Pausbäckchen rein wie ein Scheunendrescher. »Ich hob seit heit Mittag nix mehr g'essen«, entschuldigt er sich und lässt sich beim Reinspachteln ned stören.

Wir nicken verständnisvoll und gedulden uns.

»Aaah, war des gut«, lobt er schließlich, bevor er mit dem letzten Nachala Bier nachspült. »Dora, Sie sin und bleib'n meine Lieblingsköchin. Ned amol bei meiner Mudder schmeckt's mir aso gut als wie bei Ihnan.«

Die allerhöchste Wertschätzung aus dem Mund eines fränkischen Urgesteins, weil für diese Art selten wer besser kochen kann als wie die eigene Mutter.

»Etzd müss'n Sie uns aber auch was von der Reuß ihrer Vernehmung erzäll'n«, verlang ich ungeniert. Quid pro quo, gell?

»Recht vill gibt's do leider ned, wos ich Ihnan erzäll'n könnt«, meint der Maunzer. »Des Einzige, wos die Verdächtige g'socht hod, is, dass sie des Opfer ned derschlag'n hod. Morgn«, er schaut auf seine Uhr, »naa, heit in der Früh kummt a richtiger Staranwalt aus München, so a Promityp, den sich bloß die ganz Reichen leist'n könna. Bis der in Bamberch is, socht sie ka Wörtla mehr.«

»Na, da hat Ihr Chef ja viel zu tun«, stellt die Mona fest. »Und Sie ermitteln in der Zwischenzeit vor Ort in Lauenburg?«

»Genau, die Kollegen ham mir drübn in Schnalzreuth so a kleins Kämmerla als Arbeitsplatz eing'richt, und wohna tu ich im ›Grünen Kranz‹. So wie's ausschaut, bleib ich nämlich a paar Tag im Dorf. Essen tät ich aber am libbsten bei Ihnan, Dora, weil's im ›Kranz‹ recht fad is. So, aber etzd pack ich's amol, es is ja scho recht spät. Wos bin ich denn schuldig?«

Ich wink ab. Dem Maunzer seine Lieblingsbeschäftigung is essen, und er freut sich über jedes Häppla, des bei meiner Kocherei für ihn abfällt. Drum hab ich scho früher manchmal gern was Extrafeines für ihn zubereitet, einfach, weil er ein lieber Kerl is, den ich gernhab. Heut pack ich ihm noch ein paar Essensrestla zum Mitnehmen ein, als Betthupferl sozusagen. Dafür krieg ich hoffentlich ab und zu ein paar knackige Informationen über die Mordermittlung, auch wenn des dem Nordlicht ganz und gar ned passt. Wie gesagt, ich bin kein bissla neugierig, nur gern gut informiert. Drum frag ich den Maunzer noch auf dem Weg zur Tür: »Richart, was ham Sie eigentlich im Gebüsch vor der ›Hexenküche‹ g'funden? Ich hob nämlich beobacht, wie Sie was in ein Tütla gepackt ham.«

Er windet sich vor Verlegenheit.

»Des konn ich Ihnan ned verraten, Dora. Sonst grillt mich mein Chef, und zwar mit dem nackerten Hintern auf dem Rost. Bitt schön, dränga Sie mich ned. Ich krieg sonst richtich Ärger.«

Ich nicke verständnisvoll, und wir schütteln uns die Hände zum Abschied. Ich will dem Maunzer keinen unnötigen Ärger machen.

Daheim will die Mona mit mir ein Verhör starten in Sachen »Ermittlungen auf dem Reiterhof«, aber ich bin total am End. Vierzehn Stunden am Herd, des schlaucht ganz schön, sag ich Ihnen.

Tomaten-Frittata mit Bergkäs und Basilikum

Zutaten:
500 g Tomaten
2 EL Olivenöl
5 Eier
20 g Hartkäse, frisch gerieben (z. B. Bergkäse oder Emmentaler)
2 EL Basilikum, gehackt
Salz, Pfeffer

Zubereitung:
Tomaten überbrühen, mit kaltem Wasser abschrecken, häuten, vierteln, entkernen und in grobe Würfel schneiden. Die Hälfte des Olivenöls in einer großen Pfanne erhitzen, die Tomaten zugeben, salzen und etwa 5 min dünsten. Herausnehmen und beiseitestellen. Eier in einer Schüssel verquirlen, Tomaten, Reibekäse und Basilikum hinzufügen. Mit Salz und Pfeffer würzen und alles gut vermischen. Restliches Öl in der Pfanne erhitzen und die Eier-Tomaten-Mischung zugeben. Bei mittlerer Hitze stocken lassen, mit Hilfe eines großen Tellers wenden und fertig backen.
Die Frittata in Stücke schneiden und lauwarm oder kalt mit Kümmelweggla und einem Glas Rotwein oder einem Zwickl-Bier servieren.

Jean-Bière

Zutaten:
250 ml helles Bier
50 ml Weinbrand

Zubereitung:
Die beiden Zutaten miteinander vermischen und mit zwei Eiswürfeln im Longdrinkglas servieren.
Dazu ess ich am liebsten resche Kässtangen.

8

»Du sagst mir jetzt sofort, was du vorhast, Dora, sonst rühre ich mich nicht von der Stelle«, droht die Mona am nächsten Morgen und bleibt vor der Wohnzimmertür stehen wie ein Pottensteiner Dolomitbrocken.

Des is sonst eigentlich mein Job, zum Beispiel wenn ich einen Verdächtigen an der Flucht hindern will. Mich haut so schnell keiner aus den Schlappen, und des Fliegengewicht Mona könnt ich locker mit dem kleinen Finger zur Seite schieben. Mach ich aber ned. Ich red ihr lieber gut zu.

»Des hab ich dir doch gestern scho erklärt. Ich horch mich amol unauffällich auf dem Reuß seinem Reiterhof um, vielleicht schnapp ich ja die eine oder andere Info auf. Ich möchte bloß a weng mit die Leut ratschen, des is doch kein Verbrechen, also brauchst dich auch ned so aufspiel'n. Wenn ich den alten Ehebrecher treff, plaudere ich einfach mit ihm, ganz locker halt«, erklär ich.

»Aha. Wahrscheinlich fängst du dir eher ein paar saftige Watschen von ihm ein, als dass du an eine interessante Information kommst. Wie willst du das denn anstellen, das Aufschnappen? Inkognito vielleicht?« Die Mona tut so, als würd sie angestrengt nachdenken. »Ach so, geht ja nicht, weil du im Umkreis von zwanzig Kilometern bekannt bist wie ein bunter Hund. Also, wie hast du dir das vorgestellt, dieses Umhorchen?«

»Ich nehm Reitunterricht«, teil ich ihr mit.

Einen Moment lang is meine Freundin vollkommen sprachlos. Dann fängt sie des Lachen an und kann gar nimmer aufhören. Sie lacht so lang und laut, dass ihr des Wasser aus den Augen spritzt.

»Du?«, keucht sie schließlich und schnappt nach Luft. »Ausgerechnet du? Du bist doch ungefähr so sportlich wie ein Fisch auf dem Fahrrad. Ich stelle mir gerade vor, wie du versuchst, auf ein Pferd zu steigen. Ob sie einen Kran haben, mit dem sie dich in den Sattel hieven können? Dora, also ehrlich, von all deinen abenteuerlichen Einfällen bisher ist das mit Abstand der wildeste.«

»Sag amol, hast du eigentlich noch alle Lattn am Zaun?« Langsam, aber sicher werd ich stinkig. »Wie redst denn du mit mir? Willst ebba andeut'n, dass ich zu fett zum Reitn bin? Was glaubst du eigentlich, wie viel ich wieg, ha? Drei Zentner, oder was? Bist du noch ganz dicht? Ich werd doch wohl ohne mechanische Hilfsmittel auf so einen Gaul aufsteigen können, und außerdem gibt's ja einen Reitlehrer, der wo hilft, wenn's pressiert. Und ich BIN sportlich, des kannst mir glaub'n.« Je mehr ich mich aufreg, umso korrekter und hochdeutscher wird meine Aussprache.

Schlagartig verstummt meine Freundin und starrt mich an: »Du meinst das ernst mit dem Reitunterricht, stimmt's? Du willst tatsächlich Reitstunden nehmen.« Sie schaut ganz besorgt aus. »Dora, bitte tu das nicht. Wenn der Reuß mitkriegt, dass du auf seinem Gestüt herumschnüffelst, dann bist du in Gefahr, weil er genauso gut der Täter sein könnte wie seine Frau. Außerdem ist Reiten ein gefährlicher Sport. Wie leicht kann man vom Pferd fallen und sich den Hals brechen! Das ist schon sportlicheren Menschen als dir passiert. Vielleicht beißt das Tier oder tritt aus. Ich dachte, du wolltest dich nicht mehr sinnlos Gefahren aussetzen.«

»Eigentlich will ich bloß ned, dass mir ein jeder Irre in und um Lauenburg ans Leder will«, erklär ich ihr, jetzt scho ein wenig ruhiger. »Und ein bissla Bewegung tät mir ganz gut, mein ich. Du maulst doch ständig rum, weil ich nix für meine Gsundheit mach.«

»Dann geh halt zum Zumba oder mach Pilates, aber bleib weg vom Reiterhof. Ich kenn dich doch. Du brennst nur darauf, deine Nase wieder in Dinge zu stecken, die dich absolut nichts angehen und die dir nichts anderes als eine Menge Ärger einbringen«, orakelt sie.

Aber ich schüttle eigensinnig den Kopf. Mein Entschluss steht fest. Ich geh reiten. Punkt. Ende. Basta.

Als Nächstes ruf ich im Gestüt an und buch eine Reitstunde unter dem Namen Dorothea Schauz. Um fünfzehn Uhr soll ich mich vor Ort im Büro melden.

Aus diesem Grund fährt heute auch eine jede von uns mit ihrem eigenen Auto zur »Hexenküche«.

Kaum hab ich ein paar Stunden später des letzte Mittagsgericht über den Tresen geschoben, reiß ich mir die Kochjacke vom Leib. Leggins und so sportliche Sneakers hab ich scho an, also brauch ich bloß noch ein T-Shirt, des wo ned fünf Kilometer gegen den Wind nach Bratfett stinkt und mich geruchstechnisch sofort verrät.

Die Mona verdreht wieder amol genervt die Augen, wie sie meinen Aufzug sieht, aber sie scheint es aufgegeben zu haben, mich von meinem Plan abbringen zu wollen.

»Hals- und Beinbruch«, wünscht sie mir sarkastisch, wie ich zur Tür geh. »Ich besuche dich auch regelmäßig im Krankenhaus. Überleg dir schon mal, was ich dir mitbringen soll.«

Aber ich lass mich ned provozieren, sondern spazier schnurstracks zu meinem Hyundai, um nach Schnalzlreuth zu schaukeln.

Auf Gut Rosenhain angekommen schau ich mich erst mal in aller Ruhe um. Schön is es hier. Auf den Weiden rennen eine Menge Pferde hin und her. Der alte Gutshof, früher eine baufällige Ruine, schaut jetzt aus wie runderneuert, vom fränkischen Fachwerk bis hin zu den geschnitzten Türen und Fensterläden aus Edelholz. Ein echtes Schmuckstück. Drum herum akkurat getrimmte Hecken, top gepflegter englischer Rasen und Rosenbüsche, so weit des Auge reicht. Ich glaub, ich bin mitten in einer »Schöner Wohnen«-Werbung gelandet. Hier tät es mir auch gefallen. Auf dem Parkplatz stehen vor allem massige SUVs und teure Sportwagen. Unter so vielen Protzkarren sticht meine Rostlaube gleich unangenehm ins Aug.

Ich geh ins Büro, meld mich bei der Reitstiefel-Tussi und bezahl die Übungsstund. Ganz schön gesalzene Preise haben sie hier, des muss ich scho sagen. Aber wenn's der Wahrheitsfindung dient, is mir nix zu teuer.

»Ihre Stunde beginnt in wenigen Minuten. Gehen Sie durch die Stallgasse bis zum hinteren Ausgang und dann nach rechts«, instruiert mich des Pferdemadla hinter dem Schreibtisch. »Ihr Lehrer erwartet Sie in der Reithalle. Die können Sie nicht verfehlen.«

»Ich werd's scho finden«, versichere ich der jungen Frau und mach mich auf den Weg. Alter Falter, die Gäul sind aber wärklich ganz schön hoch, denk ich, wie ich so an den bewohnten Boxen vorbeilauf. Vielleicht is des mit dem Reiten doch ned so des Richtige für mich.

Vor lauter Glotzen merk ich ned, wo ich hinlauf, und trample ratzfatz mitten hinein in einen fallfrischen Pferdeapfel. Allmächd, die Schuh sind ganz neu und waren sauteuer. Ich schau mich um, aber es is nix zum Abwischen in Reichweite. Da werd ich ja gleich den besten Eindruck beim Reitlehrer machen, wenn ich mit bis obenhin verdreckten Sneakers antanz.

Des Pferdemadla hatte recht, die Reithalle is wirklich ned zu übersehen. Ein riesiger Protzbau mit Fachwerkdeko rundherum, sehr schick und nagelneu. Des Tor steht sperrangelweit offen. Mitten in der Halle tänzelt ein riesiger Gaul umeinander, den ein hochgewachsener schlanker Kerl an so einem Lederseil festhält. Wie er, also der Kerl, mich sieht, winkt er mich zu sich.

»Küss die Hand, gnä' Frau. Du bist bestimmt die Dorothea?«, begrüßt er mich charmant, packt meine Hand und deutet tatsächlich einen Handkuss an. »Ich bin der Laszlo.«

Mir verschlägt's glatt die Sprach, und meine Knie werden puddingweich. Ein Ösi mit Migrationsoptik, schön wie Zayn Malik. Ein Reitergott aus dem Morgenland, und ich schau aus, als hätt ich in der Odelgruben übernachtet. Echt blöd, dass es für den ersten Eindruck keine zweite Chance gibt.

»Servus!«, stammle ich verzückt und werd rot wie ein Feuermelder. »Dotter Doraweich.«

Der Märchenprinz reißt verwundert die Augen auf.

Am liebsten würd ich auf der Stell im Erdboden versinken. Ja, bin ich besoffen, oder was? Da hab ich im Überschwang der Gefühle doch tatsächlich vergessen, dass ich inkognito unterwegs bin. Und »Dotter Doraweich«? Was is bloß los mit mir?

»Entschuldigung! Dorothea, wollt ich natürlich sagen«, korrigier ich mich verlegen und krieg einen mittelschweren Schweißausbruch. Die Mona hat wieder amol recht gehabt. Des mit dem Reitunterricht war eine Schnapsidee.

»Wie ich seh, hast scho mit unseren Pferderln Bekanntschaft g'macht«, lacht er jetzt zum Glück und betrachtet den Mist, der an meinen Schuhen pappt. »So woos bassierd hoid.« Er zieht ein

Papiertaschentuch aus der Hosentasche und drückt es mir in die Hand.

Mit immer noch hochrotem Gesicht putz ich mir die Pferdekacke vom Schuh.

»So, Dorothea, als Erschtes üb ma heut des Aufsitzen. Kimm viera, ich zeig es dir«, sagt der Laszlo und stellt sich seitlich vom Pferd auf.

Ich schlüpf mit dem Fuß in den Steigbügel, greif nach oben und häng am Sattel wie ein Presssack.

»Hopp, los, auffi geht's!« Der Ösi fasst mich um die Hüften und gibt mir einen ordentlichen Schumberer. Ich schnalz in die Höh, aber kaum oben, rutsch ich auf der anderen Seite vom Pferd wieder runter, weil der Sattel unerwartet glatt is. Mit einem satten »Patsch!« knall ich auf meinen Hintern, der zum Glück gut gepolstert is.

»Macht nix, des üb ma glei noo amaal«, beschließt der Laszlo, lässt mich erneut Aufstellung nehmen und schubst mich wieder kraftvoll in die Höh. Diesmal klammere ich mich ängstlich an der Mähne fest, weil es eine ausgesprochen wacklige Angelegenheit is und außerdem der Boden ziemlich weit entfernt ausschaut, von da, wo ich hock.

»Supa, und jetzt nimmst amaal die Zügel auf. Lass mich dir zeigen, wie's geht.« Er ordnet den Lederstrick, der dem Pferd um den Hals baumelt, bevor er ihn mir in die Hand drückt, die er dabei kurz festhält. »Musst di ned füachten, Dorothea, ich halt den Ikarus an der Longe, da konn dir rein gar nix g'schääng. Ich bass guat auf di aaff.« Mit einem schneeweißen Zahnpastawerbelächeln strahlt er mich an.

Ich fürcht mich aber trotzdem, weil der Ikarus halt doch ein Riesenvieh is. Außerdem hab ich festgestellt, dass die Reithalle rundum verspiegelt is, und was ich da seh, is echt zum Grausen. Ich häng jetzt zwar nimmer am, dafür aber im Sattel wie ein nasser Sack, und des schaut echt scheiße aus, wenn ich ehrlich bin. Solang des Pferd im Schritt vor sich hin latscht, is es noch einigermaßen leicht, ned runterzufallen. Aber wie Prinz Laszlo auf amol schreit: »Teeerab!«, fängt der Gaul an zu rennen wie narrisch, und ich hüpf im Sattel auf und nieder wie ein wild gewordener Tischtennisball. Nur mit Müh und Not kann ich mich oben halten.

»Hilfe! Stopp!«, schrei ich verzweifelt, weil ich scho wieder den Halt verlier und Richtung Sägespäne rutsch.

»Scheeeritt!«, brüllt der Laszlo noch, dann is er scho an meiner Seite und fängt mich auf. Des wiederum is ziemlich angenehm, weil er dabei seine muskulösen Arme um mich legt und nach teurem Aftershave riecht wie ein ganzer Parfümerieladen. Sekundenlang presst er mich an sein durchtrainiertes Sixpack.

Ja, so gefällt mir der Unterricht doch gleich viel besser, denk ich. Könnten wir des bitte noch amol wiederholen? Vor allem den Teil mit dem Auffangen und An-die-Brust-Drücken?

»Ich glaub, Reiten is ned so der richtige Sport für mich«, murmle ich unsicher in sein Ralph-Lauren-Shirt.

Daraufhin lässt mich der Laszlo los und geht einen Schritt zurück. »Wannst fällst, musst glei wieda aaffisteing«, teilt er mir unbarmherzig mit.

Darauf hab ich ungefähr so viel Lust, wie mit den Zähnen Kokosnüss zu knacken, aber es hilft ja alles nix. Er schiebt mich wieder hinauf auf den Riesengaul, und auch diesmal schau ich aus wie ein reitender Kartoffelsack. Und weil der Ikarus bloß im Schritt im Kreis rumtrottet, langweil ich mich zu Tod. Des is ja wie früher Ponyreiten im Zoo.

»Aufhören! Runterlassen!«, schrei ich, wie ich es nimmer aushalt. Der Gaul macht erschrocken einen kleinen Hupfer zur Seite, und ich rutsch wie von selbst aus dem Sattel. »Ich taug ned fürs Reiten, echt ned, Laszlo«, setz ich meinen Lehrer in Kenntnis.

»Vielleicht taugst ja eher für einen Gspritzten?«, fragt er und lächelt mich an. »Ich könnad etzt was Flüssigs vertrag'n. Kimm, geh ma.«

Er winkt einem jungen Madla, des gleich herrennt und sich die Zügel schnappt. Dann greift er nach meinem Arm und schiebt mich hinüber zur »Reiterklause«, die mehr so eine Aufreißerbar is, in der lauter aufgebrezelte Weibsbilder hocken. Turnschuh und Leggins hat keine von denen an, dafür aber polierte schwarze Reitstiefel und Seidentücher von Hermès. Sie mustern mich wie

Ungeziefer, des frisch vom Misthaufen im Hof hereingekrabbelt kommt. Mir doch wurscht, denk ich, hock mich nieder und grins den Laszlo an, wie wenn ich grad den Großen Preis von Aachen gewonnen hätt.

Wie die Bedienung an den Tisch kommt, bestell ich mir einen Latte macchiato und er sich einen Gspritzten. Ich steh ned so auf gepanschten Wein.

»Is die Carolin auch da?«, frag ich unschuldig und schau herum, wie wenn ich ned genau wüsst, dass sie in Bamberg in der U-Haft schmort.

»Ach, kennst die Chefin?« Der Laszlo zögert. »Naa«, sagt er dann, »die is in Urlaub.«

In Urlaub, soso. »Schad, ich hab mich scho drauf g'freut, sie zu treffen«, lüg ich frech. »Eine nette Person, gell? Immer freundlich, immer gut drauf. Is bestimmt a schöns Arbeiten da auf dem Reiterhof?«

»Geht scho.« Laszlos Ohren färben sich rot. »Der Chef is hoid oiwall recht ... streng. Obber wann ich mit die Gigerer oarbeiten wuill, muss ich des aushoitn.«

»Mit welchen Gigerern denn?«, frage ich verwirrt.

»Na, mit die Pferderln hoid«, antwortet er.

»Aha. Und wie is er sonst so, der Chef?«, will ich wissen.

»Da auf dem Gut isser der große Zampano.« Ich sehe, wie der Laszlo sich nach Kräften um eine verständliche Aussprache bemüht. Aber dann bricht es doch auf gut Wienerisch aus ihm heraus: »A Goschata issa hoid, demst koan Widerpatt halten derfst. Und des guilt für alle. Sie hood's ned leicht mit ihm, die Caro. Aber sie is a Guate. Und schaut dabei aus wie a Model. A klasse Frau is des, einfach supa.«

Sein Gesicht leuchtet knallrot bei dieser Liebeserklärung. Interessant, denk ich und versuch, mir meine Überraschung ned anmerken zu lassen. Da is aber einer ganz schön verschossen in seine Chefin.

In dem Moment fliegt die Tür auf, Miss Pferdeschwanz staubt herein und steht mit zwei Schritten an unserem Tisch. »Ich habe dich schon überall gesucht, Laszlo«, wiehert sie. »Melissa hat mir gesagt, dass du Unterricht hast. Darf ich fragen, was du hier in der Bar unterrichtest?« Dann fällt ihr Blick auf mich. »Sie kenne ich doch. Sind Sie nicht Bedienung oder so was in der ›Hexenküche‹? Wo die Leiche von dieser Bankschnepfe gefunden wurde?«

»So ungefähr«, antworte ich. Was soll ich auch sonst sagen?

»Und Sie nehmen jetzt bei uns Reitstunden? Was für ein Zufall. Weiß mein Vater davon?«, keift sie mich an.

Diesmal sag ich nichts, sondern schlürf nur meinen Latte macchiato. Wie die Tochter des Hauses sich endlich umdreht und davontrabt, werf ich schnell einen Geldschein auf den Tisch und will mich unauffällig verzupfen, bevor ich noch dem großen Zampano in die Arme lauf.

Zu spät.

Durchs Fenster seh ich den Gerry Reuß mit langen Schritten auf die »Reiterklause« zustürmen. Ich beeil mich, ins Freie zu kommen, weil ich da herin kein Theater will.

»Aha, die Frau vom Dorfimbiss.« Er versperrt mir den Fluchtweg. »Was wollen Sie auf meinem Hof? Schnüffeln Sie etwa hier herum? Zum Glück hat man mich schon vor Ihnen gewarnt. Es heißt, Sie stecken Ihre Nase am liebsten in fremde Angelegenheiten.« Er mustert mich, ohne auch nur ein Mal mit der Wimper zu zucken. »Also, was führt Sie nach Gut Rosenhain? Was haben Sie hier zu suchen?«

»Sind Sie immer so nett zu Ihrer Kundschaft?«, schnauz ich giftig zurück, weil ich kein bissla Angst vor diesem grantigen Mannsbild hab. »Ich nehm nämlich Reitstunden beim Laszlo, und weil ich eine zahlende Kundin bin, dürfen Sie gern a weng freundlicher zu mir sein, gell, Herr Reitstallbesitzer!«

»Beim Laszlo, ha? Was hat er Ihnen denn schon alles erzählt? Hat er wieder aus dem Nähkästchen geplaudert, die Blitzbirne?«, wettert der Reuß. »Den setz ich vor die Tür, sobald ich einen anderen Reitlehrer gefunden habe, darauf kann er sich verlassen.«

»Von mir aus könna Sie ihn gern behalt'n, weil der Laszlo ned bloß ein optisches Highlight is, sondern auch mordsmäßig was auf dem Kasten hod, so rein unterrichtstechnisch«, kontere ich.

»Und das können Sie als geübte Reiterin natürlich beurteilen.

Los jetzt, verschwinden Sie von meinem Hof, bevor ich meine gute Laune verliere und die Polizei rufe!«

Und die Polizei darüber informiere, dass ich hier herumschnüffele? Eieiei, des is gar keine gute Idee. Wenn des der Janzen erfährt …

Schneller als wie Usain Bolt bin ich bei meinem Auto, schmeiß mich hinein und geb Gas. Nix wie weg. Die ganze Aktion war ein einziger großer Reinfall. Die Mona hat wirklich wahrsagerische Qualitäten.

»Sag etzd bloß nix Falsches.«

Daheim angekommen stürm ich an der Mona vorbei Richtung Bad. Bloß schnell raus aus den Klamotten, die meilenweit gegen den Wind nach Pferd und Schweiß stinken. Ich brauch eine warme Dusche, eine feine Bodylotion, einen Spritzer Eau de Toilette und frische Wäsche; in der Reihenfolge und auf der Stell.

»Hattest du einen schönen Nachmittag, liebe Dora? Was macht die Reiterei? Schon große Fortschritte erzielt?«, hör ich, wie meine Freundin mir hinterherspöttelt.

Aber wenn sie meint, sie könnt mich damit ärgern, hat sie sich geschnitten, und zwar gewaltig. Ich würdige sie keiner Antwort.

Später am Abend, es geht scho auf halb elf zu, is in der »Hexenküche« wenig Betrieb, drum hab ich Zeit, mir ein Paar Blaue Zipfel mit einem reschen Weggla zu gönnen, weil Bratwürst in meinem Kühlschrank immer vorrätig sind. Darauf hab ich jetzt richtig Appetit. So eine Reitstunde macht hungrig, sag ich Ihnen, danach braucht man einfach was Deftiges. Wie ich so am Reinspachteln bin, bemerk ich eine Gestalt, die sich vor dem Lokal umeinanderdrückt. In Ruh wisch ich mit dem letzten Wegglarest meinen Teller ab, dann geh ich nachschauen, wer sich ned zu uns hereintraut. Beim Türaufreißen läuft mir ein Schauer über den Rücken. Für einen Sommerabend is es ganz schön frisch. Die Luft riecht nach Regen.

»Dorothea, bistas du?«, ertönt eine Stimme aus dem Dunkeln.

So einen Wiener Schmäh hat bloß einer drauf. »Laszlo? Was drückst dich denn so verschämt auf dem Parkplatz umeinander? Komm halt rein zu uns«, fordere ich ihn auf.

»Ich wuill aba kaan Ärger, verstehst?«, wispert er, wie als wären ihm sämtliche Geheimdienste der Welt auf den Fersen.

»Was für ein Ärger denn?« Seine Heimlichtuerei geht mir echt auf den Zwirn. »Etzd komm rein und trink ein Bier.«

Er schaut sich erst nach allen Seiten um, bevor er hinter mir her in die »Hexenküche« trottet.

»Des is der Laszlo, mein Reitlehrer«, stell ich ihn vor. »Und des is die Mona.«

Selbst meiner sonst so obercoolen Freundin fällt bei seinem Anblick der Unterkiefer auf die Brust, weil er halt gar so schön is, der Laszlo. Wieder zieht er seine »Küss die Hand«-Nummer ab, und genau wie ich scheint die Mona schwer beeindruckt davon zu sein. So was passiert ned oft, des können Sie mir fei glauben. Die Mona is ned so leicht zu begeistern, bei der macht keiner so schnell einen Stich.

»Mach ihm ein Seidla«, bitte ich meine Freundin, die sich beeilt, dem Reitergott eines zu zapfen.

»Was is 'n bassierd, Laszlo? Etzd erzähl halt«, fordere ich ihn auf, wie er nach dem Bierglas greift. Aber bevor er antworten kann, geht die Tür auf, und der Maunzer spaziert herein.

»Grüß Gott.« Sein Blick wandert von mir zur Mona zum Laszlo, an dem er hängen bleibt. »Ich stör doch hoffentlich ned bei irgendwos?«

»Naa, Richart, überhaupts ned«, beeil ich mich, ihm zu versichern. »Möchten Sie sich zu uns hersetz'n?«

Wie er sich am Tisch dem Laszlo gegenüber hinhockt, sperr ich die Tür ab. Es gießt wie aus Eimern. Da kommt heut eh kein Gast mehr.

»Sin Sie der Haider Laszlo?«, will der Maunzer nun wissen und mustert sein Gegenüber, des nickt. »Dann bassd's ja. Mit Ihnan hob ich nämlich zu red'n.«

Die Mona stellt dem Kommissar ein Weißbier hin und setzt sich auch zu uns, die Ohren unübersehbar auf Empfang getunt.

»Du wolltst uns doch was erzähl'n, Laszlo«, ermuntere ich ihn. »Etzd leg los, mir sind scho ganz g'spannt.«

Verlegen druckst er umeinander.

»Ich kann Sie fei auch aufs Kommissariat nach Bamberch vorlad'n, wenn Sie do herin kaa Aussage machen woll'n«, droht der Jungspund und linst über seinen Brillenrand.

»Na gut. Es ist nämlich so«, sagt unser Wiener und gibt sich alle erdenkliche Müh, korrektes Hochdeutsch zu sprechen, damit wir ihn auch verstehen, »ich glaub ja, dass der Gerry die Tausendschön ums Eck gebracht hat und es jetzt seiner Frau anhängen will.«

Vor lauter Sprachschwierigkeiten perlt ihm der Schweiß auf der Stirn. Ich muss mich beherrschen, ihm den ned wegzuküssen, so dermaßen gut schaut er aus.

Die anderen reißen vor Staunen die Augen auf.

»Des is a schwere Anschuldigung.« Mit amol wird der Maunzer ganz amtlich. »Haben Sie Beweise dafür? Weil ohne Beweise könnt Ihnan des leicht als Verleumdung ausg'legt werd'n.«

Der Laszlo nickt. »Ich hab spitzkriegt, dass der Gerry ...«

In dem Moment bumbert einer wie narrisch an die Scheiben. Ich geh hin und sperr die Tür auf. Draußen steht der Janzen und trieft von Kopf bis Fuß. Saachnoss, wie man bei uns sagt, aber des is leider unübersetzbar.

»Schietwetter«, schimpft er.

»Aber des kennen Sie doch bestimmt von dahaam?«, erwidere ich und nehm ihm die nasse Joppen ab. »Moment, ich hol ein Handtuch. Sie tropfen ja sonst den ganzen Fußboden voll.«

Nachdem er sich Gesicht und Haare trocken gerubbelt hat, hockt auch er sich zu uns an den Tisch.

»Ein Bier?«, frag ich.

»Ein Tee mit Kandis wäre mir lieber.«

Tee? Mit Kandis? Bei uns da herin? Für den, der's mog, des Höchste, da bin ich mir sicher. Für so einen lieben Gast wie den Fischkopf koch ich auch gern einen Tee, kein Thema.

Ich steh auf, geh in die Küche und setz Wasser auf. In der Zwischenzeit hör ich, wie der Laszlo weiter von seinem Verdacht berichtet. Wie schäbig der alte Reuß seine Ehefrau behandelt und wie gern er sie los wär, aber dass für ihn eine Scheidung auf keinen Fall in Frage kommt, weil es keinen Ehevertrag gibt und die Carolin sonst die Hälfte von seinem Vermögen kassieren tät. Und dass er über die Verhaftung seiner Angetrauten kein bissla traurig is. Eher so des Gegenteil.

»Da, bitt schön, Ihr Tee. Kandis gibt's aber ned bei uns.« Ich knall dem Hauptkommissar des Glas hin. Dann dreh ich mich zum Reitlehrer um und sag: »Was ich dich frag'n wollt: Stimmt des eigentlich, was die Leut im Dorf erzähl'n? Hast du ein Verhältnis mit der Carolin Reuß?« Ich muss meine miese Laune einfach an jemandem auslassen, weil mich mittlerweile ein ausgewachsener Muskelkater plagt und ich am liebsten daheim im heißen Badewasser liegen tät. Stattdessen muss ich hier die Kriminalwichte und den Reitkasper bespaßen, die sich genauso gut auf der Schnalzlreuther Polizeistation unterhalten könnten.

Dem Laszlo steigt bei meiner Frage die Hitz aus dem edlen Polohemd bis ins Gesicht, und er mustert mich, als wollt er mich gleich am Kragen packen und schütteln.

»Geh bittä! Woos spuilt denn des für eine Rolle?« Er spuckt Gift und Galle, weil ich ihn verraten hab.

»Aha. Dann stimmt es also.« Die Silberlocke lehnt sich angriffslustig zum Reitlehrer hinüber. »Sie haben ein intimes Verhältnis mit der Tatverdächtigen? Das wurde in dieser Unterhaltung bisher mit keinem Wort erwähnt. Warum eigentlich nicht? Haben Sie vielleicht etwas zu verheimlichen?«

»Loosts mi hoid ausred'n«, ruft der Laszlo verzweifelt. »Ich hab g'sehen, wie der alte Reuß in der Mordnacht mit dem Auto weggefahr'n und erst morgens gegen halb acht Uhr hoamkemma is.« Vor lauter Aufregung verfällt er wieder in seinen Wiener Schmäh. »Die Caro is gegen hoiba aans hoamkemma und woa blunznfett. Wie ich sie in die Wohnung bracht hab, had sie gelallt, dass sie bei eich im Beisl war.«

»Wieso war Frau Reuß fett? Was soll denn das jetzt wieder heißen?«, wettert der Janzen.

»Dodal besoffen war s' hoid. Die kunnt gar nimmer richtig steh.«

»Aber Auto fahren konnte die Dame noch?« Dem Fischkopf verschlägt es vor Wut fast die Sprache. »Was treiben eigentlich die Kollegen in Schnalzlreuth während der Dienstzeit? Wären bei solchen Verkehrsteilnehmern nicht gelegentliche Fahrzeugkontrollen sinnvoll? Vor allem, wenn sie quasi neben der Polizeiwache wohnen?«

Da muss ich dem Fischkopf wirklich amol recht geben. Und des kommt ned oft vor, des dürfen Sie mir glauben.

»Aber wie hätt'n die Kollegen denn wiss'n soll'n, dass die Frau Reuß besoffen im Auto umeinanderfährt?«, verteidigt der Maunzer die Schnalzlreuther Trachtengruppe.

»Und Sie?«, ignoriert ihn der Janzen einfach und konzentriert sich wieder auf den schönen Laszlo. »Was haben Sie gemacht, nachdem Sie Frau Reuß in ihre Wohnung gebracht hatten?«

»Schloof'n ganga bin ich, wos 'n sunst? War ja eh spaat.«

Einen Moment lang is es still, dann auf amol schnattert der ganze Verein lauthals durcheinander, sodass keiner mehr ein Wort versteht.

»R-U-H-E!«, brüllt plötzlich der Hauptkommissar und haut mit der flachen Hand auf den Tisch, sodass die Gläser nur so umeinanderhupfen.

Schlagartig halten alle die Goschn.

»Das hat so keinen Sinn, das hier ist ja das reinste Irrenhaus. Sie kommen mit mir nach Bamberg aufs Kommissariat, Herr Reitlehrer, damit wir uns in Ruhe weiterunterhalten und ein Protokoll aufnehmen können. Und Sie, verehrter Herr Kollege, hängen in Zukunft bitte nicht ständig am Schürzenband von Frau Dotterweich, sondern verrichten ordnungsgemäß Ihre Arbeit. Ich möchte Sie nicht noch einmal beim Klönschnacken in der ›Hexenküche‹ erwischen, haben wir uns verstanden?«

»Is scho recht«, murmelt der Jungspund kleinlaut.

»Sehr gut. Dann kommen Sie, Laszlo, da geht's lang.«

»Baba, ihr zwaa Mentscherln«, verabschiedet sich der Laszlo und wirft der Mona und mir zum Abschied noch einen Handkuss zu.

Was für ein seltsamer Dialekt, des Wienerische, denk ich. Ein Glück, dass wir Franken für jedermann gut verständlich reden.

Blaue Zipfel

Zutaten:
2 große Zwiebeln
½ l Wasser
⅛ l Weinessig
1 TL Salz
1 TL Zucker
1 Lorbeerblatt
3 Nelken
5 Pfefferkörner
5 Wacholderbeeren
4 feine Bratwürste

Zubereitung:
Die Zwiebeln schälen und in dicke Ringe schneiden.
Das Wasser aufkochen, die Zwiebeln, den Essig und alle Gewürze ins kochende Wasser geben. So lange sprudeln lassen, bis die Zwiebeln glasig sind. Hitze reduzieren, bis das Wasser nicht mehr kocht.
Bratwürste in den Sud geben und 10 min ziehen lassen (keinesfalls kochen, da sie sonst aufplatzen).
Dann die Bratwürste auf Tellern anrichten, etwas Sud darübergießen und mit den Zwiebelringen servieren.
Am liebsten verdrück ich dazu ein resches Weggla und genehmige mir ein Weißbier.

9

»Jetzt sind also schon drei Leute verdächtig«, stellt die Mona beim Frühstück fest. »Die Carolin, der Reuß Gerry und der Reitlehrer Laszlo. Wer sagt uns denn, dass der Lover nicht wirklich den Mord begangen hat, weil er damit seiner Liebsten einen Gefallen tun wollte? Vielleicht hat ihn ja sogar die Carolin dazu angestiftet.«

»Meinst wärklich, dass der so damisch is, wega einem bissla Schnacksln einen kaltblütigen Mord zu begeh'n? So wie der ausschaut, hat der bestimmt keinen sexuellen Notstand. Und außerdem is er doch offiziell mit der Reuß-Tochter verbandelt.«

»Auch wieder wahr.« Die Mona nickt nachdenklich. »Ich kann es mir ja selbst nicht vorstellen, aber möglich ist alles.«

»Am besten wär's, wenn ich mich amol in aller Ruh mit der kleinen Reuß unterhalt'n könnt. Aber die is so ein elender Fregger, aus der krieg ich wahrscheinlich nix Gscheites raus.«

»Vielleicht kann sie dich aus irgendeinem Grund nicht leiden«, vermutet meine Freundin.

»Könnt scho sein. Die hat mich g'fressen wie zwei Pfund Schmierseifen, aber warum, des weiß ich ned. Ich probier's aber trotzdem. Ich lass mir was einfall'n.«

Mittags is des Lokal bis auf den letzten Platz besetzt, und wir haben alle Hände voll zu tun. Zum Glück sind meine Ohren grad unterbeschäftigt, sodass ich ein Gespräch von zwei Fitnesshühnern aufschnappen kann, die sich über Muckibude und Joggen im Fuchswäldla unterhalten. Wie ich ihnen eigenhändig ihre Chili-Champignons servier, hör ich, wie der eine Hungerhaken zum andern sagt: »Du, die Fiona will heute Nachmittag wieder mitlaufen. Sie hatte sich ja eine kleine Auszeit wegen der Sache mit ihrer Mutter gegönnt, aber ab sofort ist sie wieder am Start. Für das Reitturnier in Oberpiebing in zwei Wochen muss sie ja auch in Topform sein.«

»Wahrscheinlich eher für ihren schnuckeligen Freund, diesen Wiener Adonis«, kichert des andere Skelett. »Kennst du den eigentlich? Nein? Ein echt heißes Gerät. Besteht nur aus Muskeln und einem knackigen Hintern. Zum Anbeißen, sag ich dir. Was der wohl an der faden Fiona findet?«

Fiona? Des is doch ...?

Obwohl ich noch schnell zwei Extraservietten an den Tisch bring, erfahr ich nix Brauchbares mehr von den Weibsbildern, die jetzt appetitlos in ihren Champignons herumpicken wie zwei Hühner auf Fastenkur. Wobei, eins hör ich doch noch: Sie wollen sich um vier Uhr auf dem Waldparkplatz am Schloss oben treffen. Jogging im Fuchswäldla, des klingt doch vielversprechend, denk ich. Und ausgerechnet heut Nachmittag hätt ich a weng Zeit, wenn ich auf ein Nickerchen verzichte.

»Dora? Was ist denn das schon wieder für eine Kostümierung? Willst du etwa joggen gehen?« Die Mona mustert mein Stirnband, die Trainingsklamotten und Laufschuhe, kaum dass ich mich daheim in die Sportsachen geschmissen hab.

»Jawoll, genau des hab ich vor. Ein bissla Fitness hat noch keinem g'schad. Willst vielleicht mitgeh'n nauf ins Fuchswäldla?« Des is des Waldgebiet auf dem Lauenfels, direkt hinter dem Schloss.

»Ins Fuchswäldchen? Ganz bestimmt nicht.« Die Mona wedelt abwehrend mit beiden Händen. »Hat dir die Reitstunde noch nicht gereicht? Joggen, wie kommst du bloß auf so eine Idee? Seit ich dich kenne, machst du keinen Schritt mehr als unbedingt notwendig, und jetzt auf einmal Laufen? Und noch dazu auf einer der schwierigsten Strecken im Umkreis? Da steckt doch etwas dahinter.«

»Ich versteh ned, warum du immer gleich so misstrauisch bist«, maul ich verärgert, weil ich der Mona einfach nix vormachen kann. Sie durchschaut jeden meiner Schliche sofort. »Ständig hältst mir vor, dass ich nie was für meine Gsundheit tu, aber wenn ich dann amol Sport treib'n will, bassd es dir auch ned.«

»Schon gut. Also, nur zu«, fordert sie mich immer noch kopfschüttelnd auf. »Ich will deinem Glück auf keinen Fall im Weg stehen. Aber jammere mir hinterher bloß nicht wieder die Ohren voll, wenn du tierischen Muskelkater hast.«

Sie hält mir die Tür auf, und ich jogge hinaus, leichtfüßig wie ein Reh – oder wie des Vieh mit dem Rüssel heißt.

Beim Auto angekommen hängt mir die Zunge scho einen halben Meter aus dem Hals. Des wird bestimmt ein Heidenspaß, des Joggen. Nachdem mein Auto die Strass zum Lauenfels hinaufgekrochen is, achte ich darauf, meine Rostlaube auch ja weit genug vom Schloss entfernt zu parken. Ned dass ich noch Ärger mit dem Grafen krieg, weil ich doch Hausverbot hab, was für des ganze Gelände gilt. Dann schlendere ich hinüber zum Weg, der zum Fuchswäldla führt, und schau auf die Uhr. Eine Minute vor vier. Eigentlich müssten die gleich vorbeikommen, wenn sie pünktlich um vier an der Strass vorn starten. Noch is weit und breit kein Jogger in Sicht. Aber wie ich mir grad a bissla die Füß vertreten will, kommen sie angestaubt, fünf Weiber und ein spindliger Kerl in knallbunten Leggins. Die Fiona bildet des Schlusslicht.

»Servus!«, ruf ich freundlich, aber sie nehmen keine Notiz von mir, sondern sausen im Eiltempo an mir vorbei. Ich schließ mich an und versuch, mit ihnen Schritt zu halten. Aber es geht ganz schön bergauf. Die Steigung is mir vorher noch nie aufgefallen. Außer mir is bloß die Fiona abgehängt. Nach ungefähr dreißig Metern hab ich Seitenstechen wie narrisch, schwitz wie ein Schwein und glaub, ersticken zu müssen. Zum Glück bleibt auch die Fiona stehen, schnauft ein paarmal tief durch und macht irgendwelche seltsamen Verrenkungen. Dann dreht sie sich zu mir um.

»Das ist jetzt aber kein Zufall, oder? Sie waren noch nie bei unserer Jogging-Gruppe dabei. Sind Sie wegen mir hier? Was wollen Sie eigentlich? Lassen Sie mich bloß in Ruhe!«

Statt eine Antwort zu geben, kann ich nur röcheln wie der sterbende Schwan.

»Sie wollen wissen, ob meine Mutter etwas mit dem Mord an dieser Bankerschnalle zu tun hat, stimmt's?« Sie schaut mich ziemlich bös an. »Niemals!«, spuckt sie mir dann ins Gesicht. »Meine Mutter ist die netteste Person, die ich kenne, sie kann keiner Fliege, geschweige denn einem Menschen etwas zuleide tun. Außerdem hätte sie schon viele Morde begehen müssen, so wie mein Vater durch die Gegend vögelt. Alle paar Wochen legt er eine andere flach. Ginge es nach Ihnen, wäre meine Mutter eine Massenmörderin, aber das ist sie nicht.«

»Und wer is dann der Mörder, wenn ned deine Mudder?«, keuch ich und glaub, sterben zu müssen.

»Woher soll ich das wissen? Bin ich die Polizei? Die Tausendschön war überall megaunbeliebt, da können Sie jeden fragen. Wenn Sie wissen wollen, wie vielen Leuten die auf die Füße getreten ist, werden Sie lange mit Zählen beschäftigt sein, das kann ich Ihnen versprechen. Selbst bei uns im Reitverein wurde sie angefeindet, weil kein Mann vor ihr sicher war. An jeden hat sie sich hingeschmissen, die reinste Nymphomanin. Am liebsten hat sie verheiratete Männer abgeschleppt, aber das wissen Sie ja sicher. Und jetzt verschwinden Sie endlich. Ich muss trainieren.« Spricht's und spurtet zügig davon.

Ich reiß mich zsamm und stolpere mühsam hinter ihr her. »Fiona, etzd wart halt amol!«, schnauf ich, aber sie hört ned auf mich und gibt noch mehr Gas.

»Fiona! Bleib doch steh'n!«, schrei ich ihr ein letztes Mal nach, dann verkrampft sich mein Magen, ich fang an zu würgen und übergeb mich mitten auf dem Weg.

Wie ich mich endlich wieder aufrichten kann, is mir schwindlig und sterbenselend zumute. Joggen is wahrscheinlich doch ned der richtige Sport für mich. Schweißgebadet schlepp ich mich zu meinem Auto zurück. Nie mehr geh ich joggen, des schwör ich mir.

»Guten Tag, Dora.«

Ich zuck zsamm. Die Stimme kenn ich doch.

»Gräfin Freya!« Ich bin absolut ned in der Verfassung für Small Talk, aber sie is ganz offensichtlich in Plauderlaune.

»Wie schön, Sie zu treffen.« Sie kommt auf mich zu und gibt mir die Hand. »Waren Sie beim Joggen? Der Weg hinauf in den Fuchswald ist ja eine beliebte Strecke. Anspruchsvoll, aber schön, wie ich höre.«

Ich nicke und schnapp immer noch nach Luft wie ein Karpf an der Angel.

»Wissen Sie, Dora, ich wollte Ihnen schon längst sagen, wie leid es mir tut, dass Sie und Frau Schmälzich uns verlassen haben.

Mein Mann hat Ihnen gegenüber nicht fair reagiert, aber ich glaube, mittlerweile bereut er sein Verhalten selbst. Zugeben kann er das natürlich nicht, weil er immer das letzte Wort behalten muss. Sie kennen ihn ja.«

»Is scho recht, Gräfin Freya, des macht doch nix«, würg ich raus. »Die Frau Schmälzich und ich fühl'n uns ganz wohl in unserem Wirtshäusla.«

»Wäre es Ihnen denn recht, wenn ich einmal auf einen Drink vorbeikomme? Ich bin schon lange neugierig auf Ihr Lokal, auch weil ich von allen Seiten nur Gutes darüber höre«, gibt die Gräfin zu.

»Ja freilich, machen Sie des«, sage ich und freu mich ehrlich, dass sie sich für uns und unsere »Hexenküche« interessiert. »Wie geht's Ihnen denn sonst so?«

»Die Pompadour ist tot.« Ihre Augen werden feucht.

Also, ned dass jetzt wer denkt, dass im Schloss eine französische Mätresse gehaust hätt. Die Pompadour is oder besser war der Gräfin ihre Edelkatz, mit einem Stammbaum so lang wie der vom Grafen.

»Ich glaube, sie hat Marios selbst gekochtes Futter nicht vertragen. Für einen empfindlichen Katzenmagen ist es viel zu üppig und fett, wenn Sie mich fragen. Aber er lässt ja nicht mit sich reden, dieser Promikoch. Immer muss er recht behalten. Mit Ihnen und Frau Schmälzich war das eine wesentlich angenehmere Zusammenarbeit. Mit mehr Verständnis und Entgegenkommen. Ich bedauere jeden Tag, dass Sie nicht mehr bei uns sind. Was waren das doch für schöne Zeiten.« Sie wird richtig sentimental und seufzt einmal tief. »Grüßen Sie bitte Frau Schmälzich von mir. Ich hoffe, wir sehen uns bald in Ihrem Lokal. Auf Wiedersehen, Frau Dotterweich, und alles Gute.« Sie winkt mir zu und geht davon.

Vielleicht renkt sich des mit Graf Karl-Gustav ja doch wieder ein, denk ich, wie ich endlich auf meinen Hyundai zuwank. Wünschen würd ich es mir, weil ich ihn und seine Frau wirklich mag. Immer noch, trotz aller unschönen Vorfälle, die sich zwischen uns ereignet haben.

Ich steh schon daheim vor der Tür und will sie aufschließen, da wird sie von innen aufgerissen.

»Was ist denn mit dir passiert?«, fragt die Mona entgeistert. »Du bist ja kreidebleich. Geht es dir nicht gut?«

»Mir is schlecht«, jammere ich und lass mich aufs Sofa fallen. »›Sport is Mord‹, an dem Sprichwort is was Wahres dran.«

»Das habe ich dir doch gleich gesagt. Aber du hörst ja nicht auf mich. So ein Schwachsinn, diese Joggerei. Mit durchtrainierten Läufern kannst du nie und nimmer mithalten. Und dann auch noch ausgerechnet die Strecke hinauf zum Fuchswald. Also wirklich, Dora.«

Erst nach einer langen Dusche und ausgiebigem Zähneputzen geht es mir wieder etwas besser. Leider hat sich der ganze Stress kein bissla gelohnt, weil ich rein gar nix Neues erfahren hab. Und ich wüsst auch ned, wen ich sonst noch befragen könnt. Ich bin vollkommen ratlos. Meine Ermittlungen stagnieren.

Kurz vor Feierabend, wie wir in der »Hexenküche« scho beim Saubermachen sind, schaut noch unerwarteter Besuch vorbei. Der Hannes von der Brennerei Haas und der Mike von der Brauerei Nikl stehen auf amol im Lokal und haben einen interessanten Vorschlag im Gepäck. Sie bieten uns eine abendliche Verkostung für unsere Gäste an, bei der sie ihre Erzeugnisse vorstellen wollen. Des hört sich so gut an, dass wir spontan zusagen. Scho übermorgen soll des Event stattfinden. Und weil Profis wie die zwei halt stets an alles denken, haben sie ihr Werbematerial gleich mitgebracht. Wir kleben ein paar Plakate an die Scheiben und eines an die Tür und legen auf jeden Tisch einen Flyer hin. Bestimmt wird des ein unvergesslicher Abend mit süffigem Bier und edlen Bränden. Wenn's was umsonst gibt, sind unsere Bauern ja immer ganz vorn mit dabei.

Chili-Champignons

Zutaten:
30 g Butter
3 EL Olivenöl
500 g Champignons
2 Knoblauchzehen, fein gehackt
½ roter Chili
1 Spritzer Zitronensaft
Salz und Pfeffer
Petersilienstängel zum Garnieren

Zubereitung:
In einer Pfanne Butter und Öl erhitzen. Die Champignons säubern und putzen. Zusammen mit dem Knoblauch und dem fein gehackten Chili ins heiße Fett geben. Bei mittlerer Hitze 5 min andünsten. Den Zitronensaft darübergeben und nach Geschmack salzen und pfeffern.
Portionsweise auf vorgewärmten Tellern mit Petersilienstängeln anrichten und mit Folienkartoffeln oder Weißbrot servieren. Wenn ich einen richtigen Bärenhunger hab, ess ich dazu auch gern einen Kartoffelstampf oder Nürnberger Bratwürstla.

10

Am Tag der Verkostung dekorieren wir die Tische besonders liebevoll mit feiner Tischwäsche und bunten Frühlingsblumen. Ich bereite eine Platte nach der anderen mit Fingerfood vor. Forellenquartett, Krabbenhappen, kleine Schnitzel-Burger, Bratenröllchen mit Meerrettich, Hackbraten, Quesadilla-Ecken, Bratwurst-Ravioli-Spieße, Birne in Serranoschinken, Käsepralinen, Tomatenschiffchen, Fetatäschchen, für jeden Geschmack is was dabei. Bei einer Schnapsverkostung braucht es eine solide Grundlage im Magen, sonst is die Veranstaltung nach kurzer Zeit zu Ende. Die Mona holt inzwischen zwei Stehtische, auf denen wir die Schnapsflaschen vom Hannes präsentieren wollen. Der Mike soll hinter der Bar stehen und dort seine verschiedenen Bierspezialitäten ausschenken.

Mittags schlendern die ersten Freibiergesichter an unserem Lokal vorbei und glotzen neugierig in die Fenster, damit sie ja nix verpassen. Vielleicht geht die Verkostung ja scho früher los. Eh klar, bei so was will jeder der Erste sein, ned dass er beim Saufen noch zu kurz kommt. Also besser, sich jetzt scho amol strategisch günstig zu positionieren.

Des Mittagsgeschäft is mau. Ihren Hunger sparen sich die Lauenburger für abends auf. Da kann man sich dann bei Freibier und Gratisschnaps den Bauch so richtig vollschlagen. Um fünfzehn Uhr schließen wir und warten auf unsere Getränkelieferanten.

Pünktlich wie die Maurer sind die zwei Burschen zur Stell. Ein Sprinter hält vor der Tür, und die beiden schleppen Fässer, Bierkästen mit Zwickl, Schwarzbier, Michala und Weißer Eule sowie Kartons voller Schnapsflaschen ins Lokal. Apfel-, Zwetschgen-, Birnen- und Kirschbrand, Kräuter-, Aprikosen-, Himbeer- und Brombeergeist, hausgebrannter Rum, Gin und als besondere Spezialität ein zehnjähriger Single-Malt-Whisky aus eigener Herstellung werden auf den runden Tischen platziert, dazu verschiedene Fruchtliköre für die, die's lieber süß mögen. Dem Hannes seine Brände werden ausschließlich aus heimischem Obst hergestellt und zeichnen sich durch ein unvergleichliches Aroma aus. Es genügt, eine Flasche zu entkorken, und schon entfaltet sich der Wohlgeruch der jeweiligen Frucht.

»Da, probier amol unsern Gin, Dora«, bietet mir der Hannes an und hält mir ein Schnapsglas hin.

Ein intensiver Duft steigt auf. »Nach was genau riecht denn des?«, will ich wissen und tauch vorsichtig meine Zungenspitze in die klare Flüssigkeit.

»Wacholder, Kräuter und Mädesüß«, teilt mir der Schnapsspezialist mit.

»Mädesüß? Is des ned eine Blume?«, frag ich erstaunt.

»Richtig. Ein Rosengewächs. Die Blüten schmecken herb-süßlich und eignen sich hervorragend zum Aromatisieren. Schon unsere Großmütter haben sie zum Süßen verwendet«, klärt er mich auf. »Und ned bloß in der Küche. Auch zum Brennen is Mädesüß bestens geeignet.«

»Der Gin schmeckt fei richtig gut«, stell ich fest und leck mir die Lippen ab.

»Damit kannst aber ned bloß einen ordentlichen Gin Tonic mixen, sondern auch eine schmackhafte Tomatensuppe aufpeppen«, erzählt er weiter, während er noch mehr Flaschen auspackt. »Einen Schuss Gin in die Suppe, einen Tropfen Gin in die Schlagsahne und die dann zum Schluss auf des Süppchen geben: ein Gedicht, sag ich dir. Probier es ruhig selber aus.«

»Des mach ich«, versprech ich, weil ich den Geschmack von der Suppe scho jetzt auf der Zunge hab. »Schickst mir halt des Rezept, dann koch ich dein Süppla amol für unsere Gäst. Und ein paar Flaschen Gin kannst mir auch vorbeibringen.«

»Wird gemacht, Chefin«, grinst er. »Rezept schicken, Gin liefern.«

»Und ich hätt noch ein Rezept für ein saugutes Biergulasch, wenn's dich interessiert, Dora!«, ertönt da eine Stimm aus dem Kühlraum, wo in der Zwischenzeit die Bierkästen gestapelt worden sind. »Des wird bei uns im Brauereiwirtshaus oft und gern gegessen!«, schreit der Mike.

»Immer her damit. Rezepte kann man nie genuch hab'n«, lach

ich, weil ich mich über ihr Engagement für unser Lokal so freu. Außerdem besitz ich schon eine Sammlung von mehr als neunhundert Rezepten aus Franken, Bayern, Deutschland und der ganzen Welt, die ich gern um weitere bereichere.

Der Mike kommt vor an den Tresen, füllt eine Biertulpe mit einer bernsteinfarbenen Flüssigkeit und drückt mir des Glas in die Hand. »Da, probier des amol.«

Ich nehm einen Schluck. Des Bier is süffig, kräftig auf der Zunge und im Abgang leicht rauchig, genau die richtige Begleitung für eine fränkisch-deftige Mahlzeit.

»Unser neuestes Brauergebnis. A Craftbeer.«

»Saugut«, grins ich. »Des schmeckt nach Wind und Wellen und nach mehr.« Und damit leer ich des halbe Glas in einem Zug. Des Bier trifft genau meinen Geschmack.

Heute is es ned wie bei der Eröffnung von der »Hexenküche«, wo sich die Gäst jede Menge Zeit gelassen haben, bis sie bei uns aufgeschlagen sind. Scho um fünf lungern die ersten Freibiergesichter vor dem Restaurant herum, rütteln an der verschlossenen Tür und scharren erwartungsvoll mit den Hufen. Kaum hab ich aufgesperrt, da stürmen sie des Lokal. Die Osterrieder, die Pimpl, die Kastner, die Gabler, die Burger, die Neuhaus, die Hupfer, alle sind sie gekommen und drängeln sich sogleich um den Hannes und vor der Bar. Jeder der zwei Burschen bräucht eigentlich vier Hände zum Einschenken, weil so ein dermaßen großer Andrang herrscht. Eh klar, es gibt ja schließlich was umsonst.

Die Mona stellt sich neben den Mike und hilft ihm beim Ausschenken. Wie alle zufrieden vor ihren vollen Gläsern hocken, geh ich von Tisch zu Tisch und nehm die Essensbestellungen auf. Besonders die Krabbenhappen, die Bratenröllchen und der Hackbraten, aber auch die anderen Gustostückla gehen weg wie geschnitten Brot. Gut, dass ich genügend vorbereitet hab. Mittlerweile sind nämlich alle Tische besetzt, und die Gäst mit dem größten Durst stehen in Dreierreihen vor der Bar und warten auf ihr nächstes Bier. Wie ich den Hannes die ersten leeren Flaschen in die Kartons packen seh, sagt mir mein Bauch und vor allem meine Erfahrung, dass des ein feuchtfröhlicher Abend wird.

Die meisten sind scho beim dritten oder vierten Seidla, da schneit auch noch mein Lieblingskommissar herein, der Maunzer Richart. Er reißt die Augen auf, wie er des Gedränge sieht, dann schiebt er sich durch die Menge bis zu mir an den Küchentresen durch.

»Servus, Dora. Wos is 'n heit los bei euch? So voll war's ja noch nie«, meint er a weng missmutig. »Habt ihr Kerwa, oder wos?«

»Keine Kerwa, aber eine Verkostung«, teil ich ihm mit. »Woll'n Sie was trinken?«

»Ja freilich. Aber erscht amol wos essen. Wos gibt's denn heut Guts?«

Ich wink der Mona, und im Nu steht eine Weiße Eule vor dem Jungspund, ein Weißbier mit perfekter Schaumkrone. Während ich ihm einen Teller mit Hackbraten, Fetatäschchen und Bratwurst-Ravioli-Spießen herricht, schluckt er sein Seidla weg wie nix. Dann haut er rein, dass man glauben könnt, er wär am Verhungern.

»Sie können fei langsam essen, es gibt noch genuch«, informier ich ihn, weil er schlingt wie ein Schwein.

»Mir schmeckt's halt. Außerdem hob ich heut Middoch nix weiter gessen als wie zwei Leberkäsweggla«, grunzt er mit vollem Mund.

Kaum is sein Teller leer, steht er am Schnapstisch, und ich beobachte, wie er sich einen Obstbrand nach dem anderen in den Hals schüttet. Wie die Mona ihm ein zweites Weißbier und der Hannes den vierten Schnaps einschenken, glaub ich, es wär besser, da amol nach dem Rechten zu schauen.

»Richart, ich glaub, es langt«, versuch ich, den Jungspund zu bremsen.

»Nix do«, nuschelt er und schüttelt meinen Arm ab. »Mein Auto steht drübn beim ›Grünen Kranz‹, ich kann heut so viel saufen wie neibasst. Des brauch ich nach dem ganzn Stress mit dem Janzen.«

»Was für einen Stress hat es denn schon wieder gegeben?«, mischt sich die Mona ein.

»Etzd ned! Heut Abend will ich nix vom Janzen hör'n, do will ich mein Spaß.« Er schnappt sich die Flasche Himbeergeist, schenkt sein Glas bis an den Rand voll und kippt des Zeug ex.

»Richart!« Ich will ihn wegziehen, aber er klammert sich an den Tisch. »Es gibt auch noch a feine Nachspeis für Sie.«

»Kaa Nachspeis, lieber an Schnaps.« Er hält dem Hannes sein Glas hin, der es ihm abnimmt und beiseitestellt.

Da taumelt der Maunzer zum Nachbartisch, und bevor wir lang dumm schauen, hat er sich dem Hupfer Willi sein Zwetschgenwasser einverleibt.

»He, was soll denn des?«, schreit der Willi empört, aber der Spirituosenräuber is scho auf dem Weg zu seinem nächsten Opfer. Blitzschnell reißt er der Gabler Hanni den Aprikosenlikör aus der Hand und gießt ihn sich in den Schlund.

»So, etzd is wärklich Schluss mit lustig!« Schön langsam verlier ich die Geduld mit dem Saufkopf. Ich pack ihn am Kragen und stoß ihn vor mir her Richtung Besenschrank. Der is geräumig und mit allen möglichen Putzhadern und Wischmopps weich gepolstert.

»So, da nei, aber a weng flott«, befehl ich und geb dem Maunzer einen sanften Schumberer. Auf unsicheren Füßen stolpert er vorwärts, kann sich dann aber nimmer aufrecht halten und rutscht in Zeitlupe an der Wand entlang zu Boden. Seine Augen sind glasig und sein Gesicht aufgedunsen vor lauter Rausch. Kein schöner Anblick, des sag ich Ihnen.

»Was is denn heut bloß los mit Ihnen?« Ich schüttle fassungslos den Kopf, weil ich den Jungspund noch nie in einer so desolaten Verfassung erlebt hab.

»Der Janzen«, lallt er kaum verständlich. »Des is so ein mieser Hund, so ein gscherter. Jeden Tach scheißt er mich zsamm, dass ich in keinen Schlappen mehr neibass. Bloß, weil ich mich nimmer erinnern kann, wo ich des Tütla mit denan Glitzerdingern hing'legt hob.«

»Was 'n für Glitzerdinger?« Sofort werd ich hellhörig.

»Etzd ned, Dora. Ich bin dodal müd«, murmelt er. Dann klappen seine Lider nach unten, und er fängt an zu schnarchen.

»Subba«, fauch ich. »Eine Schnapsleich im Besenschrank, des is ja wie im Film.« Einen Moment lang überleg ich, ob ich ihn mit einem sanften Rempler in die Rippen wecken soll, aber dann mach ich lieber die Tür von außen zu.

»Wo bleibst du denn die ganze Zeit?«, zischt mir die Mona zu, wie ich mich wieder hinter meinen Küchentresen schieb. »Hier ist die Hölle los. Die sind alle so besoffen, dass die erste Schlägerei nur noch eine Frage der Zeit ist. Der Gabler Schorsch hat den Osterrieder schon zweimal an der Krawatte gepackt und ihm eine ordentliche Watschn angeboten.«

Jaja, wenn Freibier und Schnaps auf der Tageskarte stehen, gibt es für die Lauenburger kein Halten mehr. Des is so typisch für unsere Bauernschädel.

»Hannes, Mike, ich glaub, mir brechen ab. Oder was meint ihr?«

Die zwei nicken.

»Die meisten ham eh genuch«, stimmt mir der Mike zu.

In weiser Voraussicht hab ich des Essen immer gleich beim Servieren abkassiert, sodass wir die Rauschkugeln jetzt nur noch freundlich, aber bestimmt zur Tür hinausschieben müssen.

Wie sich bloß noch drei oder vier Bierschlucker eisern an ihren Gläsern festklammern, wird die Tür aufgestoßen, und der Fischkopf platzt in unsere Aufräumarbeiten.

»Moin«, knurrt er übellaunig und schaut sich im Lokal um. »Sie wissen nicht zufällig, wo sich KK Maunzer aufhält?«

»Seh'n Sie Ihrn Kollegen vielleicht irgendwo?«, antwort ich frostig. »Ned? Dann isser wahrscheinlich ned da. Und zum Essen und Trinken gibt's auch nix mehr, weil mir gleich zumachen.«

»Und Sie haben wirklich keine Ahnung, wo er stecken könnte?«

Warum nur will der Sturschädel ned lockerlassen? Ich mach grad den Mund auf, um ihm ein weiteres Mal mitzuteilen, dass der Kriminalkommissar Maunzer sich nicht in unseren Räumlichkeiten aufhält, da tut es hinter meinem Rücken einen mordsmäßigen Rumpler, wie wenn ein Regal mitsamt Inhalt umfällt. Erschrocken fahr ich herum und seh, wie die Putzschranktür aufgestoßen wird und der Maunzer heraustorkelt.

»Wos will denn der Säftl scho widder von mir?« Er starrt seinen Vorgesetzten aus blutunterlaufenen Augen an. »Hod ma denn nirgends sei Ruh vor dem Doldi, dem bleedn? Ich hob Feierabend.« Dann fällt er um, dem Kriminalhauptkommissar direkt vor die Füß.

»Maunzer!« Der Janzen bückt sich und versucht, dem Jungspund auf die Beine zu helfen, aber der rührt sich ned. »Was haben Sie mit meinem Kollegen gemacht?«, brüllt mich der Hauptkommissar zornig an.

»ICH hab gar nix mit ihm g'macht, bloß damit Sie's wissen!«, kreisch ich wutentbrannt zurück.

Die Umstehenden nicken zur Bestätigung.

»Es stimmt wirklich; die Dora hat nichts damit zu tun, Herr Janzen«, will meine Freundin Mona die Wogen glätten. »Der Richart wollte heute Abend seinen Frust ertränken und hat vielleicht ein paar Schlucke zu viel erwischt. Aber kann er in seiner Freizeit nicht tun und lassen, was er will?«

»Freizeit? Welche Freizeit? Als Kriminalbeamter im Einsatz gibt es keine Freizeit, verehrte Frau Schmälzich. Da ist man vierundzwanzig Stunden im Dienst. Und welcher Frust musste denn ertränkt werden, wenn ich fragen darf? Ich verrate Ihnen etwas: Immer, wenn Herr Maunzer und Frau Dotterweich die Köpfe zusammenstecken, vergisst Ersterer seine Pflichten und glaubt, er sei auf Urlaub in Lauenburg. Niemand hat einen schlechteren Einfluss auf meinen Kollegen als Ihre Freundin Dora. Sie versteht es nur zu gut, ihn weichzukochen. In meinen Augen behindert sie damit wieder einmal unsere Ermittlungsarbeiten.«

»Des Weichkochen lernt man halt als Köchin«, grätsch ich dazwischen und komm langsam so richtig in Fahrt. »Beim Richart braucht's des aber gar ned. Der is von Haus aus ein durch und durch kommunikativer, feiner Mensch. Davon hab'n Sie freilich ned die geringste Ahnung, Herr Kriminalhauptkommissar, weil Sie so ein knochentrockener Sesselfurzer sind, ein stinklangweiliger Paragrafenfuzzi. Des wollt ich Ihnen scho lang amol mitteilen.«

An der Hamburger Gräte ihrer linken Schläfe fängt unübersehbar eine Ader an zu pochen.

»Vorsicht mit dem, was Sie sagen, Frau Dotterweich, sonst haben Sie schneller als gedacht eine Anzeige wegen Beamtenbeleidigung am Hals. Ich habe nämlich endgültig genug von Ihren tollpatschigen Provinz-Intrigen und Ihren sogenannten Ermittlungsversuchen. Sie werden die Konsequenzen noch zu spüren bekommen.«

Verächtlich funkelt er mich an, dreht sich um und lässt mich und meine Wut einfach stehen.

»Können Sie mir dabei behilflich sein, den Kollegen hinüber zum ›Kranz‹ zu schaffen?«, wendet er sich stattdessen an den Mike und den Hannes.

Mühelos zerren die beiden gestandenen Mannsbilder den Jungspund auf die Füß und haken ihn unter. Dann bugsieren sie ihn die Eingangsstufen hinunter, während der Fischkopf vorausgeht und ihnen den Weg weist.

»Welche Probleme hat denn der Maunzer?«, will die Mona wissen, wie der Schnapsleichentransport außer Sicht- und vor allem Hörweite is.

»Des erzähl ich dir alles später. Mir ramma noch ein bissla zsamm und dann nix wie haam. Mir langt's für heut«, murmle ich erschöpft.

Biergulasch à la Mike
(Rezept aus der Brauereiwirtschaft Nikl)

Zutaten:
1 kg Fleisch vom Schweinenacken
Butterschmalz zum Anbraten
1 EL Tomatenmark
3 Zwiebeln
1 Knoblauchzehe
350 ml helles Bier
2 EL Senf
2 EL Meerrettich aus dem Glas
5 EL Tomatenketchup
Rosenpaprika
Salz und Pfeffer
1 EL Speisestärke

Zubereitung:
Das Fleisch in mundgerechte Würfel schneiden, im heißen Butterschmalz kräftig anbraten. Das Tomatenmark dazugeben und kurz mit anbraten.
In der Zwischenzeit die Zwiebeln schälen, fein würfeln und zum Fleisch geben. Die Knoblauchzehe schälen und sehr fein hacken oder durch die Presse drücken. Dann das Bier angießen und alles aufkochen lassen.
Senf, Meerrettich, Knoblauch und Tomatenketchup dazugeben, mit Rosenpaprika, Salz und Pfeffer kräftig würzen, den Topf abdecken und alles 90 min köcheln lassen.
Die Speisestärke mit ein wenig kaltem Wasser in einem Shaker kräftig durchschütteln und kurz vor dem Servieren unter die Soße rühren.
Mir schmeckt so ein feines Biergulasch am besten mit Spätzle und grünem Salat, dazu gönn ich mir ein Nikl-Craftbeer.

Tomatensuppe mit Gin-Sahne

(Rezept aus der Edelbrennerei Haas)

Zutaten:
1 kg Tomaten
1 kleine Zwiebel
2 EL Rapsöl
Salz und Pfeffer
1 l Gemüsebrühe
1 EL Tomatenmark
Edelsüßpaprika
1 Prise Zucker
4 EL Gin
250 ml Schlagsahne
15 cm Stangensellerie

Zubereitung:
Tomaten waschen und vierteln. Zwiebel schälen und würfeln.
Öl in einem Topf erhitzen und die Zwiebel darin andünsten, dann die Tomaten zufügen und kurz mitdünsten. Mit Salz und Pfeffer würzen und mit etwas Brühe ablöschen. Bei schwacher Hitze circa 10 min köcheln lassen.
Alles durch ein Sieb passieren, zurück in den Topf geben, Tomatenmark und restliche Brühe hinzufügen und verrühren. Aufkochen lassen und mit Edelsüßpaprika, Zucker und 2 EL Gin abschmecken.
Sahne steif schlagen und den restlichen Gin unter die Sahne heben.
Den Stangensellerie waschen, putzen und in etwa 3–4 cm lange Stücke schneiden.
Tomatensuppe in Schälchen oder Teller geben und mit der Gin-Sahne und Selleriestücken anrichten.
Mir schmeckt dazu ein Stück Baguette.

11

Beim Frühstück am nächsten Morgen erzähl ich der Mona, was der Maunzer im Suff gestammelt hat.

»Glitzerdinger? Was er damit wohl gemeint hat?«, überlegt sie laut.

»Des weiß ich halt ned. Aber des is wurscht, weil die Glitzerdinger eh weg sind. Die hat er nämlich verschlampert und findet sie nimmer. Drum is der Fischkopf ja so dermaßen sauer. Ein Beweisstück is verschwunden, und des is dem Maunzer seine Schuld.«

»Aha«, sie nickt. »Viel ist es ja nicht, was du herausgefunden hast.«

»Wie denn auch, bitt schön, kannst mir des vielleicht verraten? Aus dem Richart war ja nix mehr rauszukriegen, so randvoll, wie der war. Wenn er widder nüchtern is, nehm ich ihn mir noch amol zur Brust.«

»Zu deiner Brust? Das wird ihm gefallen.« Die Mona lacht. »Wäre es nicht eine gute Idee, sich beim Janzen zu entschuldigen? Du hast ihn immerhin vor Publikum beschimpft und beleidigt. Bestimmt lässt er deshalb seine schlechte Laune mehr denn je an seinem Untergebenen aus.«

Ich stoß einen langen Seufzer aus. »Der arme Richart. Die Arbeit mit dem Janzen is kein Zuckerschlecken. Und obendrauf noch sein peinlicher Auftritt gestern bei uns im Lokal. Der Ärmste is bestimmt fix und fertich. Ich glaub, ich schau lieber amol nach unserm Posaunenengel als wie nach dem Janzen.«

Kurz darauf setzt mich die Mona vor dem »Grünen Kranz« ab und tuckert dann die zweihundert Meter weiter zur »Hexenküche«. Ich stoß die Eingangstür auf und steh gleich drin in der Wirtsstube. Es is duster und stinkt nach abgestandenem Bier, Bratfett und verschüttetem Alkohol.

»He, hallo! Einer dahaam?«, schrei ich und warte.

»Himmeldunnerwetter noch amol, Dotterweich, wos willst 'n

du do in aller Herrgottsfrüh? Hosd du a feuchte Wohnung, oder warum treibst dich um die Zeit bei uns im Wärtshaus rum?« Der platinblond gefärbte Schädel meiner Erzfeindin Sonja taucht hinter dem Tresen auf. »Soll ich dir wohl ein Morgenseidla zapfen?«

»Red keinen Schmarrn!«, fahr ich sie an. »Is der Kommissar Maunzer wach?«

»Der hockt nebenan und säuft scho den drittn Kaffee.«

Ich will mich grad umdrehen und in den kleinen Raum gehen, der durch eine Ziehharmonikatür vom großen Schankraum getrennt is, da fällt mir was ein, was mir scho lang auf der Seele brennt. »Des warst ned zufällig du, Böhnerin, die wo der Tausendschön des Licht ausgeblas'n hat, oder?«, frag ich deshalb ganz ungeniert.

»Soch amol, du Presswurscht vom Dienst, bist du nuch ganz sauber?«, speit der Bierkrugtransporter hinter der Theke hervor. »Hosd gestern a weng zu viel Obstler erwischt, oder wos? Wie kummst denn du auf so a schmales Brett? Aus welchem Grund hätt ich des Weibsbild umbringa soll'n?«

»Weil sie dich mit dem Auto umg'fahren hat vielleicht? Weil sie kein Schmerzensgeld hat zahlen wollen? Weil du sie verklagt hast? Du hättest einen ganzen Haufn guter Gründe g'habt.«

»Etzd schau bloß, dass d' weiterkummst, Dotterweich, bevor der Watschenbaum umfällt. Kümmere du dich um deine schwindlige Würschtlasbuden und überlass die Ermittlungen den richtigen Kriminalern. Oder musst du überall deine Knollennasen neihänga?«

Maßkrugschwingend kommt sie hinter dem Tresen hervor und direkt auf mich zu.

Soll ich Ihnen amol was verraten? Lieber hab ich ein paar Pfund zu viel als wie ein paar Gehirnzellen zu wenig. Bestes Beispiel: des Lauenburger Seidlastaxi, des die von mir konstruierte Indizienkette einfach ned begreift. Aber eine Rauferei so früh am Morgen? Nein danke, ich verzichte. Drum schieb ich die Tür zum Nebenraum auf und verzupf mich in aller Eile.

Dort an einem Ecktisch hockt der Bamberger Jungspund und rührt in einer Kaffeetasse, so groß wie eine Kinderbadewanne.

Wie er den Kopf zu mir herdreht, seh ich, dass sein Gesicht weiß is wie Ziebalaskäs, dafür aber mit schwarzen Augenringen fast bis zum Kinn. Eigentlich eine schöne klassische Farbkombination.

»Auweh«, sag ich und hock mich neben ihn. »Des schaut ja gar ned gut aus.«

»Mei Schädel«, jammert er los. »Ich hob so dermaßen Kopfweh, dass der Straps schnalzt. Und schlecht is mir, ich könnt gradnaus speia. Wos is denn gestern Obend bassiert, Dora? Wos war denn des für a Schädelsprenger, den ich do g'soffen hob?«

Ich präsentier ihm eine Kurzfassung seiner Showeinlage vom Vorabend, und er wird noch ein paar Schattierungen blasser als wie vorher.

»Hob ich wärklich ›Doldi‹ zum Hauptkommissar g'socht? Und ›Säftl‹? Des vergisst er im Leben ned. Desmol werd ich sicher strafversetzt, des waaß ich scho etzd. Ich bin so ein Rindvieh, so ein kariertes, Dora. Ich vertrag doch kaan Alkohol, vor allem kaan Schnaps. Ab und zu amol a Seidla, des geht grad nuch.«

»Vielleicht weiß der Janzen gar ned, was ein ›Doldi‹ is oder ein ›Säftl‹«, versuch ich, ihn zu trösten. »Er is doch a Reingschmeckter, woher soll der denn solche Ausdrück kennen?«

»Doch, der kennt die bestimmt. Der is nämlich ned deppert. Ich kann einpacken, Dora, mei Karriere bei der Kripo is Geschichte. Demnächst schieb ich Dienst als Verkehrslotse vor dem Kindergarten.« Der Arme schaut aus, wie wenn er gleich anfangen wollt zu greinen.

»Wenn ich Ihnen nur irgendwie helf'n könnt«, murmle ich ratlos. »Ich hab bloß keine Ahnung, wie.«

»Naa, Dora, lieber ned. Der Janzen dreht scho dodal am Rad, wenn er bloß den Namen Dotterweich hört. Halten Sie sich lieber amol a weng zurück und bleib'n Sie im Hintergrund. Aber dank schön, dass Sie vorbeikumma sind und nach mir g'schaut hab'n.«

Ich steh auf und streich ihm schnell über den Kopf. Er tut mir leid, weil er gleich seinem Vorgesetzten Rede und Antwort stehen muss zu seinem gestrigen Auftritt bei der Schnaps- und Bierverkostung. Wie ich den Janzen kenn, wird des bestimmt kein Spaß. Aber eine letzte Frage muss ich noch loswerden: »Was für Glitzerdinger haben Sie eigentlich in unserm Gebüsch g'funden?«

Der Kommissar zuckt zsamm und schluckt erst dreimal, bevor er antworten kann. »Woher wiss'n Sie denn des scho widder?«

»Von Ihnen«, antwort ich erstaunt. »Könna Sie sich nimmer erinnern?«

»Um Gotts willen, des derf'n Sie fei niemandem verrat'n, Dora. Des derf kaaner wissen. Sie müss'n mir versprech'n …«

»Was darf keiner wissen, Kollege Maunzer? Was muss Frau Dotterweich Ihnen versprechen?« Dem Fischkopf seine Stimme schneidet messerscharf durch unsere Unterhaltung.

Breitbeinig steht die Silberlocke in der Tür und knurrt ihren Untergebenen so grantig an wie ein Metzgerhund. »Haben Sie wieder einmal einen vertraulichen Klönschnack mit Ihrer Lieblingsköchin gehalten und dabei Interna ausgeplaudert, Sie Dösbaddel? Frau Dotterweich in unsere Ermittlungsergebnisse eingeweiht? Hat sie Ihnen erneut sämtliche Informationen aus der Nase gezogen? Mir reicht es jetzt. Diesmal kommen Sie mir nicht mit einer Verwarnung davon. Ich werde Sie noch heute vom Fall Tausendschön abziehen und Ersatz für Sie anfordern. Sie kehren nach Bamberg zurück, und zwar auf der Stelle. Packen Sie Ihre Sachen! S-O-F-O-R-T!«, brüllt er, weil der Maunzer noch immer wie festgenagelt auf der Eckbank hockt.

Endlich springt der erschrocken auf und macht sich schleunigst vom Acker.

»Ich geh dann auch. Mir pressiert's nämlich«, stottere ich und will mich am Janzen vorbei Richtung Ausgang schieben.

»Wir beide sprechen uns noch, Frau Dotterweich«, schnaubt er mir erbost mit ein paar Speicheltröpfchen ins Gesicht.

Demonstrativ wisch ich sie mit dem Handrücken ab. »Immer wieder gern, Herr Kriminalhauptkommissar«, fauch ich dann zurück. »Mit Ihnen plaudere ich doch am allerliebsten.« Ich werf den Kopf in den Nacken und stolzier zur Tür hinaus. Von so einem Fischkopf lass ich mich doch ned einschüchtern. Was glaubt der denn, wen er vor sich hat?

Draußen vor dem Wirtshaus bleib ich stehen und schnauf ganz

tief durch. Ob der Maunzer Richart wirklich heimgeschickt wird wie ein ungezogener Rotzlöffel nach einer Pausenhofschlägerei? Ob er wirklich mit Konsequenzen wegen seiner Auskunftsbereitschaft rechnen muss? Eventuell sogar mit einer Abmahnung? Es tut mir in der Seele weh, dass ich nix für ihn tun kann.

In der »Hexenküche« wird unter Hochdruck geputzt und aufgeräumt, wie ich eintreff. Kartons mit leeren Schnapsflaschen, unzählige Bierkästen und zwei Fässer werden von den Pretzfeldern aus unserem Bistro geschleppt und im Sprinter verladen. Wir verabschieden uns mit Handschlag und einem Dankeschön, und sie brausen davon. Ich fall auf einen Barhocker und starr verstört vor mich hin.

Die Mona wienert derweil die Tische und Chromteile blank und wischt den Fußboden. Wie sie damit fertig is, kommt sie zu mir und sagt: »Da schau, das haben die Pretzfelder für uns dagelassen.«

Ich seh in die Richtung, in die sie zeigt. Am Ende des Tresens stehen eine Flasche Gin und ein Sixpack Bier.

»Das Craftbeer, das dir so gut geschmeckt hat, mit einem Gruß vom Mike. Und der Gin ist nur zum Kochen, nicht zum Trinken, soll ich dir vom Hannes ausrichten. Erzählst du mir jetzt, warum du so trübsinnig bist?« Die Mona stellt den Wischmopp beiseite und setzt sich zu mir. »Wie war es denn drüben im ›Kranz‹? Wie geht es dem Herrn Kriminalkommissar Maunzer? Weilt er nach seinem granatenmäßigen Rausch wieder unter den Lebenden?«

Ich erzähl meiner Freundin, was die Hamburger Gräte dem armen Kerl angedroht hat.

»Auweia.« Die Mona läuft vor Mitleid mit unserem Freund fast über. Des is er nämlich mittlerweile, der Maunzer Richart. Ein guter, gern gesehener Freund des Hauses. »Der Janzen hat ihn von dem Fall abgezogen? Kann man da gar nichts machen? Sprich du doch mit ihm, vielleicht überlegt er sich die Entscheidung noch einmal.«

»Ich? Mit dem Janzen? Des wär ja wie mit dem roten Tuch vor dem Stier rumzuwedeln. Des is überhaupts gar keine gute Idee, Mona.«

»Vielleicht hast du recht. Dann müssen wir uns eben überlegen, wie wir dem Richart anders helfen können.«

»Des is alles allein meine Schuld, Mona.« Am liebsten tät ich auf der Stell laut losheulen. »Der Fischkopf hod uns belauscht und g'hört, dass der Richart widder irgendwas ausgeplaudert hat. Eine interne Information, ned für fremde Ohrn bestimmt. Er hat den Richart ja scho lang auf dem Kieker. Und etzd schmeißt er ihn naus, endgültig.«

»Vielleicht hättest du dich dieses eine Mal ein wenig zurückhalten sollen mit deinen Nachforschungen«, meint die Mona. »Der Hauptkommissar hat dich und auch den Maunzer schließlich oft genug gewarnt, und nicht immer zu Unrecht, wie wir ja mittlerweile wissen. Wenn du nicht pausenlos ›ermitteln‹ würdest, hätten wir alle ein ruhigeres Leben. Lass es einfach gut sein, Dora. Wir haben doch mit dem Laden hier mehr als genug Arbeit, meinst du nicht?«

»Stimmt scho«, geb ich kleinlaut zu.

Um auf andere Gedanken zu kommen, fang ich an, fleißig den Putzhadern zu schwingen, räum die Küche auf und mach dann auch noch den Herd gründlich sauber. Danach bereit ich alles für des Mittagessen vor. Wie ich grad portionsweise kleine Happen für die Bratwurst-Makkaroni aus der Wursthaut drück, hör ich ein leises »Hallo«. Ich schau auf und schneid mir vor Schreck um ein Haar in den Finger, weil die Reuß Carolin vor mir steht.

»Ja, Carolin, äh, ich mein, Frau Reuß!« Überrascht starr ich sie über Lauch und Grana Padano hinweg an. »Wo kommen denn Sie auf amol her? Ich hab gedacht, Sie sind ...« Verlegen brech ich ab. »In Untersuchungshaft«, wollt ich eigentlich sagen, tu es aber ned.

»Im Gefängnis?«, beendet sie bissig meine Frage. »Da war ich auch, jedenfalls noch bis gestern. Hat Ihnen niemand erzählt, dass der Laszlo sich bei seiner Aussage so sehr in Widersprüche verstrickt hat, dass er unter Mordverdacht steht und festgenommen wurde? Bei seiner ersten Befragung hat er wohl erzählt, dass er schlafen gegangen ist, nachdem er mich in meine Wohnung gebracht hat. Aber bei der Vernehmung in Bamberg hat er dann zugegeben, dass er sich danach ins Auto gesetzt hat und stundenlang durch die Gegend gefahren ist. Und später hat er auch diese Aussage widerrufen. Alles in allem hat er sich dadurch zum Hauptverdächtigen gemacht, deshalb mussten sie mich freilassen. Ich hatte angenommen, dass hier in der Lauenburger Kommunikations- und Tratschzentrale brisante Informationen wie diese zuerst durchgehechelt werden.«

Die Frau hat ja eine feine Meinung von uns und unserem Lokal, denk ich. Tratschzentrale, ha? Aber irgendwo hat sie ja auch recht. Verlegen schüttle ich den Kopf. Weil ich bisher nix darüber gehört hab, müssen diese brisanten Neuigkeiten vermutlich zwischen Freibier und Gratisschnaps untergegangen sein. Auch die Mona is neugierig auf der Reuß Carolin ihre Geschichte und stellt sich zu uns.

»Kann ich etwas bestellen, oder ist das Restaurant noch geschlossen?«

Schlecht schaut sie aus, die Frau Gutsbesitzerin, denk ich und guck noch ein bissla genauer hin. Grau und eingefallen is sie, nimmer so glamourös wie noch vor ein paar Tagen. Die Haare hängen ihr strähnig ins Gesicht, sie hat ned einen Tupfen Make-up im Gesicht, ned amol Lipgloss. Auch ihre Klamotten sind ned besonders schick. Eine Jeans und ein labbriges T-Shirt, so nachlässig gekleidet hab ich sie noch nie gesehen.

»Was darf ich Ihnen denn bringen?«, frag ich.

»Einen doppelten Gin Tonic.«

Oha, und des vormittags um halb elf. Eigentlich hab ich gedacht, dass sie eine Kleinigkeit essen will, aber bitte. Mir soll's recht sein, wenn sie ihr Mittagessen lieber trinkt.

»Glauben Sie denn im Ernst, dass der Laszlo etwas mit dem Mord zu tun hat?« Meine Kollegin stellt des Glas vor der Millionärsgattin ab. »Warum sollte er die Helene töten? Gab es dafür einen Grund?«

»Hauptkommissar Janzen ist der Meinung, dass er mir mit der Tat einen Gefallen tun, mir imponieren wollte. Das ist natürlich völliger Schwachsinn.« Sie nimmt einen großen Schluck. »Der Laszlo hat nichts mit der Sache zu tun, glauben Sie mir. Aber er ist leider nicht die hellste Kerze auf der Torte. Und deswegen hat er auch bei der Vernehmung so einen Schwachsinn erzählt, dass seine Aussagen überhaupt keinen Sinn mehr ergeben. Kein Wunder, dass Hauptkommissar Janzen misstrauisch geworden ist.«

»Möchten Sie vielleicht auch etwas essen?«, frag ich, weil ihr Glas inzwischen leer is.

»Nein, ich muss weiter. Heute Nachmittag habe ich ein Interview mit dem ›Glamour‹-Magazin. Dafür muss ich gut aussehen.« Sie lacht. »Also, jetzt geht's als Erstes in meine neue Lieblingsboutique nach Nürnberg und danach nichts wie ab zum Frisör und zur Visagistin. Für das Fotoshooting brauche ich etwas Neues, Schickes. Aber das war nicht mein letzter Besuch bei euch, versprochen.« Sie legt einen Zwanzig-Euro-Schein auf den Tresen und schwebt davon.

»Mit dem Janzen ist anscheinend wirklich nicht gut Kirschen essen«, stellt die Mona fest. »Jetzt hat er doch das arme Wiener Würstchen festgenommen. Traust du dem Reitlehrer tatsächlich einen Mord zu? Ich nämlich nicht.«

»Keine Ahnung. Was wohl der Carolin ihr Göttergatte dazu sagt, dass sie wieder dahaam is und als Erschtes nix Besseres zu tun hat, als wie sein sauer verdientes Geld mit vollen Händen für Klamotten und Schminke aus dem Fenster zu schmeißen? Ob ihm des g'fällt? Der hat doch bestimmt damit g'rechnet, dass sie für mindestens fünfzehn Jahr im Knast verschwind und er sie los is.«

»Das Leben ist halt kein Wunschkonzert«, meint die Mona trocken.

In gedrückter Stimmung geht des Mittagsgeschäft über die Bühne. Ständig muss ich dran denken, dass ich ohne den Maunzer Richart draußen bin aus dem Mordfall Tausendschön, da werd ich rein gar nix mehr über Ermittlungsergebnisse, Indizien, Spurensicherung oder Vernehmungen erfahren. Ob ihm der Fischkopf vielleicht sogar ein Dienstaufsichtsverfahren an den Hals hängt? Zuzutrauen wäre es ihm durchaus. Er hat seinen Untergebenen ja scho oft verwarnt, weil der mir immer wieder Informationen zugesteckt hat.

Bevor wir über Mittag schließen, schaut die Sofie vorbei. Sie hockt sich an die Bar, bestellt ein Mineralwasser, und wir kommen ins Ratschen.

»Wisst ihr, dass die Reuß Carolin widder draußn is?«, fragt sie. »Die war vorhin zum Mittachessen mit ihrer Tochter bei uns im ›Eppelein‹. Und nachher kummt a Reporter vom ›Glamour‹-Magazin nach Gut Rosenhain und macht a Interview mit ihr. Wie's im Knast so war für a Luxusweib wie sie und wos sie von dem Mord an der Bankerin hält. Und morgen in der Früh geht sie zum Golfspieln nach Ebermannstadt, und alles is, als wär nix bassierd.«

Meine Ohren wachsen auf Elefantenohrgröße an. Die Reuß Carolin geht Golf spielen? Hinterher kippt sie bestimmt zwei bis vier Cocktails an der Bar, eine gute Gelegenheit, so ganz privat von Frau zu Frau ins Plaudern zu kommen, denk ich. Vielleicht sollt ich mich morgen vor Ort amol ganz unverbindlich nach Golfstunden erkundigen. Ich glaub, die Sportart tät perfekt zu mir passen. Gemütlich über die Wiesen latschen, ohne des Risiko, irgendwo runterzufallen oder sich vor Überanstrengung einen Herzinfarkt zu holen. Keinerlei Verletzungsgefahr weit und breit. Ja genau, Golf is ganz nach meinem Geschmack. Des passt zu mir wie der Hintern auf die Klobrille.

»Was überlegst du so angestrengt?«, fragt die Mona misstrauisch. »Diesen Blick kenne ich nämlich. Denkst du dir wieder einmal eine neue Dummheit aus? Was ist es denn diesmal? Fassadenklettern, um die Reuß-Sippe heimlich abzuhören? Oder ein nächtlicher Einbruch auf Gut Rosenhain?«

»Also ehrlich, Mona, du hast doch selber g'sagt, dass ich mich in Zukunft zurückhalt'n und mich nur noch aufs Geschäft konzentrieren soll. Und natürlich mach ich des so, wie du es mir ang'schafft hast«, säusle ich zuckersüß. Weil, wenn ich der Mona sag, dass ich morgen nach Ebermannstadt auf den Golfplatz fahren will, kommt sie natürlich auf völlig falsche Gedanken und regt sich bloß wieder mordsmäßig auf. Und des will doch kein Mensch, oder?

Bratwurst-Makkaroni

Zutaten:
250 g Lauch
2 EL Olivenöl
300 g Makkaroni
300 g feine Bratwürste
100 ml Crème fraîche
100 ml saure Sahne
Muskatnuss nach Geschmack
Salz und Pfeffer
75 g Grana Padano, frisch gerieben

Zubereitung:
Den Lauch putzen, der Länge nach aufschneiden, gründlich abspülen und in dünne Scheiben schneiden. Das Öl erhitzen und darin die Lauchstreifen andünsten.
In der Zwischenzeit die Makkaroni al dente kochen.
Die Bratwurst in kleinen Stücken aus der Haut drücken, zum Lauch geben und sie unter vorsichtigem Rühren einige Minuten rundum goldbraun anbraten. Crème fraîche und den Sauerrahm dazugeben und auf kleiner Flamme einige Minuten köcheln lassen. Mit Muskat, Salz und Pfeffer abschmecken.
Die Nudeln portionsweise auf tiefe Teller verteilen, die Soße darübergeben und mit dem Käse bestreuen.
Dazu servier ich einen gemischten Salat und ein Glas Chianti.

12

»Du, Mona, heut Nachmittach muss ich nach Forchheim nei«, teil ich meiner Geschäftspartnerin am nächsten Morgen auf der Fahrt vom Nürnberger Großmarkt zur »Hexenküche« mit.

»Aha.« Ihre Reaktion is mehr so verhalten.

»Ja weißt, ich hab Zahnweh wie narrisch, drum hab ich mir gleich nach dem Aufstehen einen Termin beim Zahndoktor geb'n lassen.«

»Aha«, erwidert sie emotionslos. Meine Lüge mit dem Zahnarzttermin scheint ned allzu glaubwürdig zu sein. »Soll ich vielleicht mitkommen? Wenn du eine Spritze kriegst, ist es besser, wenn du hinterher nicht Auto fahren musst.«

»Naa, bloß ned«, wehr ich erschrocken ab. Und füg schnell hinzu, damit sie ned auf falsche Gedanken kommt: »Äh, ich mein, des braucht's wärklich ned.« Wie soll ich denn auf dem Golfplatz umeinanderschnüffeln, wenn die Mona mir ständig am Hintern pappt wie ein angelutschtes Malzbonbon?

Von der Seite wirft sie mir einen misstrauischen Blick zu, sagt aber zum Glück weiter nix. Vielleicht hat sie meine Lügengeschichte ja doch gefressen.

Während der Arbeit jammere ich immer wieder a bissla wegen der »Zahnschmerzen« umeinander, damit des Ganze auch möglichst glaubhaft wirkt. Schließlich is es so weit. Am Nachmittag schwing ich mich in meine Rostlaube, die wo vor der Mona ihrem Haus geparkt steht, und schaukle gemächlich nach Ebermannstadt zum Golfclub Fränkische Schweiz. Die Mona will sich während meines »Arzttermins« um die Buchhaltung kümmern, ein Job, um den ich mich ned reiß.

Nachdem ich den Hyundai auf dem Parkplatz abgestellt hab, halt ich vergeblich nach der Reuß Carolin ihrem schwarzen Maserati-Cabrio Ausschau und schlendere dann zur Driving Range, wo die Profis und Anfänger ihren Abschlag üben. Drei Kerle in karierten Kasperhosen und ein Weibsbild mit so einem lächerlichen

Schattenspenderschirm auf dem Kopf hauen wie die Narrischen einen Ball nach dem anderen in die Landschaft, aber die Reuß Carolin is ned dabei. Also ehrlich, so megaunterhaltsam schaut des für mich jetzt ned aus. Da hab ich mir doch ein bissla mehr Action erhofft.

»Na, junge Frau, wollen Sie auch mal probieren?« Einer von der Kasperhosen-Fraktion hält mir einladend seinen Schläger entgegen.

»Ich weiß ned so recht …«, antwort ich zögernd.

»Na los, versuchen Sie's mal. Übung macht den Meister«, ermuntert er mich erneut und winkt mich zu sich heran.

Widerwillig gebe ich nach. Wenn ich scho amol da bin, kann ich ja probieren, einen kleinen Ball mit einem großen Schläger zu erschlagen.

»Stellen Sie sich seitlich zum Ball«, weist er mich an, »und umfassen Sie den Schläger mit festem Griff. Und dann: Blick konzentriert auf den Ball richten und Schwung holen!«

Ich schlag drauf, so fest, wie's nur geht. Richtig mit Schmackes halt, wie befohlen. Den Ball treff ich zwar ned, aber dafür hau ich ein riesiges Trumm Rasen aus der sorgfältig manikürten Wiese raus. Des Weibsbild und die drei Kasperhosen glotzen mich derart pikiert an, wie wenn ich in ihrer Gegenwart laut gefurzt hätte.

»Ich glaub, Golf is ned so des Richtige für mich«, gesteh ich ihnen und verabschied mich in aller Eile, bevor einer noch auf die Idee kommen kann, mich für den entstandenen Schaden haftbar zu machen.

Ich geh noch ein wenig herum und beobachte eine Zeit lang aus sicherer Entfernung, wie die Golfer mit ihren gelackten Wägelchen durch die Gegend gondeln. So was tät mir allerdings scho zusagen, mit dem Auto zum Abschlag tuckern und bloß keinen Schritt zu viel machen. Aber mein erster Versuch war leider ned wirklich vielversprechend. Scho der Winston Churchill hat auf *no sports* geschworen und is mit seiner Lebensweisheit neunzig Jahr alt geworden.

Nach zehn Minuten hab ich genug vom Umeinanderdackeln in der Hitze. Ich such mir drum lieber einen schattigen Platz und lass mich auf der Terrasse vom Clubhaus unter einem blauen Sonnenschirm nieder. Bei der Bedienung bestell ich einen großen Eiskaffee mit extraviel Sahne, dann schau ich mich aufmerksam um. Drei Senioren hinter halb leeren Weißbiergläsern und eine aufgerüschte Mittfünfzigerin mit einem Mineralwasser ohne Sprudel in der Hand kann ich entdecken, aber von der Reuß Carolin immer noch weit und breit keine Spur. Des is jetzt aber echt blöd. Lustlos nuckle ich an meinem Strohhalm, obwohl der Eiskaffee wirklich eins a is. Die Rentnergang kann mir bestimmt nix Brisantes über den Mord erzählen; ich glaub, hier vertu ich nur meine knapp bemessene Freizeit. Hier sitz ich bloß blöd rum, und daheim könnt ich liegen und mich entspannen. Meine Aktion war ein Satz mit x, und des stinkt mir gewaltig.

Aber kaum hab ich den letzten Schluck aufgesaugt und mir die Sahnereste von den Lippen geleckt, da seh ich die Reuß Carolin mit ihrer Golfbag im Lokal am Tresen stehen. Hastig spring ich auf, kram ein paar Münzen aus meiner Handtasche und schmeiß sie auf den Tisch. Doch ich bin zu langsam. Wie ich wieder aufschau, is sie verschwunden.

Wo sind denn hier die Umkleideräume? Ich wende meinen Hals nach links und rechts. Aha, dahinten. Ich wiesele den Gang hinunter, der zu den Toiletten, Duschräumen und Umkleiden führt, weil ich hoff, hier noch irgendwo die Frau Gutsbesitzerin zu treffen.

Wie ich an der offen stehenden Tür der Männerumkleide vorbeirenn, hör ich auf amol Stimmen, die wo mir sehr bekannt vorkommen. Freunde? Bekannte? Wer des wohl is? So geräuschlos wie möglich schleich ich mich in den Umkleideraum, vorbei an den Spinden, und lug vorsichtig ums Eck.

»Nein, Roman, das dulde ich auf gar keinen Fall. Noch einmal lasse ich mich nicht wie ein Hund behandeln!«, bellt in dem Moment der Kerl im gelben Polohemd, der mir den Rücken zukehrt.

Sein Gegenüber is der Steuerbeamte Roman Neuhaus. Dann is der, der da grad so rumbrüllt, wohl sein Ehemann, der Kunstmaler Adrian.

Mich tät ja brennend interessieren, was der ned dulden will.

Des schaut ganz nach einem giftigen Ehestreit aus. Am End is der Roman fremdgegangen? Aber ein Langweiler wie der? Wie ich einen halben Schritt nach vorn mach, stoß ich mit dem Knie an eine Holzbank, die mit einem satten Quietscher ein Stück nach vorn rutscht. Ich zuck zurück.

»Halt jetzt den Mund! Da ist jemand.« Der Neuhaus Roman schiebt den Mann im gelben Polohemd beiseite und nähert sich meinem Beobachtungsposten zwischen den Spinden.

Jetzt nix wie Abflug. Auf Zehenspitzen husch ich zum Ausgang. Wenn mich einer von unseren besten Stammgästen in der Männerumkleide erwischt, wär des mehr als peinlich. Und dann auch noch beim Spionieren.

Grad will ich mich zur Tür hinauswanzen, da hör ich hinter meinem Rücken ein bösartiges Zischen. Im gleichen Moment fährt mir ein unerträglicher Schmerz vom Scheitel bis in die Zehenspitzen, dann fall ich in die Dunkelheit.

Zu Bewusstsein komm ich, weil es über mir hysterisch »Tatütataaa« kreischt. Trotzdem gelingt es mir ned, die Augen aufzumachen. Jemand drückt mir mit sanfter Gewalt etwas auf Mund und Nase. Wo bin ich? Was is denn los? Warum kann ich ned aufstehen?

»Jetzt schalten Sie doch endlich dieses verdammte Martinshorn aus«, verlangt eine resolute weibliche Stimme. Schlagartig wird es still. Dann sagt sie etwas sanfter: »Dora, kannst du mich hören? Bitte mach die Augen auf!«

Mit größter Anstrengung gelingt es mir, ein Auge aufzuklappen. Gleißendes Sonnenlicht fährt mir messerscharf unters Lid und direkt bis ins Gehirn. Schnell press ich des Auge wieder zu. Wie ich nach ein paar Sekunden beide vorsichtig aufmach, seh ich, dass der Mona ihr Gesicht direkt über mir hängt. Hinter ihr steht ein Kerl in blau-gelben Latzhosen, der einen Plastikbeutel mit Schlauch in die Luft hält.

»Gott sei Dank, sie ist aufgewacht! Dora, was ist denn passiert?«

Des tät ich auch gern wissen, denk ich, aber ich hab keinen blassen Schimmer. Meine Erinnerung besteht nur aus buntem

Spiralnebel. Mir is speiübel, schwindlig, und in meinem Schädel brummt ein ganzer Hornissenschwarm.

»So, jetzt treten Sie bitte beiseite, Frau …? Und ihr anderen schafft die Verletzte endlich in den Rettungswagen«, fordert eine männliche Stimme energisch.

Ich tät ja gern mit anpacken beim Reinschaffen, kann mich aber ned bewegen. Irgend so ein Depp hat mich festgeschnallt. Aber offensichtlich bin ich mit der Aufforderung auch gar ned gemeint.

»Ist es in Ordnung, wenn ich meine Freundin begleite? Wohin bringen Sie sie denn?« Der Mona ihre Stimme klingt ganz flattrig.

»In die Uniklinik nach Erlangen.« Wieder die männliche Stimme. »Es muss ein CT gemacht werden. Sie hat eine schwere Kopfverletzung, vielleicht sogar einen Schädelbasisbruch. Wissen Sie, wie das passiert ist? Ist sie gestürzt?«

Die Antwort hör ich nimmer. Die Stimmen driften aus meinem Bewusstsein, der bunte Nebel löst sich auf, und um mich herum versinkt alles wieder in Dunkelheit.

Wie ich des nächste Mal wach werd, lieg ich im Bett. Komisch, ich kann mich gar ned erinnern, dass ich mich hingelegt hab. Durch meinen Schädel fährt eine Schlange aus Achterbahnwaggons ratternd mehrere Loopings, und in meinem linken Handrücken steckt eine mit Pflaster fixierte Nadel, genau wie in meiner rechten Armbeuge. Daraus führt ein langer Schlauch zu einem Beutel mit einer durchsichtigen Flüssigkeit, der an einem Metallgestell über meinem Bett hängt. Ich hebe meine rechte Hand. Mein Kopf is verbunden bis an die Augenbrauen.

»Da bist du ja wieder, Dora. Kannst du mich hören?« Wieder is es die Mona, die sich über mich beugt. Diesmal wischt sie sich die Tränen ab.

Warum greint sie denn? Die Mona greint nämlich sonst nie.

»Wo bin ich?« Is des am End meine Stimm, ganz zittrig und kaum verständlich?

»In der Uniklinik Erlangen.«

Auf amol steht der Konni neben der Mona. Wo kommt jetzt der her?

»Bleib ruhig liegen und reg dich nicht auf. Du hast eine schwere Kopfverletzung. Wir wissen noch nicht genau, wie die zustande gekommen ist, aber der behandelnde Arzt wird uns das bestimmt gleich erzählen.« Mein Lieblingsförster zieht sich einen Stuhl neben des Bett, nimmt Platz und streichelt vorsichtig meine Hand, die ohne die Nadel drin.

Die Mona hockt sich gegenüber auf den Bettrand. Beide schauen todmüd und total fertig aus, wie wenn sie schon lang kein Aug zugetan hätten.

»Die Sofie und der Alex warten draußen, aber es dürfen höchstens zwei Personen gleichzeitig zu dir, sagt der Oberarzt, weil es dich sonst überanstrengen könnte, verstehst du?«, informiert mich die Mona im Flüsterton.

Ich will nicken, aber wie ich es versuch, tut des sakrisch weh.

In dem Moment wird die Tür aufgerissen, und ein mittelalter Weißkittel marschiert ins Zimmer und bleibt vor meinem Bett stehen. Hinter ihm nehmen zwei Jungspunde mit Stethoskopen um den Hals und Tablets in den Händen Aufstellung.

»Sehr gut, die Patientin ist wach.« Er kommt noch näher. »Wie fühlen Sie sich?«, will er gleich als Erstes wissen.

»Geht scho«, teil ich ihm mit.

»Wie viele Finger sehen Sie?«, fragt er mich als Nächstes und hält mir seine Hand vor die Nase.

»Drei«, murmle ich verwirrt. Kann er seine Finger ned selber zählen?

»Sehr schön. Und jetzt folgen Sie mit Ihrem Blick bitte meinem Zeigefinger.«

Ich tu ihm den Gefallen.

Er nickt. »Erinnern Sie sich an den Vorfall im Golfclub?« Er schaut mich forschend an.

»Wos 'n für einen Vorfall? Und in was für einem Golfclub?« Ich weiß von nix.

»Ah ja, das dachte ich mir.« Er nickt wieder und sieht zufrieden aus. »Also, Sie haben eine schwere Gehirnerschütterung mit einer nachfolgenden retrograden Amnesie, die auf einen heftigen Schlag mit einem abgeschrägten kantigen Gegenstand zurückzuführen ist. Bei diesem Schlag haben Sie außerdem eine tiefe Platzwunde erlitten, die mit zahlreichen Stichen genäht werden musste. Einen Sturz können wir ausschließen, weil die Verletzung über der gedachten Hutkrempenlinie liegt. Die Hutkrempenregel ist Ihnen allen ein Begriff?« Ein Blick zu seinen Hiwis. »Nein? Also dann, man kann davon ausgehen, dass Verletzungen über der gedachten Hutkrempenlinie von Schlägen und unterhalb von ihr von einem Sturz herrühren. Aber, junge Frau«, jetzt schaut er mich ziemlich streng an, »Sie haben sehr großes Glück gehabt und zudem einen äußerst harten Schädel. Der Schlag hätte genauso gut tödlich sein können. Wer immer Ihnen das angetan hat, gehört eingesperrt. Meiner Meinung nach war das ein Mordversuch.«

»Pottensteiner Dolomit«, hauch ich.

»Wie bitte?«, fragt der Doktor irritiert, aber ich geb keine Antwort. Ein Glück, dass ich aus hartem fränkischem Dolomitgestein gemeißelt bin.

Ein Mordanschlag. Jemand hat versucht, mir den Schädel einzuschlagen. Bei dem Gedanken wird es mir gleich wieder schwindlig, und weil ich anscheinend auch danach ausseh, hält mir die Mona schnell eine Pappschale unter die Nase, falls ich speien muss.

»Verabschieden Sie sich jetzt von der Patientin. Sie sehen ja selbst, dass sie viel Ruhe braucht. In ein oder zwei Tagen wird es ihr besser gehen, dann können Sie gerne wieder vorbeikommen.« Nachdem der Arzt sich mit seiner Aufforderung an meine Besucher gerichtet hat, wendet er sich noch amol mir zu. »Ach ja, ein Hauptkommissar Janzen von der Kriminalpolizei Bamberg wollte sich dringend mit Ihnen unterhalten. Ich habe ihn gebeten, mit dem Gespräch noch etwas zu warten, da Sie derzeit auf keinen Fall vernehmungsfähig sind. Er hat sich für morgen Nachmittag angemeldet. Aber höchstens zehn Minuten, keine Sekunde länger, verstanden? Schwester Sandra wird aufpassen, dass Sie es nicht übertreiben.« Er nickt uns allen noch einmal zu, dann staubt er hinaus, seine Assistenten im Schlepptau.

Gleich darauf verabschieden sich die Mona und der Konni. Wie sie die Tür aufmachen, winken vom Gang aus die Sofie und der Alex zu mir herein. Ich tät ja wirklich gern zurückwinken, aber ich schaff es einfach ned, den Arm zu heben, weil mir jeder einzelne Knochen so unglaublich wehtut.

Wie ich allein bin, hab ich Zeit zum Überlegen. Soso, der Janzen will mich also sprechen. Darauf freu ich mich jetzt scho.

13

Den nächsten Tag verschlaf ich fast komplett. Des müssen die Beruhigungsmittel sein. Erst am Nachmittag bin ich einigermaßen wach und ansprechbar. Aufstehen darf ich noch ned, aber Schwester Sandra hilft mir beim Zähneputzen und Waschen im Bett. Des is alles ziemlich anstrengend und außerdem unangenehm, aber ich merk selber, wie schlecht ich beieinander bin. Gegen fünf Uhr nachmittags klopft es zaghaft an der Tür.

»Herein!«, will ich schreien, aber es kommt ned mehr als wie ein mickriges Piepsen raus.

Die Tür öffnet sich einen Spalt, und der Janzen linst zu mir herein. »Moin, Moin, Frau Dotterweich.« Er schiebt sich ins Zimmer, bleibt einen Moment vor meinem Bett stehen und zieht einen letscherten Blumenstrauß hinter dem Rücken hervor.

Von der Tanke, des seh ich auf Anhieb, trotz Loch im Schädel.

»Ich wollte nur einmal nachsehen, wie es Ihnen geht, und Sie informieren, dass wir in Ihrem Fall wegen versuchten Mordes ermitteln.«

»Des is aber nett«, ring ich mir ab, obwohl mich des grad ned die Bohne interessiert. Ned amol im Krankenhaus hat man seine Ruh vor dem Kerl.

»Vor einigen Minuten habe ich mit dem Oberarzt gesprochen. Er hat mir erklärt, dass Sie unter einer retrograden Amnesie leiden, sich also nicht oder nur vage an die Geschehnisse im Golfclub erinnern können, weil Sie ein Trauma erlitten haben. Ist das so richtig?«

»Ja, des stimmt«, bestätige ich. »Wissen Sie scho, was da los war? Was is denn eigentlich bassierd?«

»Offensichtlich wollten Sie Frau Schmälzich mit der Ausrede hinters Licht führen, dass Sie einen Arzttermin in Forchheim haben. Da Ihre Freundin Ihre Geschichte aber nicht geglaubt hat, ist sie Ihnen nach Ebermannstadt zum Golfclub nachgefahren und hat Sie aus der Ferne im Auge behalten. Sie sagt, Sie hätten friedlich auf der Terrasse des Clubhauses gesessen und einen Eiskaffee getrunken, wären dann jedoch plötzlich hektisch aufgesprungen und ins Clubhaus gerannt. Frau Schmälzich ist Ihnen sofort nachgeeilt, aber Sie waren verschwunden. Also hat sie jede Tür geöffnet und Sie schließlich auf dem Boden liegend in der Männerumkleide gefunden, in einer Blutlache und mit einer tiefen Wunde am Kopf. Sie hat sofort den Rettungsdienst verständigt, der innerhalb kürzester Zeit vor Ort war und Sie notärztlich versorgt hat. Dann brachte man Sie hierher, weil der Notarzt einen Schädelbasisbruch befürchtete, was sich ja zum Glück nicht bewahrheitet hat. Und Sie erinnern sich tatsächlich an nichts mehr? Das kann ich kaum glauben.«

In dem Moment fliegt die Tür erneut auf, und Schwester Sandra stampft ins Zimmer wie ein wilder Stier.

»Sie do, des langt, gell! Sie gänga etzd, und zwar auf der Stell, verstanden? Sie reg'n die Patientin bloß auf, und des derfen Sie ned.«

»Was fällt Ihnen ein? Ich bin mitten in einer Befragung!«, ereifert sich der Fischkopf empört, aber die Oberschwester lässt sich ned einschüchtern.

»Zehn Minuten, hod der Chef g'socht, und die sind längst um. Also, geh ma, oder brauch ma den Sicherheitsdienst?«

»Sie haben mir gar nichts zu sagen, gute Frau!«, bellt der Kriminaler zurück.

»Sie, Bürschla, ned frech werd'n, gell? Raus, aber auf der Stell.« Damit packt die resolute Oberschwester des Nordlicht am Arm und schumbert es zur Tür hinaus.

»So, des wär erledigt. Und Sie ruha sich widder aus, sonst hol ich den Chef«, droht sie mir.

Gehorsam klapp ich die Lider zu und bin Sekunden später eingeschlafen.

Nach dem Abendessen wird es ruhig auf dem Gang vor meinem Zimmer. Alle Besucher und des Tagespersonal sind weg. Die Nachtschwester schaut zu mir rein und fragt, ob ich was zum Schlafen brauch. Der Konni könnt mir am besten beim Einschlafen helfen, denk ich, aber des sag ich lieber ned.

Mir fallen grad wieder die Augen zu, da klopft es. Und weil der

Maunzer Richart seinen Kopf durch den Türspalt streckt, bin ich im nächsten Moment hellwach.

»Servus, Dora.« Auch er hat Blumen dabei, aber ned so schwindliges Tankstellen-Unkraut wie der Fischkopf, sondern einen kunterbunten Frühlingsstrauß. »Der is von meiner Mudder, aus dem Gartn, mit am schöna Gruß. Und sie hod extra für Sie an Butterkuchen gebacken. Ich leg die Tupperdosn amol schnell aufs Nachtkästla, dann hol ich a Wasser für die Vasn.«

Er versorgt die Blumen, dann schnappt er sich einen Stuhl und setzt sich zu mir. »Sie mach'n ja vielleicht Gschichten«, sagt er und lächelt mich an. »Wos maana Sie, wie ich erschrock'n bin, wie ich des g'hört hob. Geht's denn scho widder a bissla besser?«

Ich heb die Hand und streck den Daumen nach oben.

»Gott sei Dank. Ich hob mir echt Sorgn g'macht wega Ihnan.«

»Hat der Janzen seine Drohung wahr g'macht und Sie versetz'n lass'n?«, frag ich verlegen.

»Hör'n Sie bloß auf. Ab nächsten Erschten hock ich im Keller unten, im Archiv. Nix mehr mit Mordermittlung und so. Der Janzen is so sauer wie vergammelts Bier, des glaubt kaa Mensch. Wenn der bloß meinen Namen hört, kriegt er scho mittelschwere Nervenzuckungen.«

»Des tut mir leid, Richart, des wollt ich ned«, stammle ich schuldbewusst.

»Aber des is doch ned Ihr Schuld, Dora. Sie könna doch nix dafür«, tröstet er mich. »Ich bin heut ja bloß herkommen, um Ihnan zu sag'n, dass ich Ihnan gern helfen tät, den Saukerl zu fass'n, der Sie umg'haut hod.«

»Wie soll denn des geh'n, Richart?«, frag ich mutlos. »Ich lieg im Krankenhaus, und Sie …«

»Ich bin doch suspendiert, des heißt, ich bin momentan gar ned im Dienst«, erklärt er triumphierend. »Sobald Sie widder auf die Füß sind, gänga mir zwaa auf Mörderjagd. Und miteinander find'n wir den scho, der wo Sie umbringa wollt.«

»Und Sie meinen wärklich, dass des eine gute Idee is?«, frag ich. »Wenn des Ihr Chef erfährt, wer weiß, was Ihnen dann blüht? Vielleicht werd'n Sie dann ganz aus dem Polizeidienst entlassen?«

»Der Janzen is doch gar nimmer mein Chef. Ich hock doch in Zukunft im Archiv«, erinnert er mich. »Außerdem hoff ich, dass ich, wenn mir zwaa den Fall aufklär'n, vielleicht mein Job bei der Kripo zurückkrieg.«

Ja, denk ich, des könnt sogar klappen. Ich nick zustimmend.

»Etzd werd'n Sie erscht amol schnell widder fit, und dann geht's los mit dem Ermitteln.« Er drückt meine Hand. »Weil aso konn ich Sie fei ned mitnehma. Sie schaua ja aus, wie wenn Sie in dem Film ›Die Mumie‹ die Hauptrolle spiel'n täten.« Er lacht, dann beugt er sich zu mir und haucht mir ein Bussi auf die Wange. »Ade, Dora, und gute Besserung. Ich wart auf Sie, vergess'n Sie des ned. Sie sind mei beste Freundin, ohne Sie is nämlich alles ganz schee doof.«

Ich bin gerührt. Der Maunzer wächst mir von Tag zu Tag mehr ans Herz, weil er so ein feiner Kerl is. Wenn doch auch des Nordlicht des endlich amol einsehen tät.

An der Tür winkt er mir ein letztes Mal zu, dann is er draußen. Jetzt hab ich viel Zeit, darüber zu sinnieren, wer mich im Golfclub niedergeschlagen hat. Ob es die Reuß Carolin war? Vielleicht mit einem Golfschläger? Ihre Golfbag hatte sie ja dabei. Aber trau ich ihr des zu? Und wenn sie tatsächlich so skrupellos gewesen is, käm sie wahrscheinlich doch als Täterin für den Mord an der Helene Tausendschön in Betracht. Alle im Dorf denken, dass sie des Gspusi von ihrem Alten auf dem Gewissen hat. Meine Gedanken wandern weiter. Ob der Laszlo immer noch in Untersuchungshaft sitzt? Mist, ich hätt den Maunzer fragen sollen. War der Reitlehrer wirklich so deppert, der Reuß Carolin zulieb einen Mord zu begehen und sich dafür einkasteln zu lassen? Und was mich auch noch brennend interessiert: Was sagt eigentlich die Fiona dazu, dass ihre Mutter mit ihrem Wiener Sonnyboy schnackselt? Ich überleg. Trau ich vielleicht sogar der Millionärstochter zu, dass sie einen Mord begeht und ihn hinterher ihrer Mutter in die Schuhe schieben will? Naa, dafür is die doch viel zu naiv. Oder? Die hat doch mehr ihre Gäule im Kopf als wie den Laszlo. Oder hätte am End sogar der Reuß Gerry einen Grund gehabt, seine Geliebte aus dem Weg zu räumen? Bestimmt ned. Meine Busenfeindin Sonja

Böhner hätte den allerdings. Die is schnell auf hundertachtzig und kann dann ziemlich gewalttätig werden. Des weiß ich aus eigener schmerzhafter Erfahrung. Aber vielleicht täusch ich mich auch, und alles is ganz anders.

Genervt schnapp ich mir die Dose mit dem Butterkuchen und verschling gierig zwei Stückla. Er schmeckt göttlich. Die Maunzer-Mutter scheint eine begnadete Bäckerin zu sein. Wie ich mir die Finger abgeleckt hab, lehn ich mich ins Kissen zurück und will weiterüberlegen, wer mir so dermaßen auf den Nischl gehauen hat, aber dann fallen mir auch scho wieder die Augen zu.

14

Am nächsten Tag krieg ich in der Früh bei der Visite gesagt, dass ich am späten Vormittag entlassen werde, mich aber daheim hinlegen und schonen soll.

»Kein Herumgerenne, nicht überanstrengen, keine Arbeit, haben Sie mich verstanden?« Der Oberarzt wirft mir über den Rand seiner Gucci-Brille einen strengen Blick zu.

»Freilich, klar und deutlich. Ned rumrennen, ned anstrengen, ned arbeiten. Des kann ich mir merken«, versichere ich ihm brav.

»Na, wenn Sie das sagen. Dann weiterhin alles Gute«, erwidert er und schaut ned so aus, wie wenn er mir auch nur ein Wort glauben tät.

Nachdem mir Oberschwester Sandra einen frischen Verband um den Kopf gewickelt und eine Packung Schmerztabletten in die Hand gedrückt hat und ich noch ein karges Frühstück verdrückt hab, kommt die Mona, mit der ich gleich nach dem Aufwachen telefoniert hab, schnappt sich erst meine Tasche, dann meinen Arm und führt mich auf den Parkplatz zu ihrem MINI. Dem Maunzer seine Blumen halt ich fest an meine Brust gedrückt, weil ich die auf keinen Fall im Krankenhaus lassen will, dem Janzen sein welkes Gemüse hab ich in die Tonne geklopft.

»Der Konni wollte auch mitkommen, aber ich habe ihm gesagt, dass er dich besser heute Abend zu Hause besuchen soll. Ständig hat er angerufen, weil er wissen wollte, wie es dir geht. Übrigens hat die Sofie gerade im ›Eppelein‹ Urlaub und steht jetzt bei uns hinter der Bar. Bis du wieder einsatzfähig bist, habe ich die Küche übernommen. Kochen kann ich ja mittlerweile.« Sie lacht. Es stimmt, meine Freundin hat sich am Herd viel von mir abgeschaut.

»Es tut mir leid, dass ich euch so einen Haufen Umständ mach«, entschuldige ich mich. Ich bin einerseits geknickt, weil ich grad jetzt, wo der Laden richtig brummt, in der »Hexenküche« ausfall, andererseits begeistert von dem Elan, mit dem meine Freundinnen die Sache in die Hand nehmen. Die Mona und die Sofie sind echt der Hammer. Solche Freundinnen hat nicht eine jede, des muss amol gesagt werden.

»Ach, Dora, wenn du doch endlich mit dem ›Ermitteln‹ aufhören würdest«, fängt die Mona plötzlich an zu jammern. »Wie oft hast du schon versprochen, nicht mehr herumzuschnüffeln, weil du dich damit immer wieder in gefährliche Situationen bringst? Vor zwei Tagen hast du wieder einmal schmerzhaft erlebt, wozu deine penetrante Neugier führt. Eigentlich sollte dir das eine gute Lehre für die Zukunft sein. Das nächste Mal kommst du vielleicht nicht mehr mit einer Platzwunde und einer Gehirnerschütterung davon. Denk einmal darüber nach.«

Was soll ich jetzt dazu sagen? Sie hat ja recht. Ich mag mir gar ned ausmalen, wie sie austicken wird, wenn sie erfährt, dass ich mit dem Maunzer auf Mörderjagd gehen will. Hoffentlich kommt sie ned so schnell dahinter.

Daheim leg ich mich brav auf des Sofa, die Mona schaltet des Radio ein und bringt eine Kanne Tee, die sie auf ein Stövchen stellt, und den Rest vom Butterkuchen, den ich ihr in die Hand gedrückt hab.

»Woher kommt eigentlich der Kuchen?«, fragt sie misstrauisch. »Hattest du gestern Abend noch Besuch?«

»Den hat's gestern Nachmittag zum Kaffee gegeb'n«, lüg ich, weil ich ned will, dass die Mona vom Maunzer Richart seinem Besuch weiß.

»Und die Tupperdose gleich dazu, oder wie?« Sie rollt genervt mit den Augen. »Bitte halte mich nicht für ganz bescheuert. Ich nehme an, der Maunzer hat gestern noch einen Abstecher nach Erlangen gemacht und ist rein zufällig am Krankenhaus vorbeigekommen? Wirklich, Dora, du bist die schlechteste Lügnerin, die ich kenne.«

Um weiteren bohrenden Fragen aus dem Weg zu gehen, mach ich ganz schnell die Augen zu und tu so, wie wenn ich eingeschlafen wär. Es dauert ned lang, dann hör ich Schritte und das Geräusch der zufallenden Haustür. Mit einem Ruck schleudere ich die Decke beiseite und will aufspringen, aber auweh! Ein stechender Schmerz schießt mir vom Kopf bis in die Schultern. Vielleicht sollt ich mich doch lieber schön langsam und ganz vorsichtig bewegen. Also geh ich im Zeitlupentempo in den Flur, fisch mit zwei Fingern des Telefon von der Station und ruf den pausierenden Kriminalkommissar an.

»Maunzer!«, schreit er in den Hörer.

»Servus, Richart. Ich bin's, die Dora. Ich wollt bloß sag'n, dass ich aus dem Krankenhaus entlass'n worden bin.«

»Also soll ich gleich vorbeikumma für ein Brainstorming?« Mein neuer *partner in crime* scheint vor Tatendrang schier zu platzen. Daheim rumzuhocken is wohl ned so sein Ding.

»Ja, des wär ganz gut«, bestätige ich. »Aber ned zu lang, weil die Mona spätestens um drei wieder haamkommt.«

Eine Viertelstunde später steht der Maunzer auf der Matte und erzählt, dass er im »Eppelein« zu Mittag gegessen und sich anschließend von den Schnalzlreuther Kollegen verabschiedet hat. Drum is er auch so schnell in Lauenburg. Wie er mir im Sessel gegenübersitzt, is er vor lauter Arbeitseifer kaum zu bremsen.

»Also, Dora, wie gänga mir zwaa denn etzd vor? Wos machen mir als Erschtes?«, sprudelt es aus ihm heraus.

»Was halt'n Sie davon, amol die Böhner Sonja a weng genauer unter die Lupe zu nehm'n?« Ich schildere kurz die Probleme, die des Seidlastaxi mit der Bankerin hatte.

»Des is ja hochinteressant.« Der Maunzer staunt. »So hod sie mir des fei ned erzählt bei meiner Befragung. Mit dem Auto ang'fahren, soso.« Er hat die Ohren weit aufgesperrt, damit ihm auch ja nix von meinen wichtigen Informationen entgeht. »Do werd ich gleich amol nübergeh'n und mir des Frollein vorknöpf'n.«

Des is eine super Idee, find ich, warn meinen Kumpel aber noch, dass mit der Böhnerin ned gut Kirschen essen is.

Doch er zuckt bloß mit der Schulter und meint: »Ich bin die Polizei. Wos soll'n do bassieren?«

Na, schau mer amol, denk ich und hoff des Beste.

Kaum is der Maunzer wieder draußen, scheppert des Telefon. Der Konni will wissen, ob er mich wirklich heut Abend besuchen darf, wie die Mona es ihm gesagt hat. Ich antworte, dass ich mich darauf freu, und leg schnell wieder auf. Ganz schön anstrengend, die ganzen Aktivitäten, obwohl ich doch nix weiter tu, als wie auf der Couch umeinanderzuflacken. Aber langsam kriecht mir ein bohrender Schmerz in den Schädel und nistet sich dort ein. Ekelhaft is des, drum schluck ich ein Schmerzmittel und hoff auf schnelle Erleichterung.

Der Maunzer is grad amol eine Viertelstunde weg, da schellt es Sturm. Wer jetzt des wohl wieder is? Mühsam rappele ich mich auf, schlapp zur Tür und krieg den Schreck meines Lebens.

»Ja, Richart, wos is ’n mit Ihnen g’schehen? Sie schaua ja zum Fürchten aus.«

Ich pack ihn am Arm, zieh ihn ins Haus und platzier ihn schnell im Bad, damit er ned alles mit Blut volltropft. Auf dem Schädel hat er ein Horn, des rasch größer wird, und auf der linken Backe eine fette Schramme von der Schläfe bis zur Nase, die blutet wie Sau.

»Des war die Böhner, des elende Weibsbild«, jammert er. »Is es schlimm, Dora?«

»Äh, no ja, ein Kratzer halt«, versuch ich, die Verletzung kleinzureden. »Ich hol amol was zum Saubermachen.«

Meine Kopfschmerzen und die Müdigkeit sind vergessen.

Im Medizinschränkchen kram ich zsamm, was ich zum Verarzten von unserem Jungspund brauch: Jodtinktur, Zellstoff, Heilsalbe und Pflaster. Mit Jod tupf ich die Wunde ab, schmier Salbe drauf und papp ein Pflaster darüber. Dann hol ich eine Kältekompresse aus dem Kühlfach und drück sie dem Maunzer Richart aufs Hirn. Als Nächstes koch ich uns einen ordentlich starken Kaffee und stell meinem Mitverletzten und mir Tassen und Milch hin. Wie die schwarze Brüh zwischen uns dampft, frag ich den Maunzer, was genau eigentlich drüben im »Grünen Kranz« los war.

»Also, anfangs war die Böhner ja noch ganz friedlich. Ich wollt wiss’n, wie des mit dem Unfall war und warum die Unfallverursacherin ned hod zahlen woll’n. Daraufhin hod sie von ihrm Anwalt und von der Klage erzählt und mir die Narbe am Bein gezeigt. Dann wollt ich wissen, ob sie vielleicht die Tausendschön erschlag'n hod, weil die sie ja massiv geschädigt hod. Do hod sie losgebrüllt, ob es wohl ned langt, dass sie drei Zeugen hätt für die Tatzeit, und dass ich a Deppenarsch bin und a dreckiger Lohnbüttel. Und bevor ich lang schau, haut sie mir so a Trumm Fotzn nei, dass es mich dreht. Dabei waaß ich gar ned, wos a ›Lohnbüttel‹ is. Mit so einem Zacken von ihrm Totenkopfring is sie in meinem Gsicht hänga geblieben. ›Ratsch‹ hod's g'macht, und auf amol war alles voller Blut. Maana Sie vielleicht, dass des elende Weibsbild mir g'holfen hätt? Naa, sie hod mich an der Jacken gepackt und zur Tür nausg'schumbert. Bei der Aktion bin ich mit dem Kopf an den Türstock hing'rempelt. Des tut fei gscheit weh, des sag ich Ihnan. Schau ich arg zugerichtet aus?«, will er am End wissen.

»Scho. Wie der Verlierer beim Preisboxen«, geb ich zu.

»Ach Gottla, wos mei Mudder do wohl sagt? Die wird schimpf'n, wenn ich so dahaam auftauch«, jault er und hält sich die schmerzende Backe. »Hoffentlich sin ned alle Verdächtigen so rabiat wie die Böhner, sonst bin ich am End der Nächste, der im Krankenhaus liegt.«

»Ja, der Fall is wärklich ned ganz ohne«, geb ich zu. »Da steckt a Menge Gewaltpotenzial drin. A ganze Menge blinde Wut. Mich hat's ja auch ganz schön erwischt.«

»Also, ich sag Ihnan, die Böhner is ab sofort die Nummer eins auf meiner Verdächtigenliste. Die haut zu, dass kaa Gras mehr wächst. Erscht umhaua, dann fragen. Die wär auf jeden Fall imstand g'wesen, die Tausendschön zu derschlagen.«

»Zeig'n Sie den Bierkrugtransporter etzd wegen Körperverletzung an?«, frag ich hoffnungsvoll und reib mir insgeheim scho schadenfroh die Händ.

»Naa, des geht ned, Dora. Do müsst ich ja zugeb'n, dass ich die Böhner befrogt hob, und Sie wiss'n doch, dass ich vom Dienst suspendiert bin. Wos glaab'n denn Sie, wos des im Präsidium für einen mordsmäßigen Ärger geben tät! Des lass ich amol lieber bleib'n.«

Ewig schad, denk ich und hör mit dem Händereiben auf. Der Böhner-Bitch hätt ich eine fette Anzeige wegen Körperverletzung und Beamtenbeleidigung von Herzen gegönnt. Auf einmal wird mir bewusst, dass wir scho ziemlich lang beieinanderhocken.

»Richart, ich glaub, Sie geh'n etzd lieber«, dräng ich ihn zum Aufbruch. »Sonst stolpern Sie am End noch über die Mona.«

Er nickt und steht stöhnend auf. »Trotzdem loss ich mich ned abhalten vom Ermitteln«, ringt er sich mit schmerzverzerrtem Gesicht ab. »Ned von einem blutigen Kratzer. Etzd fahr ich zum Gut Rosenhain und frog den Reuß, wo er in den Stunden vor dem Mord und zur Tatzeit war. Dahaam war er auf jeden Fall ned.«

Ich bring den Jungspund zur Tür und wink ihm zum Abschied hinterher.

Weil die Schmerztablette ned geholfen hat, hab ich mittlerweile derart Kopfweh, dass mir die Augen tränen. Es is wirklich besser, wenn ich auf den Rat vom Arzt hör und mich a bissla ausruh. Im Wohnzimmer wickele ich mich in die Decke, lass mich auf des Sofa fallen und schlaf in Sekundenschnelle ein.

»Doooraa!« Eine sanfte Stimme säuselt durch meinen Alptraum von blutigen Fratzen und Meuchelmördern, die wo auf Golfschlägern über die Driving Range reiten. »Doooraaa! Aufwachen!«

Verschlafen blinzele ich mich wach und seh die Mona. Sie sitzt auf dem Sofarand und strahlt mich an.

»Du warst ja tatsächlich folgsam, hast geschlafen und dich ausgeruht. Das hätte ich nicht von dir erwartet. Ich bin sehr zufrieden, Dora. Nur so wirst du schnell wieder gesund.«

Ich lächle sie an. Allmächd, wenn die wüsst …

»Ich hab dir Essen aus der ›Hexenküche‹ mitgebracht«, fährt sie freundlich fort. »Kannst du dich an den Tisch setzen, oder willst du lieber liegen bleiben?«

»Was gibt's denn?«, erkundige ich mich, weil mir ein verführerischer Duft in die Nase steigt, den ich aber ned zu deuten weiß.

»Einen pikanten Fleischspieß mit Gemüsereis und gemischtem Salat und als Nachtisch Limonen-Gin-Sorbet.«

»Ui, des klingt ja hammermäßig. Ich komm gleich und hock mich zum Essen an den Tisch.«

In der Küche richtet mir die Mona des Fleisch und den Reis

appetitlich auf einem Teller an und serviert mir des alles stilgerecht mit Serviette über dem Arm. Daneben stellt sie ein Glas mit Johannisbeerschorle, mein nichtalkoholisches Lieblingsgetränk, weil es so schön sauer schmeckt. Auf amol merk ich, was ich für einen Riesenhunger hab, und hau rein wie ein Brunnenputzer nach getaner Arbeit. Es schmeckt aber auch zu gut. Zum Schluss verdrück ich noch eine Portion Limonen-Gin-Sorbet, obwohl ich eigentlich scho längst pappsatt bin.

»Wenn des aso weitergeht, kochst du am End noch besser als wie ich. Des war subba, einfach unschlagbar gut«, lob ich meine Kollegin in den Himmel. »Dann mach ich halt in Zukunft die Bar, und du stehst in der Küch.«

»Hat es dir wirklich geschmeckt?« Die Mona sieht ganz glücklich aus. »Das freut mich, weil du ja sonst besonders kritisch bist, wenn es ums Kochen geht. Ich hab auch noch eine Portion für den Konni mitgebracht. Wenn er später kommt, hat er nach einem harten Arbeitstag sicher auch Hunger.«

»Du bist wärklich die Allerbeste. Ich dank dir, dass du dich so um mich sorgst. Ich wüsst gar ned, wos ich ohne dich mach'n tät.«

Sie tätschelt mir liebevoll die Hand, und auf der Stell hab ich ein mordsschlechtes Gewissen, weil ich hinter ihrem Rücken scho wieder im Mordfall Tausendschön herumschnüffele. Wenn sie des wüsst, täten wir jetzt ned so harmonisch beieinanderhocken, da wär richtig Feuer auf dem Dach des Hauses Schmälzich. Bestimmt wär's besser, wenn ich mich ab sofort auf des Wesentliche konzentrier, nämlich auf meine schnelle Erholung.

Etwas später kommt dann auch wie versprochen der Konni vorbei und bringt Geschenke von seiner Mutter mit: ein Glas selbst gekochte Erdbeermarmelade und eine Flasche Kirschsaft von Früchten aus ihrem Garten. Dazu einen Strauß Wildblumen, die wo er eigenhändig für mich gepflückt hat. Ich bin ganz baff, so bin ich ja noch nie von allen Seiten verwöhnt worden.

»Damit du schnell wieder auf die Beine kommst, sagt meine Mutter«, berichtet uns der Konni lächelnd.

Den von der Mona mitgebrachten Fleischspieß verschlingt er heißhungrig und versichert, dass er noch nie ein so zartes, wohlschmeckendes Fleisch gegessen hat und dass unsere Küche die beste im ganzen Aufseßtal is.

Ich drück ihm einen dicken Schmatzer auf den Mund und freu mich wie ein Kind darüber, wie er mich umsorgt, zur Couch führt, des Kissen aufschüttelt, mich zudeckt und Getränke aus der Küche holt.

Nach einer halben Stund bedankt er sich artig bei der Mona für des Essen und verabschiedet sich. Er muss heim, weil seine Jagdhündin bald Junge kriegt und er lieber in ihrer Nähe is, um ihr im Notfall zu helfen. Er is halt ein Guter, der Konni, immer um alles und jeden besorgt.

Mir wird bewusst, wie dankbar ich sein kann, dass ich solche Freunde hab wie ihn, die Mona, die Sofie und den Maunzer Richart, die für mich da sind und auf die ich mich in allen Lebenslagen verlassen kann. Des hat fei ned jeder. Bei dem Gedanken breitet sich ein warmes Kribbeln vom Bauch her in meinem ganzen Körper aus, und des is ein echt gutes Gefühl.

An diesem Abend fall ich mit mir und der Welt zufrieden ins Bett und in einen alptraumfreien Schlaf.

Limonen-Gin-Sorbet

Zutaten:
4 Bio-Limetten
300 ml Wasser
150 g Zucker
1 Eiweiß
Gin
Zitronenmelisse

Zubereitung:
Eine Limette gut abwaschen, trocknen und die Schale abreiben. Die anderen drei auspressen, 125 ml Saft abmessen. Das Wasser, den Zucker und den Limetten-Abrieb in einem Topf erhitzen und unter ständigem Rühren aufkochen, bis sich der Zucker komplett aufgelöst hat. Den Topf vom Herd ziehen und den Inhalt abkühlen lassen.
Das Eiweiß steif schlagen und vorsichtig den abgekühlten Zuckersirup unter den Eischnee heben.
Für 1 h ins Gefrierfach stellen. Dann herausnehmen, gut durchrühren und erneut 2 h gefrieren lassen. Währenddessen alle 30 min herausnehmen und gut durchrühren.
Anschließend aus dem Gefrierfach nehmen, portionsweise auf Sektschalen verteilen und – je nach Geschmack – mit Gin auffüllen. Mit Zitronenmelisse dekorieren und sofort servieren.

15

Wie ich in der Früh die Augen aufschlag, fühl ich mich wie runderneuert. Kein Kopfweh, kein steifes Genick, keine schmerzenden Glieder, alles tipptopp. Manchmal hilft so a bissla Chemie ja doch. Des Leben is schön.

»Mona!«, ruf ich, wie ich auf dem Weg ins Bad bin. »Heut fahr ich wieder mit dir in die ›Hexenküche‹.«

»Auf gar keinen Fall«, ertönt die Stimme meiner Freundin aus der Küche. »Du bleibst brav zu Hause und erholst dich weiter. Mindestens eine Woche lang, sagt der Arzt. Die Sofie und ich, wir kümmern uns schon um alles.«

Ich tu so, als hätt ich nix gehört, unterzieh mich einer hastigen Katzenwäsche und spring dann in eine ausgeleierte Jogginghose und ein zeltartiges Sweatshirt. Mein Outfit is mir wurscht, in der Küche sieht mich eh keiner.

»Was soll denn das, Dora?«, fragt meine Geschäftspartnerin gereizt, wie ich in voller Montur in der Küche steh. »In der Klinik haben sie dir vor nicht einmal vierundzwanzig Stunden eine ganze Woche Ruhe verordnet. Bleiben also noch hundertvierundvierzig Stunden. Leg dich in den Garten in den Liegestuhl und genieß das schöne Wetter. Neben dem Kühlschrank steht ein Teller mit frischen Küchla von der Gabler Hanni, und hier habe ich eine Thermoskanne mit frisch gebrühtem Kaffee für dich.«

»Nix da, ich fahr mit in die ›Hexenküche‹«, protestiere ich. »Wennst mich ned mitnimmst, lauf ich halt. So weit isses ja ned.«

»Wie du willst«, knickt die Mona schließlich ein. »Aber auf deine Verantwortung. Und kau mir hinterher kein Ohr ab, wie schlecht es dir geht. Ich habe dich gewarnt.«

Kaum steh ich in unserer Bistroküche und bereit alles vor für Chicken-Wraps, Lammfleisch-Burritos und Guacamole, die es heute geben soll, da schleicht sich der Maunzer herein. Ein Glück, dass die Mona grad in der Kühlung den Getränkevorrat überprüft.

Der Jungspund linst so misstrauisch umeinander, wie wenn er zu einem konspirativen Treffen unterwegs wär. Wahrscheinlich hat er zu viele Agentenfilme gesehen. Einen Tag nach der Böhner-Begegnung is seine linke Wange leicht geschwollen. Bestimmt hat sich der Kratzer trotz Jod entzündet, so giftig, wie meiner Lieblingsfeindin ihre Wurschtfinger sind.

»Richart«, zisch ich leicht genervt. »Was woll'n denn Sie da? Wenn uns die Mona erwischt ...«

»Ich war scho beim Haus von der Frau Schmälzich, aber es war niemand dahaam, deswegen bin ich do. Gestern hob ich doch noch mit dem alten Reuß geplaudert, und er hod mir a Adress zug'steckt, do müss mir heit unbedingt nuch hin.«

»Aha, eine Adress. Richart, Sie müss'n etzd geh'n, aber a weng flott. Mir telefonieren später.« Nervös behalt ich die Kühlraumtür im Aug. Ich muss den Jungspund unbedingt loswerden, bevor die Mona auf der Bildfläche erscheint und mich einer inquisitorischen Befragung nach dem Maunzer Richart und seinem Woher und Wohin unterzieht.

Zum Glück nickt er und wieselt zur Tür hinaus. Keine Sekunde zu früh, weil in dem Moment die Mona aus dem Kühlraum kommt.

»War das nicht gerade der Maunzer?«, fragt sie erstaunt und geht ans Fenster, um der Gestalt in der braunen Lederjacke nachzuschauen.

»Wo? Da bei uns herin? Naa, Mona, wärklich ned. Da täuschst dich. Wie kommst denn dadrauf?«, erkundige ich mich mit einem sonnigen Madonnenlächeln.

»Es würde mich auch wundern, wenn du es zugeben würdest«, schnauzt sie.

Vor Verlegenheit steigt mir die Hitz ins Gesicht, und ich beug mich schnell über die Avocados.

Mittags brummt unser Laden, weil mexikanisches Essen immer gut ankommt. Ich bin froh, dass die Sofie den Service übernimmt, denn mit der Kocherei hab ich alle Hände voll zu tun. So ganz fit bin ich doch noch ned, des merk ich nach drei Stunden anstrengender Arbeit.

»Heit Abend würd ich gern dahaambleiben. Übernimmst du dann des Kochen, Mona?«, frag ich meine Freundin, wie die Sofie die Tür nach dem letzten Gast hinter uns zusperrt. Sie nickt, und wir gehen gemeinsam mit unserer Kellnerin zum MINI.

Daheim schmeiß ich mich gleich aufs Sofa, ganz freiwillig und ohne vorherige Diskussion. Mir is schwindlig, und mein Kopf dröhnt. Eigentlich brauch ich dringend eine Pause, aber kaum haben meine Freundinnen des Haus verlassen, um noch ein paar Einkäufe zu erledigen, schnapp ich mir des Telefon und ruf den Maunzer auf seinem Handy an. Er is nach dem ersten Klingeln dran, so wie wenn er scho auf meinen Anruf gewartet hätt.

»Hamm Sie heit Obend Zeit?«, fragt er gleich.

»Ja, ich denk scho. Warum?«

»Mir müss'n nach Forchheim nei, in den ›Rainbow Club‹.«

»Und was mach'n mir in dem ›Rainbow Club‹?«, will ich wissen.

»A Zeugenbefragung. Wann soll ich Sie abhol'n?«, antwortet er prompt.

»Um sechs.«

»Subba, dann bin ich pünktlich um sechsa bei Ihnan.«

Wie ich aufleg, kann ich ned umhin, mich zu fragen, ob diese Unternehmung wirklich so eine gute Idee is.

Grad eben sind die Mona und die Sofie in die »Hexenküche« abgezischt. Natürlich ned ohne einen Sack voller Ermahnungen, liegen zu bleiben und mich zu erholen. Kaum sind sie zur Tür draußen, steh ich vor dem Kleiderschrank, um mir passende Kleidung für den Barbesuch zsammzusuchen. Hektisch zwäng ich mich in die Jeans mit der Glitzernaht, schlüpf in mein Lola-Paltinger-T-Shirt und spring in die Pumps. Dann klatsch ich mir schnell noch ein bisschen Farbe ins Gesicht und wickele mir ein Seidentuch um den Kopf, des den Verband verdeckt. In dem Maharadscha-Outfit schau ich wenigstens halbwegs vorzeigbar aus. Eine Minute vor achtzehn Uhr schellt es.

»Uui, schick«, kommentiert denn auch der Maunzer meinen

Aufzug. »Des Kopftüchla steht Ihnan. Sie sollt'n wärklich öfter an Turban tragen.«

Ich grinse. Wenn er meint.

»Erzähl'n Sie doch amol als Erschtes, warum mir in den Club müss'n«, fordere ich ihn auf, sobald wir in seinem Auto sitzen.

Daraufhin berichtet er von seinem Gespräch mit dem Reuß Gerry. Der ahnt nämlich nix vom Maunzer seiner Suspendierung und hat deswegen auch nach einigem Hin und Her zugegeben, dass er in der Nacht vor der Helene ihrer Ermordung im »Rainbow Club« war. Ich weiß, dass des so eine Tanzbar für ältere Semester is, die wo sich ned mit Ecstasy dopen und stundenlang abtanzen wollen, sondern mehr so auf Discofox und hautnahe Schiebertänze stehen. Dort hat der Pferdeheini angeblich am Tresen abgehangen und die Barfrau vollgelabert. Und weil der Maunzer ihm den Namen der Dame aus den Rippen geleiert hat, sind wir jetzt auf dem Weg, um die Cocktail-Shakerin auszuquetschen.

»Mir müss'n den Mörder finden, Dora, und zwar schnellstens, weil, wenn des rauskummt, wos mir zwei treiben, g'hör ich der Katz. Dann kann ich meine Beamtenlaufbahn für alle Zeiten an den Nagel hänga«, murmelt er und gibt Gas.

Des seh ich ganz ähnlich. Also, dass in der Angelegenheit endlich was passieren muss, und zwar zackig.

In Forchheim drin dauert es ewig, bis wir einen Parkplatz ergattert haben. Weil ich immer noch ein bissla wackelig auf den Füßen bin, hakt mich der Maunzer Richart unter, und Arm in Arm machen wir uns auf den Weg zum »Rainbow Club«.

Der Eintritt kostet einen Zehner pro Person, aber dafür gibt's auch für jeden zwei Freigetränke. Wir tauchen ein in einen Raum, wo die einzige Lichtquelle ein Sternenhimmel über der Tanzfläche is. Genau die angemessene Beleuchtung, um sich so richtig schmusig an seinen Tanzpartner hinzuwanzen. Links gibt es kleine Sitznischen, die kaum Platz für zwei Personen bieten. Da muss man scho ganz schön eng zsammrucken, um bequem hocken zu können. Es is kein Geheimnis, dass des »Rainbow« ein Anmachschuppen der Extraklasse is. Hier können sich die angehenden Senioren ungeniert gegenseitig anbaggern und bei diffusem Licht befummeln. Weil der Maunzer und ich aber ned auf Kuschelkurs sind, zieht es uns an die lange Bar im Hintergrund. Wir lassen uns auf den hohen Barhockern vor dem Tresen nieder und schauen uns um. Dahinter werkelt eine leicht angegilbte Blondine, die gleich zu uns herkommt und fragt, was es denn sein darf. Ich bestell ein Bitter Lemon und der Maunzer ein kleines Bier.

»So, bitte schön. Sehr zum Wohl«, stellt die Cocktail-Mixerin kurz darauf unsere Getränke vor uns ab.

»Sin Sie die Gerlinde Biedermann?«, fragt der Maunzer direkt.

»Wer will denn das wissen?«, kommt sofort die Gegenfrage.

»Kommissar Maunzer, Abteilung Kapitalverbrechen, Kriminalpolizei Bamberg.« Er zieht eine Chipkarte aus der Brusttasche seiner Lederjacke und hält sie der Barfrau kurz hin. »Und des do is meine Assistentin, Kommissarin Dotterweich.«

Ich stutze. Musste er seinen Ausweis und seine Dienstwaffe ned abgeben? Und jessas, jetzt hat er mich doch glatt zur Kommissarin befördert. Ganz ehrlich, wenn des alles auffliegt, haben wir zwei nix mehr zu lachen. Amtsanmaßung, glaub ich, nennt man des, was wir hier treiben. Und ich bin mir ziemlich sicher, dass die Polizei damit keinen Spaß versteht.

»Also etzd, sin Sie die Frau Biedermann, oder ned?« Sein Ton is ganz schön ruppig.

Sie nickt. »Aber sagen Sie bitte Ginger zu mir. Gerlinde, des klingt ja, wie wenn ich schon über hundert und leicht angegammelt wäre. Und bieder bin ich auch nicht, oder was meinen Sie?«

Der Jungspund ignoriert ihren halbherzigen Flirtversuch, mustert sie aber aufmerksam. »Kenna Sie vielleicht einen gewissen Herrn Reuß?«, schnauzt er dann.

»Nein. Wer soll das sein?«, kontert die Ginger, die bei näherem Hinschauen wirklich nimmer ganz taufrisch is.

»Gerry Reuß, Reitstallbesitzer, Pferdezüchter und Hotelinhaber aus Schnalzlreuth.«

»Ach so, Sie meinen den Gerry. Ja freilich kenn ich den.« Jetzt lächelt sie und hat dabei ganz schön viele Falten um die Augen rum. Die is kein junges Ding mehr, eher eine gut erhaltene Fünfzigjährige. Nie im Leben hätt ich gedacht, dass der Reuß auf so was steht. Aber mir gefällt die Ginger. Sie is eher so der mütterliche, verständnisvolle Typ und außerdem gut hergerichtet. Für ihr Alter.

»Dann erzähl'n Sie uns doch amol wos über den Gerry«, fordert der Maunzer sie auf.

In dem Moment setzt die Musik so dermaßen laut ein, dass man sein eigenes Wort nimmer versteht.

Die Ginger geht hinüber zu einem Kollegen, der konzentriert Gläser poliert, und flüstert ihm was ins Ohr. Dann schnappt sie sich ein Glas und winkt uns, dass wir mitkommen sollen. Wir rennen ihr durch einen finsteren Gang hinterher bis zu einer schwarzen Tür, auf der »Nur für Personal« steht.

»Kommen Sie rein.«

Und des machen wir auch. Hier is es ruhiger, die Musik is bloß noch ganz leis im Hintergrund zu hören.

»Nehmen Sie doch Platz«, bittet uns die Ginger. »Was genau wollen Sie denn über den Gerry wissen?«, fragt sie dann, als wir alle auf Stühlen mit abgewetzten roten Bezügen sitzen. »Und vor allem: Warum? Hat er etwas ausgefressen? Das kann ich mir bei ihm gar nicht vorstellen.«

»Die Fragn stell ich, ned Sie«, fährt der Maunzer sie an.

Allmächd. Gedanklich schlag ich die Hände über dem Kopf zsamm. So wird des doch im Leben nix. Wer Leut ausfragen will, muss freundlich sein, des weiß doch ein jedes Kind. Sonst mauert des Gegenüber. Die Sache muss ich in die Hand nehmen.

»Ginger, wann hab'n Sie den Gerry denn des letzte Mal g'sehen?«, erkundige ich mich mit einem Lächeln.

»Lassen Sie mich überlegen.« Sie hält kurz inne und nickt dann. »Das muss vor etwa zehn Tagen gewesen sein. Genau, an unserem Tango-Abend. Er kam sehr spät, so gegen ein Uhr morgens, hat sich an die Bar gesetzt und einen Bourbon mit Eis bestellt. Weil wenig Betrieb war, hatte ich Zeit, und wir sind ins Plaudern gekommen. Ein umgänglicher Mensch, wenn Sie mich fragen. Es war das erste Mal, dass ich ihn im ›Rainbow‹ gesehen habe. Er hat mir erst ein und später noch ein zweites Glas Champagner spendiert. Irgendwie hat er einen leicht depressiven Eindruck gemacht. Auf mich hat er jedenfalls nicht besonders fröhlich gewirkt. Nach seinem zweiten Whisky wollte er wissen, wann ich Feierabend hätte und ob ich noch ein wenig Zeit für ihn erübrigen könnte. Der Gerry ist wirklich ein ganz Netter, aber das habe ich ja schon gesagt.«

»Und wie is es dann weiterganga?«, mischt sich der Maunzer wieder auf seine robuste Art ein.

»Um drei Uhr hatte ich Dienstschluss. Danach sind wir, also der Gerry und ich, nach Nürnberg ins ›Nachtcafé‹ gefahren.«

»Ned zu Ihnan haam oder ins Hotel?« Der Maunzer scheint den Angaben von der Ginger ned zu trauen.

»Nein! Wieso fragen Sie das? Wofür halten Sie mich denn? Denken Sie etwa, er wollte mich abschleppen? Oder ich ihn? Da haben Sie sich aber getäuscht, junger Mann.« Die Barfrau schaut den Jungspund böse an. »Er hat jemanden zum Zuhören gebraucht, wollte nur reden, sonst nichts.«

»Und wos hod er so g'red, der Gerry?« Jetzt wird es erst richtig spannend.

»Ach, er hat rumgejammert, wie es Männer manchmal tun.« Die Ginger lächelt schwach. »Dass seine Ehe am Ende wär, weil seine Frau schon lange das Interesse an ihm verloren hat. Dass sie mit vollen Händen sein hart verdientes Geld verpulvert. Dass sie fremdgeht, noch dazu mit einem seiner Angestellten. Dass er schon längere Zeit über eine Scheidung nachdenkt. Auch, weil er seit Kurzem eine Freundin hat, eine Finanzberaterin bei einer Nürnberger Bank. Helen Schön oder so ähnlich heißt die Dame. In den höchsten Tönen hat er von ihr geschwärmt, wie gut sie zuhören kann, wie toll sie aussieht und dass sie im Bett eine echte Granate ist. Na ja, was Männer halt so reden, wenn ihnen eine Frau den Kopf verdreht hat.«

»Und des war alles? Sonst nix?«, hak ich nach.

»Doch, warten Sie.« Sie runzelt nachdenklich die Stirn, die noch nie Bekanntschaft mit Botox gemacht hat. Jede Falte pure Natur. Des macht sie mir noch sympathischer, die Ginger.

»Da war noch was«, sagt sie, aber lässt uns weiterzappeln.

»Er hat etwas von Ärger erzählt«, fällt es ihr dann endlich wieder ein.

»Ärger? Was für Ärger denn?«, erkundige ich mich.

»Seine Freundin hätte Ärger mit einem Bankkunden, der sie wohl schon mehrmals verbal bedroht hat.«

»Echt jetzt?« Ich platz schier vor Neugier. »Bedroht? Wissen Sie da Näheres drüber?«

Die Ginger schaut mich an und grinst. »Und Sie sind sich sicher, dass Sie Kommissarin bei der Kriminalpolizei und nicht ein Gspusi vom Gerry sind? Herr Kommissar, darf ich noch einmal Ihren Dienstausweis sehen?«

»Etzd ned«, schnappt der Maunzer, sichtbar erbost über die Frage.

Die Ginger zuckt mit den Schultern: »Das hab ich mir schon gedacht, aber was soll's.«

Dann deutet sie auf ihr leeres Glas, das sie vom Tresen mitgenommen hat. »Wenn Sie so großzügig wie der Gerry sind, spendieren Sie mir doch sicher ein Gläschen Schampus.« Sie lacht. »Wissen Sie, vom Reden kriege ich immer so eine trockene Kehle.«

Ich nick mein Einverständnis und leg einen Zwanziger auf den Tisch. Wer gut schmiert, der gut fährt, wie man bei uns im Freistaat sagt. Sie holt eine Flasche ohne Etikett aus dem Personalkühlschrank und schenkt sich ein Glas ein.

Ich werf einen prüfenden Blick auf die Flasche. Wenn des echter Champagner is, bin ich die Herzogin von Cambridge. Ich kenn den Unterschied zwischen Champagner und Fusel, des können Sie mir glauben.

»Es tut mir leid, mehr fällt mir im Moment auch nicht ein«, lächelt die Ginger dann und leert mit einem Zug des Glas. Ihre Kehle muss so trocken gewesen sein als wie die Sahara.

»Sind Sie sicher? Hat der Gerry ned vielleicht erzählt, wie der Kunde heißt? Des wär fei enorm wichtig für uns. Überleg'n Sie halt noch amol ganz scharf«, animier ich sie, aber sie verneint.

»Wenn Ihnan noch wos eifällt, ruf'n Sie mich an«, mischt sich jetzt wieder der Maunzer ein. »Jederzeit, Tach und Nacht. Do is mei Kartn. Aber bloß auf der Mobilfunknummer bitt schön. Ich bin nämlich ständich unterwegs, weil ich im Außendienst bin. Im Büro halt ich mich kaum auf.«

Ohne einen Blick darauf zu werfen, schnappt sie sich die Visitenkarte und schiebt sie in ihren Ausschnitt.

»Das werde ich, Herr Kommissar, aber machen Sie sich besser keine allzu großen Hoffnungen.«

Wir verabschieden uns von der gesprächigen Barfrau und verlassen rasch des Etablissement.

Auf dem Weg zum Parkplatz kommt mir ein Verdacht. »War des wärklich Ihr Dienstausweis, den Sie der Ginger gezeigt hab'n?«, will ich vom Maunzer wissen.

»Naa, gwies ned.« Er schüttelt den Kopf. »Des war mei Krankenversicherungskarte. Mein Dienstausweis hod mir doch der Janzen abg'nommen, genau wie mei Dienstwaffe. Aber do drin war's so dermaßen finster, drum hod des die Ginger ned g'merkt.«

Da bin ich mir allerdings ned so sicher, weil, blond war die Ginger zwar, aber blöd bestimmt ned.

Immerhin haben wir herausgefunden, dass die Tausendschön Helene mit einem Kunden, der sie bedroht hat, einen Mordsstress gehabt hat. Des is ja schon mal etwas. Fehlt uns nur noch der Name.

Im Auto auf der Fahrt nach Lauenburg stell ich dem Maunzer eine Frage, die mir scho lang unter den Nägeln brennt. »Was für Glitzersteinla hab'n Sie eigentlich bei uns im Gebüsch g'funden?« Jetzt, wo wir sozusagen ein eingespieltes Ermittlerteam sind, sollte er mir des doch verraten können, oder ned?

»Des war'n Strasssteinla, so wie von einer Handtaschn oder wie die an Ihrer Jeans oder von irgendeinem Modeschmuck. Die hod bestimmt a Frau dort verloren, und ich hob sie dann versimpelt. Irgendwo hing'legt und nimmer g'funden. Drum is der Janzen doch so dermaßen stinksauer auf mich, weil ich a Beweisstück verlor'n hob.«

»Des is leider ned der einzige Grund, Richart«, kann ich mich ned zurückhalten, ihn zu erinnern.

Während der Fahrt kreiseln die Gedanken in meinem Kopf umeinander wie des Ghost-Rider-Karussell auf dem Volksfest. Irgendwas is da, aber es will mir einfach ned einfallen. Seit mir so ein Lump auf den Schädel gehaut hat, is in meinem Hirn so einiges nimmer am richtigen Platz. Wahrscheinlich is die retrograde Amnesie dran schuld.

Dennoch hab ich die leise Ahnung, dass wir der Aufklärung des Mordfalls ein ganzes Stück näher kommen werden, wenn mir was zu den Strasssteinchen einfällt.

In der Parallelstraße von der Mona ihrem Haus lässt der Maunzer mich aussteigen. Ned dass noch wer von den neugierigen Nachbarn beim nächtlichen Hundeausführen beobachtet, wie ich von einem Kripobeamten heimgebracht werd, und des meiner Geschäftspartnerin brühwarm steckt. Des macht nämlich keinen guten Eindruck, besonders ned auf die Mona, die ja glaubt, dass ich vollkommen stressfrei und tiefenentspannt auf der Couch umeinanderflack und mich ausruh. Grad will ich unbemerkt ins Haus schlüpfen, da ruft es hinter mir: »Dora, was machst du denn hier vor der Tür?«

Es is die Mona, wer auch sonst. Aber es is grad amol halb neun, eigentlich kann sie noch keinen Feierabend haben. Was is denn jetzt da schon wieder los?

Ohne ihr zu antworten, sperr ich auf, und sie kommt mir eilig hinterhergestiefelt.

»Wo warst du? Du wolltest dich den Rest des Tages doch ausruhen«, mault sie mich an.

»Himmeldunnerweddernochamol, etzd hör halt auf, die Krankenschwester zu spiel'n und mir dauernd vorzuschreiben, was ich tun und lass'n darf«, pamp ich zurück, denn Angriff is ja meistens die beste Verteidigung. »Des is so was von lästig, Mona. Ich weiß scho selber, was gut für mich is, drum war ich amol kurz zum Luftschnappen vor der Tür. Mir hat einfach a weng Bewegung g'fehlt. Der ganze Zirkus macht mir ziemlich zu schaff'n, weil ich noch nie richtich krank war in meinem Leben. Und etzd soll ich plötzlich den ganzn Tog auf der Couch rumlieg'n und mich ausruhen. Des geht so ned, verstehst du des?«

»Doch, ich habe vollstes Verständnis für deinen Bewegungsdrang und deinen Arbeitseifer«, sagt die Mona und klingt schon ein bisschen zugänglicher. »Aber du hast heute doch selbst gemerkt, dass du noch nicht wieder belastbar bist. Ich möchte nur nicht, dass du dich überschätzt und vor Überanstrengung am Herd zusammenbrichst.« Dann fällt ihr Blick auf meine Discolatschen. »Ganz schön aufgebrezelt für ein wenig Luftschnappen im Vorgarten«, is alles, was sie zu meinem Aufzug sagt. Aber ich bin überführt. Der Mona kann ich einfach nix vormachen. So ein Mist.

»Warum bist du eigentlich scho dahaam?«, wechsle ich des Thema, weil ich heut Abend kein Theater mehr will.

»Kein Geschäft. Der FC Nürnberg hat ein Heimspiel. Du weißt, was das heißt.«

Ja, freilich. Die Hardcore-Clubberer hocken in Nürnberg im Frankenstadion, alle anderen im Eigenheim vor der Glotze. Alle fränkischen Gastronomen ohne Fernseher im Lokal können an dem Abend getrost daheimbleiben, weil es sich kaum lohnt, für die drei oder vier Fußballverweigerer den Laden aufzusperren, besonders bei uns auf dem Dorf.

Wie auf dem Wohnzimmertisch eine Kanne Früchtetee vor sich hin dampft, setzen wir uns aufs Sofa, und die Mona berichtet, wie kreuzunglücklich die Sofie seit unserem Weggang im »Eppelein« is. Der Super-Mario schikaniert sie nach allen Regeln der Kunst, tobt und schreit umeinander und macht sie für alles verantwortlich, was in der Küche ned rundläuft. Und die permanent schlechte Laune vom Grafen macht des Ganze ned besser. Seit er die Mona und mich rausgeschmissen hat, suhlt er sich in seinem Missmut und is rundherum unzufrieden mit allem: mit seiner Frau, seinen Angestellten und besonders mit dem Essen. Die Sofie hat der Mona erzählt, dass sie deswegen vorgestern nach langem Überlegen fristlos gekündigt hat, auch, weil der irre Vogel aus Starnberg am Tag vor ihrem Urlaubsbeginn einen Topf mit heißem Wasser nach ihr geschmissen hat. Drum hat sie meine Geschäftspartnerin gefragt, ob sie ned bei uns arbeiten könnt, und wenn es auch nur halbtags wär.

Wir diskutieren eine Weile hin und her und rechnen, ob wir es uns leisten können, die Sofie für den Service einzustellen. Schön wär des scho, aber ob es finanziell zu stemmen is? Wir beschließen, es trotz aller Bedenken zu probieren, weil wir unsere Freundin ned einfach hängen lassen können. Lieber monetäre Einbußen als eine depressive Sofie.

Chicken-Wraps

Zutaten:
200 g Bohnenmus aus der Dose
8 Maismehl-Tortillas
2 TL Sonnenblumenöl
350 g Hühnerbrust, gekocht und gewürfelt
Salz
Pfeffer
1 Messerspitze Oregano, getrocknet
1 Messerspitze Kreuzkümmelpulver
1 Avocado, geschält, entkernt, in Scheiben, mit Limettensaft beträufelt
Jalapeño-Salsa
1 Chipotle-Schote, gehackt
1 kleine Zwiebel, fein gewürfelt
ein paar Blätter Eisbergsalat
5 Radieschen, fein gewürfelt
175 g saure Sahne

Zubereitung:
Das Bohnenmus in einen Topf geben, mit zwei EL Wasser verrühren und leicht erwärmen.
Die Tortillas nacheinander in einer ungefetteten, beschichteten Pfanne erwärmen. Zum Warmhalten anschließend in Alufolie wickeln.
Das Öl in einer Pfanne erhitzen und das vorgekochte Hühnerfleisch hineingeben. Salzen und pfeffern. Anbraten, bis es goldbraun ist.
In der Zwischenzeit Oregano und Kreuzkümmel unter das Bohnenmus mischen.
Die noch warmen Tortillas mit dem Bohnenmus bestreichen. Mit Hühnerfleisch, Avocadoscheiben, Jalapeño-Salsa, Chipotle-Stückchen, Zwiebelwürfeln, einem Blatt Salat und Radieschenwürfeln

belegen, darauf einen Klecks saure Sahne geben. Die Tortillas fest zusammenrollen und sofort servieren.
Mir schmecken dazu Guacamole und ein Seidla Bier, zum Beispiel ein Dos Equis.

16

Die halbe Nacht hab ich sinniert, was es mit den Glitzerdingern auf sich haben könnt, aber mir is nix Gscheites eingefallen. Im Gegenteil, je mehr ich mir den Kopf darüber zerbrochen hab, umso weiter is eine brauchbare Idee in der Ferne verschwunden.

Zum Glück gibt's diesmal in der Früh keine Diskussion, ob ich arbeiten darf oder ned. Wie gewohnt fahren Mona und ich um halb neun los, und sie lässt mich vor unserem Lokal aussteigen. Sie selbst fährt weiter zum Großmarkt, weil wir frisches Gemüse, Salat, Fleisch und ein paar andere Kleinigkeiten brauchen. Ich schließ derweil auf und mach mich an die Arbeit. Küche wienern, Tische eindecken, des Mise en Place vorbereiten. Grad bin ich dabei, die Avocado für die Guacamole zu zerdrücken, die wir heute zu unseren Wraps servieren wollen, da spaziert der Hauptkommissar Janzen herein.

»Moin, Moin, Frau Dotterweich«, grüßt er scheißfreundlich und lacht mich an. So kenn ich den Grantler gar ned. Der will doch bestimmt was von mir. Und richtig, ich hab mich ned getäuscht: »Sie wissen nicht zufällig, wo sich mein früherer Kollege Maunzer aufhält?«, fragt er scheinheilig.

So ein Maulaff, so ein bleeder. Als wenn ich ausgerechnet ihm des stecken tät, selbst wenn ich es wüsst.

»Woher soll ich des denn wiss'n? Schau ich vielleicht aus wie die Super Nanny, die wo den Herrn Maunzer rund um die Uhr beaufsichtigt? Betreutes Ermitteln, oder wos?«, zisch ich deswegen giftig zurück.

»Nein, Sie sehen mehr so aus, als wären Sie eine durch und durch plietsche Deern.«

»Eine was, bitt schön? He, Sie, amol a weng langsam, gell? Deern, ha? Is des a Fischkopfschimpfwort, oder was? Und plietsch? Was soll des heißen? Von Ihnen lass ich mich fei ned beleidigen, gell, auch wenn Sie ein Kriminalhauptkommissar aus der Stadt sind und ich bloß eine einfache Dorfköchin«, braus ich auf.

Er zuckt zsamm und kratzt sich ganz verlegen am Kopf. »Aber das war doch keine Beleidigung, sondern ein Kompliment. Ich wollte damit nur ausdrücken, dass Sie ein fixes Mädchen sind, ein helles Köpfchen.«

»Soso, ein hells Köpfchen. Aber halt ned so hell, dass ich wissen tät, wo Ihr Kollege sich rumtreibt.«

»Ehemaliger Kollege«, korrigiert er mich sofort.

Dazu sag ich nix.

»Er hat Frau Böhner zu einer Aussage genötigt, dieser Spacken. NACHDEM er vom Dienst suspendiert wurde. Wussten Sie davon?«, fragt er, jetzt bei Weitem nimmer so freundlich wie noch vor ein paar Sekunden.

»Etzd pass'n Sie amol gut auf, Sie Dampfplauderer. Ein für alle Mol, ich hob mit den Ermittlungen im Mordfall Tausendschön nix zu schaffen. Was der Kommissar Maunzer in seiner Freizeit treibt, davon hab ich ned die geringste Ahnung, und es interessiert mich auch ned, wenn Sie's genau wiss'n wollen. Und etzd lass'n Sie mich in Ruh weiterarbeiten, sonst werd ich hasenwild, hab'n Sie mich verstand'n?«

»Es reicht! Sie sind und bleiben eine misanthropische Kodderschnuut! Richten Sie Ihrem Busenfreund Maunzer aus, dass er sich bei mir melden soll, aber pronto. Sonst hat er mit weiteren beruflichen Konsequenzen zu rechnen«, bellt der Janzen, dreht sich um und stürmt aus der »Hexenküche«.

Allmächd, is der sauer. Des zwischen dem Fischkopf und mir, des wird keine Freundschaft mehr, des sagt mir des Grummeln in meinem Bauch laut und deutlich. Da geb ich lieber gleich dem Maunzer Richart Bescheid, dass er quasi von Amts wegen gesucht wird.

Bloß blöd, dass er ned an sein Telefon geht, egal, wie oft ich es auch probier. Und die Mailbox is auch ausgeschaltet.

Ereignislos plätschert der Tag dahin, bis am Abend auf amol der Maunzer im Restaurant auftaucht. Er hockt sich an den Tisch ganz hinten im Eck und bestellt ein Bier und die Chicken-Wraps, die ich ihm eigenhändig servier, obwohl die Sofie mir den Teller abnehmen will.

»Mir müss'n dringend reden«, raunt er mir zu, wie ich des Essen vor ihn hinstell.

»Wo war'n Sie denn den ganzn Tag?«, zisch ich zurück, bevor ich ihm laut einen guten Appetit wünsch.

Aber er hat keine Gelegenheit zu antworten, weil scho die Mona mit dem Weißbierglas in der Hand neben mir steht.

»Ja, Richart, wie schön, dass Sie wieder einmal bei uns reinschauen«, säuselt sie mit einem falschen Lächeln. »Und dass Sie den weiten Weg von Bamberg nach Lauenburg auf sich nehmen, nur um Doras Essen zu genießen, ist wirklich ein Kompliment für uns.«

Ich verdreh die Augen. Die weiß doch sicher genau, dass der Jungspund noch im Dorf umeinanderstrawanzt, um die Leut auszuhorchen.

»Für der Dora ihr wunderbores Essen käm ich sogar aus Berlin ang'reist«, kontert er ungewohnt schlagfertig.

»Wirklich reizend.« Meine Freundin funkelt erst ihn und dann mich wütend an, bevor sie zurück hinter den Tresen stolziert. Also echt, wie wenn ich was dafürkönnt, dass der Maunzer Richart am allerliebsten in der »Hexenküche« einkehrt.

Obwohl ich vor Neugier fast platz, schleich ich mich zu meinen Pfannen und Töpfen und zermartere mir den Kopf, wie ich den Maunzer unter vier Augen sprechen könnt. Aber solang ich von meinen Freundinnen bewacht werd wie der Queen ihre Kronjuwelen, geht da nix. Ich fisch mein Handy aus der Hosentasche, tipp eine WhatsApp-Nachricht ein: »RUFEN SIE MICH AN! Um Mitternacht!«, und setz noch ein Peitschen-Emoji dahinter, um dem Ganzen ordentlich Nachdruck zu verleihen. Jetzt liest sich des wie die Sexwerbung im Kabelfernsehen. Bei dem Gedanken muss ich grinsen.

Sieben Minuten nach vierundzwanzig Uhr rappelt mein Handy. Seit einer halben Stund lieg ich brav in meinem Bett und starr wie gebannt auf des Display.

»Na endlich!«, schnauz ich ungeduldig. »Ich wart scho a halbe Ewigkeit.«

»Könna mir uns treff'n, Dora? Etzd gleich?«, keucht der Maunzer Richart in den Hörer.

»Kumma Sie auf unsere Terrasse. Aber ned des Gartentürla aufmach'n, weil des quietscht wie narrisch. Sie müss'n drübersteig'n. Und zwar ganz leis, ned dass die Mona aufwacht.«

»In fünf Minuten«, verspricht er.

Ich steh auf und wickele mich in meinen Morgenrock, weil die Nächte auch im Frühling noch richtig frisch sind. Dann öffne ich geräuschlos die Terrassentür und schlüpf barfuß hinaus, um bloß keinen Lärm zu machen. Vom Maunzer is weit und breit nix zu sehen. Auf amol hör ich jemanden im Finstern leise fluchen: »Herrgottsakrament, so ein Scheiß. Mei neia Hosen!«

»Richart, sind Sie des?«, frag ich ängstlich, weil die Nacht stockfinster is. Genauso gut könnte sich ein Axtmörder in unserem Garten rumtreiben.

»Ich bin an Ihrm Gartentürla hänga geblieb'n und hob mei neia Jeans zerrissen.«

Ja, der Geschickteste is er tatsächlich ned, der Jungspund, und auch ned der Sportlichste. Des kann ich beurteilen, ich kenn mich da aus.

»Was gibt's denn so Wichtigs?«, frag ich, und meine Zähne klappern vor lauter Kälte wie Kastagnetten. Vielleicht hätt ich Socken anziehen sollen.

»Schaua Sie amol, was ich g'funden hob.« Triumphierend hält er mir etwas vor die Nase.

»Was is 'n des?«, schnattere ich frostig.

»Die Glitzerdinger.«

»Ich kann nix erkenna. Kommen Sie rein in mein Zimmer. Aber ganz leis, wenn's geht.«

Gemeinsam schleichen wir ins Haus. Drin mach ich die Deckenbeleuchtung an, um besser sehen zu können.

Der Maunzer streckt mir ein Plastiktütchen hin, in dem ein paar Steinchen glitzern.

»Etzd rat'n Sie, wo die auf amol aufgetaucht sin. In meiner altn Jeans, in dem winzigen Täschla über der linken Hosentaschen.«

»Sind des die aus dem Gebüsch?«, erkundige ich mich.

Er nickt und strahlt stolz über alle Backen.

Wir setzen uns auf den Bettrand, stecken die Köpf ganz nah zsamm und betrachten gemeinsam seinen Fund. In dem Moment geht die Tür auf, und die Mona steht im Zimmer.

»Störe ich etwa?«, fragt sie und starrt uns an, wie wenn sie gleich Feuer aus Nase und Mund speien wollt. »Wie ich sehe, habt ihr es euch schon bequem gemacht.«

»Mona, also, des is etzd fei ned …«

»Frau Schmälzich, ich wollt doch bloß …«

Allmächd, is des peinlich. Die denkt jetzt bestimmt, dass der Maunzer Richart und ich … Und des, obwohl ich doch mit dem Konni …

»Gehen wir ins Wohnzimmer«, schlägt sie mit eisiger Stimme vor.

Kaum sitzen wir, sprudeln sämtliche Einzelheiten unserer sorgfältig ausgetüftelten Intrige aus uns heraus, weil die Mona verdächtig den Eindruck macht, wie wenn sie gleich explodieren tät. Ich glaub zu sehen, dass vor lauter Wut scho Rauchwölkchen aus ihrer Nase steigen. Abwechselnd berichten wir von unseren gemeinsamen Nachforschungen und den bisher erzielten Ergebnissen. Meine Freundin sitzt uns im Sessel gegenüber und hört schweigend zu.

»Dann handelt es sich bei eurem Mitternachtsplausch also um ein konspiratives Treffen im Hause Schmälzich«, is ihre Schlussfolgerung.

»Und ned ebba um mitternächtlichen Kuschelsex, richtig«, bestätige ich hastig.

»Darf ich die Glitzerdinger einmal sehen?«, fragt die Mona den ehemaligen Kriminalkommissar und streckt auch schon die Hand aus.

Er reicht ihr des Tütchen, sie hält es ins Licht und betrachtet den Inhalt einen Moment lang nachdenklich. »Die Steine könnten von Carolins Stilettos sein«, meint sie dann. »Du weißt schon, Dora, von diesen Aquazzura-Dingern.«

Sprachlos glotzen wir sie an.

Dann dreh ich mich zum Maunzer um. »Was is, Richart? Etzd sag'n Sie halt was! Fehlen auf der Tatwaffe Steinla?«

»Des waaß ich doch ned. Do müsst ich nachschaua.«

»Ja und? Auf was wart'n Sie dann noch? Auf geht's, aber a weng flott«, fordere ich ihn auf.

Also doch die Reuß Carolin, denk ich. Bloß, was hat die mit zehn Zentimeter hohen Absätzen im Gebüsch getrieben? Hat sie vielleicht dringend bieseln müssen? Irgendetwas fehlt noch am Gesamtbild, irgendwas, an des ich mich unbedingt erinnern muss.

Aber stattdessen fällt mir ganz was anderes ein: »Der Fischkopf sucht Sie übrigens wie narrisch. Die Böhner-Sulln hod ihm des mit Ihrer Befragung im ›Grünen Kranz‹ g'steckt. Sie müss'n ihn anruf'n, sonst gibt's richtig Zores.«

»Erscht müss ma den Mörder ausfindich mach'n«, erwidert der Jungspund trotzig. »Weil ich vorher dem Janzen ned unter die Augen kumma derf.« Er steht auf. »Ich fahr etzd auf Bamberch ins Polizeipräsidium und such in der Asservatenkammer nach der Dadwaffe. Vielleicht hob ich Glück, dass einer von meine Kumpels Nachtdienst hod und mir die Tür zur Asservatenkammer aufsperrt. Wenn ned … Dann müss ma noch a weng wart'n mit der Überprüfung.«

»Aber seien Sie bloß vorsichtig und lass'n Sie sich dabei ned erwisch'n«, ermahn ich ihn. »Weil dann war's des ein für alle Mal mit Ihra steilen Karriere bei der Kripo.«

Wie er losgezogen is und ich mit der Mona allein bin, schaut sie mich irritiert an und schüttelt dann den Kopf.

»Bei dir ist wirklich Hopfen und Malz verloren, Dora. Egal, welche Unfälle, Missgeschicke und Katastrophen dir auch passieren, du gibst nie auf, was? Hoffentlich überstehst du dieses Abenteuer ohne weitere größere Blessuren.«

Ja, genau des Gleiche wünsch ich mir, denk ich, während mein Kopf vor lauter Anstrengung und Aufregung wie eine Glocke dröhnt.

Im Bett lieg ich wach und kann einfach ned einschlafen. Unruhig wälz ich mich von einer Seite auf die andere, in meinem Kopf rumoren die Gedanken unermüdlich weiter. Irgendwas war da an dem Abend, an dem die Reuß Carolin besoffen aus der »Hexenküche« zu ihrem Maserati getorkelt is. Aber ich komm einfach ned drauf, was.

Grad wie ich so am Eindösen bin, fängt auf dem Gartengrundstück neben uns der Nachbarshund an, wie narrisch zu kläffen. In dem Moment fällt es mir siedend heiß wieder ein. Ja freilich, an dem besagten Abend bin ich aus dem Lokal gerannt, um die Reuß Carolin am Wegfahren zu hindern. Und wie ich die Treppe runtergespreißelt bin, hab ich aus dem Augenwinkel gesehen, dass sie was ins Gebüsch geschmissen hat. Was es war, konnte ich im Finstern ned erkennen. Aber auf amol hat der Neuhaus Adrian, dem Roman sein Ehemann, neben mir gestanden, mit seinem fusseligen Pinscher an der Leine, den die Carolin um ein Haar umgefahren hätt. Der Neuhaus Adrian hat erst amol geflucht wie ein Gangsta-Rapper und dann der Reuß beim Wegfahren zugeschaut. Danach hat er mir eine gute Nacht gewünscht und sich mit seinem Wadenbeißer ratzfatz verzupft, weil der Papi angeblich daheim scho auf die zwei gewartet hat.

Wie lang er wohl dort in der Dunkelheit scho umeinandergestanden is? Hat er vielleicht beobachtet, was genau die Reuß Carolin ins Gebüsch geschmissen hat? Und hat er vielleicht gewartet, bis ich von der Bildfläche verschwunden bin, is dann ins Gebüsch gekrochen und hat sich die Pumps von der Gutsbesitzerin geschnappt? Aber wozu? Ich glaub ja eher ned, dass die Luxuslatschen dem Neuhaus Adrian passen. Und wenn er sich die Schuh mit kriminellen Absichten unter den Nagel gerissen hätt? Des würde ja dann heißen, dass …

Jetzt hält mich nix mehr im Bett. Im Nu spring ich auf und renn die Treppen hinauf zur Mona ihrem Schlafzimmer. Wie wild bumpere ich kurz an die Tür, wart aber ned auf ein verschlafenes »Herein!«, sondern stürz direkt ins Zimmer.

»Mona, wach auf! Ich weiß etzd, wer die Helene erschlag'n hod.«

Meine Freundin richtet sich im Bett auf und reibt sich schlaftrunken die Augen. »Sag mal, tickst du noch ganz richtig? Ich hab tief und fest geschlafen. Weißt du eigentlich, wie spät es ist?«, faucht sie mich an.

»Zwei Uhr durch«, informier ich sie ganz cool. »Aber horch halt amol, was mir grad eing'fallen is.«

»Kannst du mir das nicht morgens beim Frühstück erzählen?«, mault sie, steht aber auf und schlüpft in ihren Morgenmantel.

»Etzd komm halt und horch mir zu«, treib ich sie an, und gemeinsam gehen wir in die Küche.

Weil es in meinem Magen jedoch rumpelt wie im Märchen vom Wolf und den sieben Geißlein, bereit ich uns schnell noch einen kleinen Mitternachtssnack zu.

Die Mona kocht in der Zwischenzeit Kaffee und schenkt uns zwei Heffala voll ein. Wir setzen uns an den Tisch und lassen es uns erst amol schmecken, weil es sich mit leerem Magen so schlecht redet. Und sich zu konzentrieren klappt hungrig auch ned besonders gut.

Wie ich schließlich fertig bin mit meiner Geschichte, is die Mona erst amol ruhig und denkt nach. Eine ganze Weile vergeht, bevor sie meint: »So könnte es gewesen sein, muss es aber nicht. Woher hätte denn der Neuhaus Adrian wissen sollen, ob und wann die Tausendschön Helene am nächsten Morgen zur ›Hexenküche‹ kommt? Und aus welchem Grund hätte er seine Nachbarin erschlagen sollen? Das Ehepaar Neuhaus pflegt bekanntlich sehr gute Beziehungen zu seinen Nachbarn und ist bei ihnen ausgesprochen beliebt. Ist es da nicht abwegig, dass ausgerechnet er der Täter sein soll?«

»Mir wiss'n doch rein gar nix über die Familie Neuhaus, außer dass der Roman Steuerbeamter is und der Adrian irgendwas mit Kunst macht. Hast du vielleicht eine Ahnung, was die scho alles erlebt hab'n, bevor sie in unser Kaff g'zogen sind?«

»Natürlich nicht, woher denn auch? Ich kenne sie nur als liebenswerte, spendable Stammgäste der ›Hexenküche‹.« Die Mona holt tief Luft. »Trotzdem kann ich mir den Neuhaus Adrian einfach nicht als Mörder vorstellen. Der ist doch eher ein Feingeist, der vollkommen entrückt an seinen Landschaftsbildern herumpinselt. Naive Malerei, soweit ich weiß. Nein, Dora, mit deinem Verdacht, dass ausgerechnet er ein Mörder sein soll, bist du auf dem Holzweg«, stellt sie fest.

»Wie? Weil er Bildla malt wie ein Zehnjähriger, is er kein Mörder, oder was? Was is ’n des für eine verquere Logik, Mona? Ich ruf etzd den Maunzer an.« Mein Handy liegt griffbereit vor mir auf dem Tisch, doch meine Freundin packt meine Hand und hält sie fest.

»Lass das, Dora. Es ist mitten in der Nacht. Vielleicht schläft er, aber vielleicht durchstöbert er auch gerade die Asservatenkammer auf der Suche nach dem Stöckelschuh. Und wenn dann das Telefon schellt, macht das diejenigen Kollegen, die nichts von seiner Anwesenheit ahnen, darauf aufmerksam, dass sich jemand unerlaubterweise an den Asservaten zu schaffen macht. Willst du das?«

Ich schüttle den Kopf und ziehe meine Hand zurück. Wirklich gut, dass die Mona ned so zu spontanen Aktionen neigt als wie ich, sondern immer erst ihr Gehirn einschaltet, bevor sie handelt. Des erspart mir gelegentlich viel Ärger.

Mitternachtssnack
(Für Nachteulen und Frühaufsteher)

Zutaten:
1 kleine Zwiebel
1 TL Öl
½ Pck (ca. 125 g) Schinkenwürfel
Backpapier zum Auslegen
Schnittlauch
2 EL Schmand
2 kleine Eier
100 g Emmentaler, gerieben
Salz und Pfeffer
Kümmel, gemahlen, nach Geschmack
1 kleines Baguette

Zubereitung:
Die Zwiebel schälen, halbieren und in feine Streifen schneiden. Das Öl in einer Pfanne erhitzen. Die Schinkenwürfel darin anbraten. Die Zwiebelstreifen zugeben und bei mittlerer Hitze kurz andünsten. Die Pfanne vom Herd nehmen.
Den Backofen auf 180 °C vorheizen und ein Backblech mit Backpapier auslegen.
Den Schnittlauch waschen, trocken schütteln und in Röllchen schneiden.
Schmand, Eier, die Hälfte vom geriebenen Käse und die Hälfte der Schnittlauchröllchen in einer Schüssel mit einem Schneebesen verrühren. Mit Salz, Pfeffer und, nach Belieben, mit Kümmel würzen. Dann die Zwiebel-Speck-Mischung unterrühren.
Das Baguette aufschneiden. Die Baguettehälften auf das Backpapier legen, die Zwiebel-Eier-Masse darauf verteilen und mit dem restlichen Reibekäse bestreuen.
20–25 min überbacken. Das Brot aus dem Ofen nehmen und mit dem übrigen Schnittlauch garnieren.

Ich schneid das Baguette in 4–5 cm lange Stücke und servier es heiß mit einem Glas Primitivo oder Trollinger. In der Früh um fünf Uhr natürlich nicht, da gibt's stattdessen ein Heffala Kaffee dazu.

17

Wie der Maunzer am nächsten Vormittag wieder in der »Hexenküche« erscheint, bin ich vor lauter Aufregung scho ganz neben der Spur. Hundertmal hab ich des Handy in der Hand gehabt, um ihn anzurufen, und immer wieder hab ich es mir verkniffen, auch wenn's mir tierisch schwergefallen is.

»Und?«, herrsch ich ihn an, sobald er im Lokal steht. »Was is etzd?«

Erschöpft fällt er auf den nächstbesten Stuhl und nickt. »Ned a Minuten hob ich g'schlaf'n letzte Nacht, weil ich so mordsmäßig beschäftigt war. An der Dadwaffe, also dem Stöckelschuh von der Reuß, fehl'n Steinla, und zwar pfeilgrad diejenigen, die wo ich g'funden hob. Ich hob sie verglichen, es sind genau dieselben.« Er hält des besagte Plastiktütla hoch und schwenkt es wie eine Trophäe hin und her.

»Und? Was passiert denn etzd?« In aller Eile informier ich den Maunzer über meinen Verdacht, was den Adrian betrifft. »Soll'n wir gleich nüber zum Neuhaus marschier'n und ihn in die Mangel nehmen?«, will ich wissen und scharr vor Ungeduld scho mit den Hufen.

»Mach mal langsam, Dora. Siehst du denn nicht, wie fertig der Richart ist? Der braucht erst einmal einen Schuss Koffein und ein reichhaltiges Frühstück.« Die Mona stellt einen Cappuccino vor dem Maunzer ab. »Rühreier mit Speck, Toast, O-Saft und ein Schälchen Obstsalat kommen sofort. Los, Dora, worauf wartest du noch?«

Zehn Sekunden später steh ich hinter meinem Herd, rühr vier Eier in die Pfanne und brate in einer anderen fünf Scheiben Bacon. Wie ich damit fertig bin, schaufele ich eine doppelte Portion Obstsalat in eine Schüssel. Die Mona presst derweil vier Orangen aus. Des große kulinarische Verwöhnprogramm hat sich unser kleiner Kommissar aber auch redlich verdient, find ich. Wie des Essen vor ihm steht, haut er rein, wie wenn er am Verhungern wär.

»Ich hob scho länger nix mehr zu beißen g'habt«, nuschelt er mit vollem Mund. »Etzd merk ich erscht, wos ich für einen Riesenkohldampf hob.«

Kaum sind der Teller, die Schüssel, des Glas geleert und des Geschirr abgeräumt, setzen wir uns ihm gegenüber an den Tisch.

»So, Richart, und wie geht's etzd weiter?«, frag ich aufgeregt.

»Also, ich denk, es wär am gscheitsten, wenn ich etzd amol alleins mit dem Neuhaus red. Vielleicht gesteht er ja gleich bei der erschten Befragung. Dann nehm ich ihn fest, bring ihn auf die Polizeiwach noch Schnalzlreuth und hol den Janzen dazu.«

»Und ich?«, frag ich entgeistert. »Also, ich fahr scho mit zum Neuhaus, damit des klar is, gell?«

»Naa, Dora, des geht auf kaan Fall. Ich kann doch ned a Außenstehende zu einer Befragung mitnehma. Wenn do wos schiefgeht, bin nachher ich widder der Depp«, widerspricht er mir vehement.

»Aber warum denn ned? Des war doch ich, die dem Neuhaus auf die Spur g'kommen is. Sie müss'n ihn etzd bloß noch zum Reden bringa.«

»Jetzt lass den Richart halt in Ruhe seine Arbeit erledigen, Dora«, mischt sich nun auch noch die Mona ein. »Für ihn steht immerhin ziemlich viel auf dem Spiel. Sein Verbleiben im Kommissariat, seine ganze berufliche Zukunft.«

Widerwillig nicke ich. Wo sie recht hat, hat sie recht.

»Ich informier Sie über jedn Schritt«, verspricht mir der Maunzer und schaut mich ganz ernst an.

Wie er zahlen will, winkt die Mona großzügig ab.

»Das geht aufs Haus. Für die anstehende Vernehmung brauchen Sie doch eine nahrhafte Grundlage. Aber vergessen Sie ja nicht, der Dora Bescheid zu geben, was rausgekommen ist bei der Befragung, sonst dreht sie hier den ganzen Tag am Rad.«

So eine Frechheit! Ich schieß einen wütenden Blick auf sie ab, dann verzupf ich mich in meine Küche.

Die Minuten tropfen so langsam dahin wie eingetrockneter Nagellack. Alle paar Sekunden schau ich auf die Wanduhr, aber der Zeiger scheint hängen geblieben zu sein. Er pappt an einer Ziffer fest. Bestimmt is des damische Ding kaputt. Nix is zu hören oder zu sehen vom Maunzer. Ob er vergessen hat, dass er uns benachrichtigen sollte? Oder dauert sein Gespräch mit dem Tatverdächtigen wirklich so elend lang? Hoffentlich is da alles in Ordnung.

»Du, Mona!«, ruf ich ihr nach vorn in den Gastraum zu. »Meinst ned, ich soll amol nüber zum Neuhaus fahr'n und nach dem Rechten schau'n?« Ich streif mir scho meine Kochjacke ab.

»Nichts da. Du bleibst, wo du bist, und denkst nicht im Traum daran, den Kommissar bei der Arbeit zu stören. Versuch dich daran zu erinnern, dass das hier kein Agatha-Christie-Krimi ist und du nicht Miss Marple bist.« Die Mona kennt kein Pardon. »Er wird schon noch anrufen und dir erzählen, was er vom Neuhaus Adrian erfahren hat. So lange musst du dich eben gedulden. Ist dir eigentlich schon einmal der Gedanke gekommen, dass der Neuhaus Adrian gar nichts mit der Sache zu tun haben könnte? Dass du einen Unschuldigen des Mordes beschuldigst? Und was du mit solchen falschen Verdächtigungen anrichtest?«

Ich seufze kaum hörbar auf. Ja, daran hab ich tatsächlich auch scho gedacht, mehrmals sogar. Aber was, wenn er's doch war? Es könnte doch sein. Hoffentlich findet unser Jungspund die Wahrheit heraus.

Wie auf amol die Eingangstür aufgeht, fahr ich erschrocken zsamm. Aber es is bloß die Sofie, die an ihrem freien Vormittag auf einen Kaffee vorbeischaut.

»Etzd is der Richart scho über eine ganze Stund fort«, jammere ich. »Meint ihr, ihm is vielleicht was zug'stoßen? Dass der Neuhaus ihn umg'haut oder niedergestoch'n oder erwürgt hat?«

»Oder in Afrika ist heute Muttertag«, erwidert die Mona trocken. »Kümmere dich lieber um deine Kocherei, dann bist du wenigstens beschäftigt und abgelenkt.«

Schlag elf erscheint der Maunzer mit dem Neuhaus Adrian im Schlepptau in der »Hexenküche«, ganz ohne Handschellen und Fußfessel. Blessuren scheinen weder der Verdächtige noch der Kommissar zu haben. Wir drei Weibsleut reißen die Augen auf, wie der Maunzer sich so anmutig wie ein Mehlsack auf den nächstbesten Stuhl fallen lässt. Der scheint ja ganz schön fertig zu sein. Der Pinselschwinger hockt sich ihm gegenüber hin, dann machen sich die zwei an dem bereits eingedeckten Tisch breit, wie wenn sie zahlende Gäste wären.

»Möcht'n Sie sich ned a weng zu uns hersetzen?«, erkundigt sich der Kommissar-in-Warteschleife mit einer einladenden Geste, weil sich keine von uns vom Fleck rührt.

Schneller als wie ein Kugelblitz hocken wir mit am Tisch. Hoffentlich kommt jetzt ned so ein Simbel angeschlappt und will was zum Essen bestellen. Des tät jetzt nämlich total schlecht passen.

»Also, des do is der Adrian Neuhaus«, stellt der Maunzer uns des arme Würschtla im pinkfarbenen Pullover mit nachtblauem Kaschmirschal und hautengen Schlauchhosen aus so dünnem Glitzerstoff vor.

»Danke, Herr Maunzer, aber mir kenna uns. Kommen Sie endlich zur Sache«, ermuntere ich ihn, weil ich mich in so brisanten Situationen ned gern mit unwichtigem Geschwätz aufhalt. »Der Herr Neuhaus is nämlich Stammgast bei uns.«

»Ach so, stimmt ja. Also, er hod wos zum Erzähln, aber er möcht, dass Sie dabei sin, weil die Gschicht ja do vor Ihrm Wirtshäusla passiert is.«

Alle Augen richten sich auf den Adrian, der wie ein Häufchen Elend auf seinem Stuhl zsammgesackt is.

»Dann schieß'n Sie amol los«, fordert ihn der Maunzer mit strenger Miene auf.

Der Kunstmaler räuspert sich ein paarmal, bevor er mit leiser Stimme anfängt zu reden.

»Lauter«, raunzt der Kriminaler. »Sonst versteht ma ja kaa Wort.«

Noch ein Räusperer. »Die Frau Dotterweich hat ja neben mir gestanden, die weiß doch, was an dem Abend passiert ist.«

»Aber vielleicht möchten's die andern auch gern hör'n?«, entgegnet der Maunzer.

Dem Neuhaus Adrian entschlüpft ein genervter Seufzer, doch dann legt er los, laut und für alle verständlich. »Der Rambo und ich, wir haben an dem Tag unseren Abendspaziergang durchs Dorf gemacht, so wie immer. Der Rambo ist unser Hund, ein reinrassiger Malteser«, erklärt er seinem gespannt lauschenden Publikum. »Wir drehen jeden Abend die gleiche Runde, müssen Sie wissen, erst am Burger-Anwesen, dann am Gabler-Hof und am ›Grünen Kranz‹ vorbei und zum Schluss immer an der ›Hexenküche‹. Manchmal binde ich den Rambo draußen fest, gehe hinein und nehme noch einen Feierabend-Snack mit. An dem besagten Abend war Neumond, es war stockdunkel auf dem Parkplatz vor dem Lokal. Kurz vor der ›Hexenküche‹ bin ich auf dem kleinen Rasenstück neben den Büschen stehen geblieben, weil der Rambo ein Häufchen absetzen musste. In dem Moment kam eine Frau aus der Kneipe gestolpert, hat kurz angehalten und etwas ins Gebüsch geworfen.« Er sieht mich an. »Das haben Sie doch sicher auch bemerkt, Frau Dotterweich, weil Sie ja gleich nach der Dame herausgerannt kamen.«

»Stimmt, ich hab g'sehen, dass sie was wegg'schmissen hat, allerdings ned, was«, bestätige ich bereitwillig.

»Wie ging es dann weiter?«, fragt die Mona gespannt.

»Die Dame ist ins Auto gesprungen, in dieses protzige Maserati-Cabrio«, fährt der Neuhaus fort. »Da wusste ich, dass es sich um Frau Reuß handelt, weil ja jeder im Dorf ihren Wagen kennt. Die Frau Dotterweich hat ihr zugerufen, dass sie nicht mehr fahren kann, aber die Reuß hat nur zurückgebrüllt, dass die Frau Dotterweich ihr den Schuh aufblasen soll, und ist ohne Licht in einem Höllentempo losgeprescht. Dabei hätte sie um ein Haar den armen Rambo erwischt. Er konnte gerade noch zur Seite springen.« Bei der Erinnerung an den Mordversuch am Rambo hält er kurz inne und schluckt schwer. »Wir haben ihr noch hinterhergeschaut, wie sie mit quietschenden Reifen in die Dorfstraße eingebogen ist, dann war sie verschwunden, und ich habe mich von Frau Dotterweich verabschiedet, die zurück in ihr Restaurant gegangen ist. Aber als sie weg war, habe ich noch ein paar Minuten gewartet, weil ich unbemerkt nachsehen wollte, was die Millionärsgattin im Gebüsch entsorgt hat.« Er macht eine Spannungspause. »Mit der Taschenlampe meines Mobiltelefons habe ich zwischen den Büschen herumgeleuchtet, bis ich die Schuhe entdeckt hatte. Die sahen nagelneu und richtig teuer aus, deshalb habe ich sie eingesteckt und mitgenommen. Mein Plan war, am nächsten Tag zum Gutshof zu fahren und sie ihrer Besitzerin zurückzubringen. Ich bin nämlich ein hilfsbereiter Mensch, müssen Sie wissen, und die Frau Reuß war bisher immer sehr freundlich zu mir. Als sie ins Gut Rosenhain gezogen sind, hat sie sogar eins meiner Bilder gekauft. ›Rosenhain im Sonnenschein‹, so heißt das Werk. Sie hat nur einen kurzen Blick darauf geworfen und es gleich mitgenommen, so gut hat es ihr gefallen.«

Wahrscheinlich des einzige Gemälde, des er je verkauft hat, denk ich, weil er nämlich kein besonders erfolgreicher Künstler is. Ein besonders guter Maler übrigens auch ned. Wenn ich es recht bedenk, is der Neuhaus ganz und gar erfolglos. Ich kenn jedenfalls niemanden, der ein Bild von ihm daheim im Wohnzimmer hängen hat. Außer eben die Reuß Carolin. Aber die Geschmäcker sind halt verschieden, oder?

Nach diesem Vortrag bekommt er einen schlimmen Hustenanfall. Es hört sich an, wie wenn er gleich ersticken tät.

»Möchten Sie etwas trinken?«, erkundigt sich die Mona besorgt. »Soll ich Ihnen ein Glas Wasser holen?«

»Ein Tee wäre mir lieber. Mit einem Tropfen Sahne?«, bittet der Verdächtige.

Sofort springt die Sofie auf und macht sich in der Küche zu schaffen. Während wir schweigend am Tisch sitzen, serviert sie dem Neuhaus Adrian ein Kännchen Tee und bringt für uns Gläser, eine Flasche Mineralwasser und ein Schälchen mit Pistazien. Wir warten, bis der Verdächtige ein paar Schlucke Tee getrunken hat und in der Lage is, weiterzusprechen.

»Nachdem ich die Schuhe an mich genommen hatte, haben wir, also der Rambo und ich, uns auf den Heimweg gemacht. Daheim hab ich meinen Fund im Gartenhäuschen versteckt, weil der Roman sonst bestimmt gefragt hätte, warum ich Damenschuhe mit nach Hause bringe. Er hätte sich nur unnötig aufgeregt, und das hätte wieder zu einer endlosen Diskussion geführt, die ich gern vermeiden wollte.«

»Warum denn?« Die Sofie beugt sich nach vorn. »Streit'n Sie wohl öfter amol mit Ihrm … Kerl?«

»Normalerweise nicht, aber in letzter Zeit hatten wir schon die eine oder andere Meinungsverschiedenheit«, gibt der Befragte zu. »Wie jedes andere Paar auch.«

»Um wos is 'n do ganga?«, will die Sofie es ganz genau wissen. Des hat sie bei mir gelernt. Immer nachhaken, wenn man mehr erfahren will.

»Eins nach dem anderen. Wenn ich jetzt von unseren Streitigkeiten erzähle, greife ich der Geschichte vor, und das würde ich gerne vermeiden.«

»Okay, wenn's denn sein muss«, lenkt die Sofie ein.

»Etzd lass'n halt amol erzähl'n und quatsch ned immerfort dazwischen«, schnauz ich, weil ich gespannt auf die Fortsetzung der Neuhaus-Story bin.

»Nun ja, am nächsten Morgen, der Roman war schon auf dem Weg zur Arbeit, habe ich die Schuhe aus dem Schuppen geholt und ins Auto auf den Beifahrersitz gelegt, weil ich gleich nach Rosenhain aufbrechen wollte. In dem Moment kam unsere Nachbarin, die Frau Tausendschön, aus der Gartentür. Ich bin zu ihr hin, um noch einmal in Ruhe mit ihr zu reden und sie um Aufschub zu bitten.«

»Halt amol«, unterbreche ich ihn. »Um was für einen Aufschub denn?«

Der Neuhaus wirft dem Maunzer einen fragenden Blick zu, der aufmunternd nickt.

»Es ist so, dass wir den Kredit für unser Haus momentan nicht bedienen können. Wir sind mit mehreren Raten im Rückstand. Deshalb hatten wir vor einigen Tagen einen Termin in der Plärrerbank. Frau Tausendschön ist«, er räuspert sich, »war unsere Finanzberaterin. Wir haben sie gebeten, die Raten für eine gewisse Zeit zu stunden, aber sie hat nicht mit sich reden lassen. ›Wenn Sie kein Geld für Ihre Raten haben, müssen Sie halt verkaufen‹, hat sie gesagt und dabei gegrinst. ›Oder Ihr Haus wird zwangsversteigert. Sie haben die Wahl. Mehr kann ich nicht für Sie tun.‹« Der Neuhaus schluckt ein paarmal und scheint den Tränen nahe zu sein.

»Häuslebauer melken, heißt dieses Konzept, und die Helene hatte es perfektioniert. Der Roman hat sie angefleht und sich vor ihr total zum Affen gemacht, allerdings ohne Erfolg. Ich konnte dem Miststück ansehen, dass es ihr Spaß gemacht hat, ihn fertigzumachen. Die Helene hat es genossen, ihn zu demütigen und ihn betteln zu lassen. Eine echte Sadistin, ja, das war sie.« Er schnieft kurz.

»Also haben Sie die Dame an dem Morgen noch einmal um einen Zahlungsaufschub gebeten, richtig?« Mitleid schwingt in der Mona ihrer Stimme mit. Der Neuhaus tut ihr von Herzen leid, des kann ich sehen. Sie is halt eine mitfühlende Seele, meine Freundin.

Er nickt. »Sie war doch unsere Nachbarin. Eigentlich haben wir uns gut verstanden. Ich habe sogar gelegentlich Besorgungen für sie erledigt, ihre Kleidung zur Reinigung gebracht und wieder abgeholt und für sie eingekauft, weil ich wusste, dass sie oft Überstunden machen musste und dafür keine Zeit hatte. Wenn sie verreist war, hatte ich einen Schlüssel und habe ihre Pflanzen gegossen und den Briefkasten geleert. Wie es sich eben für gute Nachbarn gehört.«

»Und als Dank dafür wollt die Matz euer Häusla zwangsversteigern lassen. Des war wärklich ned grad die feine fränkische Art«, muss ich feststellen und weiß ned, was ich davon halten soll. So viel Heimtücke hätte ich der Tausendschön Helene beim besten Willen ned zugetraut. Für mich war sie immer eine liebenswerte, zugängliche Lauenburger Neubürgerin. Jaja, so kann man sich halt täuschen.

»Wieso waren Sie eigentlich mit Ihren Raten im Rückstand?«, will die Mona wissen. »Ihr Ehemann arbeitet doch im gehobenen Dienst als Steuerbeamter. Da verdient man doch ganz ordentlich.«

Des tät mich jetzt allerdings auch brennend interessieren. Ich schau den Neuhaus an, aber der schweigt nur und nippt an seinem Tee.

»Der Herr Neuhaus is a Zocker, spielsüchtig, so heißt des im Fachjargon. Also, der Roman Neuhaus, mein ich.« Der Maunzer scheint bereits umfassend informiert zu sein. »Der fährt öfter amol in die Spielbank nach Bad Steben oder nüber nach Tschechien und verliert dort ganz schöne Sümmla, so im höheren vierstelligen

Bereich. Do is man dann ganz schnell zahlungsunfähig, des geht ruckzuck. Und der Adrian Neuhaus verdient halt ned so vill mit seine Bildla.«

Ich verdreh die Augen. Dass er keinen müden Cent damit einnimmt, kommt der Wahrheit wohl näher.

Immerhin setzen sich mit der Antwort ein paar Puzzleteile zsamm. Der Neuhaus Roman verzockt also, ohne mit der Wimper zu zucken, Haus und Hof. Einem jeden anderen hätt ich so was zugetraut, aber dem Biedermann Neuhaus? Im Leben ned. In unserer nach außen hin so grundanständigen Dorfgemeinschaft tun sich Abgründe auf, des glaubt kein Mensch. Die Tausendschön Helene ein sadistisches Sauluder, der Neuhaus Roman ein gewissenloser Spieler und Schuldenbuckel. Und sein Partner vielleicht sogar ein eiskalter Mörder.

»Dora, gibt's vielleicht noch a Kleinichkeit zum Essen?«, grätscht die Stimme vom Maunzer zwischen meine Gedanken.

»Kästäschla wären fertich«, antworte ich. »Die könnt man notfalls auch kalt essen. Aber warm schmecken sie besser.«

Er nickt sein Einverständnis. »Ich hob etzd nämlich richtich Hunger.«

Ich muss mich echt wundern. Des Frühstück hat anscheinend ned lang vorgehalten, obwohl es kaum drei Stunden her is.

Die fleißige Sofie is scho auf den Füßen, um in der Küche einen Teller mit Fingerfood zsammzustellen. Einen Moment lang sind alle vom Klappern des Geschirrs abgelenkt, und keiner achtet auf den Verdächtigen.

In dem Moment schnappt der sich blitzschnell ein Steakmesser aus dem Besteckkörbla, packt die Mona an den Haaren, reißt sie zu sich und hält ihr des scharfe Schneidwerkzeug an die Kehle. Erschrocken schreit meine Freundin auf und will sich losreißen, aber der Saukerl drückt ihr die Klinge so tief in die Haut, dass sie aufplatzt und der Mona des Blut über den Hals bis in den Ausschnitt tropft. Wir anderen hocken erstarrt wie die Ölgötzen da, keiner wagt es, sich zu rühren. Alle starren wie hypnotisiert auf des Messer an der Mona ihrem Hals.

»Herr Neuhaus«, stottert der Maunzer nach den ersten Schrecksekunden, »etzd mach'n Sie doch kaan Scheiß. Leg'n Sie des Ding do auf die Seitn und lass'n Sie die Frau Schmälzich los.«

»Das glaubst auch nur du, Bulle. Los, alle aufstehen, hopphopp! Stellt euch rüber an die Wand, aber schnell. Und du«, raunt er der Mona zu, »hörst auf rumzuzappeln, sonst muss ich dir die Kehle durchschneiden. Hast du das verstanden?«

Die Mona röchelt. Es klingt wie »Ja«.

»Hervorragend! Ich wusste auf Anhieb, dass wir zwei uns gut verstehen.«

Der Maunzer und ich drücken uns an die Wand, die Sofie steht hinter dem Küchentresen und probiert, sich unsichtbar zu machen. Eine Szene wie aus einem »Tatort«, bloß in echt. Ich glaub, mir wird's schlecht.

Wie ich noch überleg, ob ich mich mitten im Restaurant übergeben soll, wird von außen die Eingangstür aufgestoßen, und der Janzen steht im Raum. Noch nie hab ich mich so gefreut, jemanden zu sehen, geschweige denn den ekelhaften Fischkopf. Niemals hätt ich mir träumen lassen, dass mich sein Auftauchen amol richtig in Wallung versetzen könnt.

Mit einem einzigen Blick hat er die Situation erfasst, greift, ohne zu zögern, unter sein Jackett und hat auf amol eine Pistole in der Hand, mit der er auf den Farbkleckser seinen Deppenschädel zielt. »Waffe fallen lassen, Neuhaus!«, bellt er.

»DU lässt die Waffe fallen, Dorfsheriff, sonst schneid ich die Bierpanscherin hier in mundgerechte Häppchen. Los, schmeiß das Ding auf den Boden!« Um seinen Worten den nötigen Nachdruck zu verleihen, drückt er die scharfe Klinge der Mona tief ins Fleisch, woraufhin ein Schwall Blut quer über den Tisch spritzt.

Sie stöhnt vor Schmerzen auf, ihre Augen sind vor Angst weit aufgerissen, wie bei einem Tier, das in der Falle sitzt. »Bitte, Herr Janzen, tun Sie, was er verlangt«, keucht sie in Todesangst.

»Ja, Herr Janzen, tun Sie besser, was ich verlange«, imitiert sie der Kerl hämisch. »Sonst zwingen Sie mich dazu, dem Schnuckelchen richtig wehzutun.«

Langsam, wie in Zeitlupe, geht der Hauptkommissar in die Knie und legt vorsichtig, ganz vorsichtig, die Pistole auf den Boden.

»Weg damit, raus aus Ihrer Reichweite«, kommandiert der Geiselnehmer.

Und der Janzen gehorcht. Er kickt die Knarre mit einem gezielten Fußtritt beiseite.

»So, Mädchen, und wir zwei Hübschen machen jetzt eine kleine Spritztour. Wo ist denn dein Autoschlüssel? Und wo steht dein Wagen?«, zischt der Neuhaus und fährt mit dem Steakmesser spielerisch an der Mona ihrer Kehle auf und ab.

Wie ich ihre Qualen seh, tät ich am liebsten vor lauter Panik schreien. Warum hilft ihr denn keiner? Was, wenn der Irre sie tatsächlich absticht? Dem trau ich mittlerweile alles zu. Ich fang an, unkontrolliert zu zittern.

»Das Auto steht auf dem Parkplatz vor der Tür«, haucht meine Freundin kaum hörbar.

»Und der Schlüssel?«

»Ist in meiner Handtasche hinten in der Besenkammer.« Sie schluchzt herzzerreißend.

Und wir anderen stehen alle hilflos daneben und können nix für sie tun.

»Sehr schön!« Der Neuhaus lacht so richtig gemein. »Dann holen wir den jetzt gemeinsam, und anschließend machen wir einen Ausflug, nur du und ich. Na, wie gefällt dir das?«

Gemächlich steht er auf, zieht die Mona mit sich hoch, presst sie eng an sich und schiebt sie dann vor sich her. Sie wagt keine unbedachte Bewegung, weil er sie mit dem Steakmesser in Schach hält. Langsam, Schritt für Schritt, nähern sich die beiden dem Kühlraum, dem Lager und der Besenkammer. In dem Augenblick, als sie den Küchentresen passieren, sehe ich einen dunklen Gegenstand durch die Luft zischen und höre einen hohlen Patscher. Etwas fällt mit lautem Klirren zu Boden, dann sackt der Neuhaus wie in Zeitlupe auf die Knie, knallt mit dem Gesicht voraus gegen die Wand, und die Mona is urplötzlich frei. Sie strauchelt kurz, fängt sich aber gleich wieder und stürzt sich mit einem Aufschrei in die ausgebreiteten Arme vom Janzen.

So schnell, wie ich es bei seiner barocken Figur nie erwartet hätt, kniet der Maunzer über dem reglosen Neuhaus auf dem Fußboden, dreht ihm die Arme auf den Rücken und lässt die Handschellen klicken. Der Mona ihr Kopf liegt an der Schulter vom Hauptkommissar, und sie greint, wie ich sie noch nie hab greinen gehört.

Er patscht ihr pausenlos auf dem Rücken rum und redet dabei so wirres Zeug wie: »Das machen wir schon, das wird doch wieder, nur nicht weinen, ganz ruhig, alles wird gut.«

Hinter dem Tresen steht die Heldin des Tages, unsere Sofie, in der Hand meine mordsschwere gusseiserne Bratpfanne. Eigentlich müsst die noch recht heiß sein, weil die fleißige Sofie darin erst vor ein paar Minuten die Käsetaschen im heißen Fett angewärmt hat. Und richtig, beim näheren Hinsehen kann ich erkennen, wie dem kriminellen Farbschmierer des Bratfett aus den Haaren tropft. Hoffentlich hat er sich ned nur beim Hinfallen verletzt, sondern vorher auch noch gscheit verbrannt.

»Sofie, des war dein Meisterstückla.« Ich spreißle auf sie zu, schmeiß die Arme um sie und halt sie ganz, ganz fest. Dabei merk ich, dass sie von Kopf bis Fuß zittert wie Herbstlaub bei Sturm.

»Is der Neuhaus dod?«, wispert sie tonlos. »Hob ich ihn erschlag'n?«

Genau vor uns, aber eine Etage tiefer, ertönt ein gottserbärmliches Stöhnen.

»Naa, Sofie, ich glaub ned. Er schnauft noch, der elende Grübbl. Aber da hätt's amol den Richtigen getroff'n. Um den wär's wärklich ned schad g'wesen«, geifere ich rachsüchtig.

»Wenn Sie Ihre Unterhaltung beendet haben, könnten Sie dann vielleicht endlich den Notarzt rufen?«, meldet sich von seitlich links dem Nordlicht seine Nörgelstimm. Er hat ja keine Hand frei, weil er die Mona festhalten muss. »Und vergessen Sie nicht, ihm mitzuteilen, dass wir einen Notfall und zwei Verletzte haben. Er soll sich mit seinem Trupp gefälligst beeilen.«

Also ehrlich, denk ich nach seinem Befehl. Wie wenn der Dr. Haager rumtrödeln tät. Der weiß doch genau, dass es, wenn einer aus Lauenburg anruft, immer eilig is. Hastig tipp ich die Nummer ein, melde mich bei der Zentrale und leite alles in die Wege.

»Mona.« Nachdem der Anruf erledigt is, pflück ich des heulende Elend dem Janzen vom Revers und drück meine Freundin fest an mich. »Noch nie in meim Lebn hab ich so eine Scheißangst um jemanden g'habt als wie um dich. Ich möcht gar ned drüber nachdenk'n, was ich ohne dich machen tät. Du weißt doch, dass ich ohne dich dodal hilflos bin.«

Die Mona greint noch ein paar Dezibel lauter.

»Schluss jetzt, Frau Dotterweich. Auf der Stelle hören Sie auf mit Ihrem düsteren Gefasel.« Der Kriminalhauptkommissar nimmt mir die Mona wieder ab und spendet ihr eine weitere Runde Trost mittels Kopftätscheln. Sein teures Designerhemd is vom Kragen bis hinunter zum Gürtel mit ihrem Blut vollgeschmiert, aber des scheint ihm nichts auszumachen. Obwohl die Flecken wahrscheinlich nimmer rausgehen und er des Teil nur noch wegschmeißen kann.

Zehn Minuten später steht der Notarzt Dr. Haager samt Krankenwagen mit weithin sichtbarem Blaulicht vor unserer Tür. Als Erstes versorgt er der Mona ihre blutenden Schnittwunden, legt ihr einen Verband an und spritzt ihr ein Beruhigungsmittel, weil sie immer noch heult wie der Hund von Baskerville.

»Soll ich Sie in die Klinik nach Bamberg bringen lassen?«, fragt er besorgt.

Die Mona flennt noch ein bissla lauter. »Nein, bitte nicht. Ich will nach Hause. Die Dora soll sich um mich kümmern.«

Der Doc wirft mir einen Blick zu, in dem für alle sichtbar in Großbuchstaben zu lesen steht, was er von meinen pflegerischen Fähigkeiten hält. »Nun gut, aber auf Ihre eigene Verantwortung«, gibt er schließlich nach.

Erst dann dreht er sich zum Neuhaus um, den der Maunzer wie ein sperriges Warenpaket an die Wand gelehnt hat. »Leichte Verbrennungen und eine Platzwunde.« Er winkt einem Rettungssanitäter, den Verletzten zur Behandlung in den Krankenwagen zu bringen. Mit dem Maunzer im Schlepptau trollen sich die beiden.

»Und Sie, Frau Dotterweich?«, erkundigt sich der Doc als Nächstes. »Ist bei Ihnen alles an seinem Platz? Normalerweise sind Sie es doch, die man notärztlich behandeln muss. Sagen Sie bloß, dass Sie bei dieser Wirtshausschlägerei ausnahmsweise keine Blessuren abbekommen haben.«

Was denkt der Doktor eigentlich von mir? Dass ich ständig in Wirtshausraufereien und andere Randale verwickelt bin? Sozusagen als Küchen-Hooligan vom Dienst? Also ehrlich. Ich beiß mir auf die Zunge, damit ich nix Falsches sage, und schüttle den Kopf.

»Des war keine Schlägerei, des war eine astreine Geiselnahme«, muss ich ihm dann aber doch widersprechen. »Sie können gern die Kommissare frag'n. Und mir fehlt diesmol wärklich nix, aber könnt'n Sie bitt schön nach der Sofie schau'n?« Ich nicke in deren Richtung. Unser ehemaliges Gmüsmadla hockt im Eck auf einem Fußschemel und is so weiß wie ein frischer Rettich. Völlig fertig is die.

Des macht der Doc sofort. Er fühlt der Sofie ihren Puls, misst den Blutdruck und leuchtet ihr mit einem Lämpchen in die Augen. Zum Schluss kriegt auch sie eine fette Portion Beruhigungsmittel verabreicht und braucht danach nix mehr, außer ihr Bett.

»Herr Janzen, auf ein Wort.« Der Doktor mustert den Kriminalhauptkommissar mit einem gewissen Misstrauen. »Heute befragen Sie weder Frau Schmälzich noch Frau Burger zu den Vorfällen hier, ist das klar? Die beiden sind traumatisiert, stehen unter Schock und sind mit ihren Kräften am Ende. Sie können sie erst morgen befragen, allerdings erst, nachdem ich beide noch einmal untersucht und sichergestellt habe, dass sie psychisch und physisch dazu in der Lage sind.«

Des Zähneknirschen vom Janzen kann sogar ich hören.

»Jemand muss die beiden Damen nach Hause bringen und dafür sorgen, dass sie zur Ruhe kommen und sich erholen. Können Sie das erledigen, Frau Dotterweich?« Es is mehr eine Aufforderung als wie eine Frage.

»Freilich.« Sofort hol ich der Mona ihre Sachen aus der Besenkammer, hak meine Freundin unter und leg den anderen Arm um die Sofie. »Ich bring erscht amol die Sofie zum Gabler-Hof, dort kann sich die Hanni um sie kümmern. Und dann fahr ich mit der Mona haam zu uns«, informier ich Dr. Haager. Wie ich mich mit den beiden auf den Weg nach draußen mach, versucht der Jungspund, der wieder an der Tür steht, sich ganz unauffällig unserem Frauentrio anzuschließen.

»Halt, Maunzer, Sie bleiben hier«, schnappt der Fischkopf nach seinem Kollegen. »Mit Ihnen habe ich noch ein Wörtchen oder zwei zu reden.« Dass des keine entspannte Unterhaltung unter Freunden wird, sieht ein jeder auf Anhieb, weil dem Jungspund sein Vorgesetzter quasi jetzt scho auf hundertfünfundachtzig is. Ich beneide meinen Kumpel Richart ned.

»Is scho recht, dann bleib ich halt.« Der Maunzer gibt sofort klein bei, aber es is ned zu übersehen, dass er Schiss hat vor einer Aussprache mit seinem Chef. Der wird ihn jetzt amol so richtig rundmachen, befürcht ich und verdrück mich auf der Stell. Ich bin feig, aber in Sicherheit, wenigstens vorerst.

Die Gabler Hanni is total aus dem Häuschen, wie sie ihrem Sohn seine Freundin so völlig derangiert in Empfang nimmt. Weil ich jetzt keine Zeit für stundenlange Erklärungen hab, versprech ich der Hanni, demnächst auf einen Ratsch vorbeizuschauen und ihr die Story in voller Länge aufzutischen. Damit is sie erst amol zufrieden, und ich schieb erleichtert ab.

Wie ich mit der Mona auf dem Rückweg an der »Hexenküche« vorbeikomm, hat sich scho des halbe Dorf auf dem Parkplatz hinter dem rot-weißen Flatterband versammelt, um ja nix von dem Rambazamba zu verpassen, das da noch vor sich geht. Aber des is klar, des Programm is ja auch um einiges besser als wie des im Fernsehen. Der Notarzt mitsamt Krankenwagen is fort, dafür stehen des Auto von der Bamberger Spurensicherung und zwei Einsatzwagen der Polizei vor der Tür. Wahrscheinlich spekulieren die Bauernfümpfer jetzt wie wild, was bei uns im Lokal scho wieder los war. Durchs offene Autofenster hör ich Wörter wie »Vergewaltigung« und »Raubüberfall«. Subba, denk ich, des is ja wieder amol eine sensationelle Werbung für unser Wirtshäusla. »Besuchen Sie ›Doras Hexenküche‹ – Mord und Totschlag inklusive!« Obwohl, des letzte Mal hat es dem Geschäft auch nix geschadet, trotz waschechter Leiche direkt vor dem Eingang. Ganz im Gegenteil. Der Mordtourismus hat geboomt. Und trotzdem tret ich aufs Gas, bevor der Mob mich und die Mona in ihrem roten MINI erkennt.

Daheim versorg ich als Erstes meine Freundin, helf ihr, sich auf die Couch zu legen, schieb ihr ein Kissen unter den Kopf, deck sie fürsorglich zu und koch einen marokkanischen Pfefferminztee aus Blättern, die ich noch oben auf Burg Lauenfels gepflückt hab. Dann setz ich mich zu ihr und frag, ob ich ihr was Gutes tun kann.

»Ich hab Hunger. Kannst du was zubereiten? Eine Kleinigkeit würde schon reichen«, bittet sie. »Vielleicht einen gebackenen Camembert im Bierteig? Der ist schnell fertig und schmeckt immer. Darauf hätte ich Appetit.«

Ja freilich, des mach ich doch gern.

Zwanzig Minuten später fallen wir ausgehungert über den Käse her. Weil der Doktor für mich ja nix zur Beruhigung übrig gehabt hat, gönn ich mir dazu ein Nikl-Zwickl, was genauso gut beim Runterkommen hilft.

»Etzd konnte der Sauhund, der kriminelle, seine Story gar ned zu End erzähl'n«, stell ich enttäuscht fest. »Dabei hätt ich scho gern g'wusst, wie's weitergegangen is.«

»Das erfahren wir schon noch«, murmelt die Mona. Sie is so dermaßen fertig, dass sie kaum noch die Gabel halten kann.

Bevor sie noch mit dem Gesicht in die Kakiwürfel fallen kann, die ich als Beilage zum gebackenen Camembert reiche, helf ich ihr auf die Füß und schaff sie nach oben in ihr Zimmer und ins Bett. Wie ich die Tür hinter mir zuzieh, is sie scho eingeschlafen, obwohl es noch früh am Abend is. Aber was sie heut erlebt hat, tät auch so manches g'standene Mannsbild aus den Schlappen hauen.

Was mich betrifft, is an Schlaf ned zu denken. So dermaßen aufgedreht wie jetzt bin ich selten, da würden ned amol ein zweites und ein drittes Glas Bier helfen. Drum mach ich erst amol in der Küche klar Schiff und räum danach des Wohnzimmer auf.

Wie es nix mehr zu tun gibt, fall ich in den Sessel und schalt den Fernseher ein. In »TVO« läuft grad eine ausführliche Reportage über die Geiselnahme in einem Lauenburger Spezialitätenlokal. Des interessiert mich. Sekundenlang hält der Reporter seine Kamera auf unser Wirtshausschild, dann spricht der Janzen mit ernstem Gesicht von einer plötzlich aufgetretenen akuten Gefahrenlage. Ausgerechnet er, der Säftl. Was hat er denn scho groß geschafft, außer seine Knarre aus dem Jackett zu reißen und damit kurz in der Gegend rumzufuchteln. Von der heldenhaften Sofie hört und sieht man nix, auch nix vom Maunzer. Es klingt so, als hätt der Janzen im Alleingang den Mörder überwältigt. Erst ganz zum Schluss erwähnt der Fernsehmensch, dass des schnelle und unerschrockene Eingreifen einer Mitarbeiterin des Schlimmste verhindert hat.

»Doras Hexenküche« im Fernsehen! Normalerweise tät mich so viel mediale Präsenz in Ekstase versetzen, aber in der jetzigen Situation kommt ned wirklich viel Freud auf. Es entlockt mir vielmehr ein sperrangelweites Gähnen.

Irgendwann muss ich tatsächlich vor dem laufenden Fernseher eingeschlafen sein, denn ein Klopfen an der Tür reißt mich aus dem Schlummer.

Noch halb im Schlaf torkele ich in den Flur, glotz durch den Spion und seh: Draußen steht der Maunzer Richart.

»Hob ich Sie wohl aufg'weckt?«, fragt er erstaunt, wie er mein zerknautschtes Gesicht sieht. »Es is fei grad erscht zehna durch.«

»Man kann auch scho um zehna schlaf'n«, teil ich ihm mürrisch mit und schieb ihn vor mir her ins Wohnzimmer.

»Bei Ihnan riecht's oba gut. Hod's wohl was Gebratenes zum Abendessen geb'n?«

Ich seufze. Eh klar, dass ihm des als Erstes auffällt. »Bier-Camembert aus der Pfanna«, antwort ich und weiß genau, worauf er hinauswill. »Und etzd lass'n Sie mich rat'n: Sie hab'n in den letzten Stundn nix gessen und einen Mordsappetit, stimmt's?«

Er nickt. »Stimmt, ich hob Hunger wie der Bulle von Tölz nach der Fastenzeit«, gibt er zu.

Es is also, wie ich's mir gedacht hab. Drum hol ich zwei runde Käse und des, was vom Bierteig übrig geblieben is, aus dem Kühlschrank und bereit ihm sein Abendessen zu. Samt Bierbegleitung.

Wie sein Teller leer is, rülpst der Jungspund zufrieden: »Des war'n die besten Keesla, die wo ich jemals gessen hob. Keiner kann so gut koch'n als wie Sie, Dora.«

»Einen Käs rauszuback'n is keine Kunst, des hat mit Kochen nix zu tun«, stell ich richtig, freu mich aber trotzdem über des Kompliment. »Aber ich find, es is Zeit, dass des mit dem damischen ›Sie‹ aufhört, Richart. Mir kennen uns etzd so lang, mir sag'n ab etzd einfach ›du‹, was meinst? Und ob des dem hanseatischen Hanskaschber bassd oder ned, is mir fei komplett und dodal wurscht.«

Wie er des hört, strahlt er, der Maunzer.

»Ich wollt Sie scho lang deswecha frag'n, aber hob mich ned getraut. Also, ich bin der Richart.« Er hebt sein Bierglas und stößt mit mir an.

»Wie ich heiß, muss ich dir wohl ned aufschreib'n, oder?«, schmunzele ich. »Aber wenn mir etzd scho so freundschaftlich beieinanderhocken, lass amol hör'n, was der Hauptkommissar von dir g'wollt hat. Und danach könntst mir die Neuhaus-Story zu End erzähl'n.«

»Ja freilich, des mach ich doch glatt. Hast du denn so vill Zeit?«, will er wissen.

»Wenn's fei sein muss, die ganze Nacht«, versichere ich ihm.

Eine zweite Aufforderung braucht der Maunzer ned, weil er scho ganz begierig drauf is, endlich seine Neuigkeiten loszuwerden.

»Du kannst dir ja denk'n, dass mein Chef ganz schee sauer wor, weil ich einfach weiterermittelt hob, trotz Suspendierung. Des hod ihm gar ned g'fallen, kaa bissla.« Ja, des kann ich mir lebhaft vorstellen. Kurz schaut er äußerst besorgt aus, der Jungspund. »Was ihm allerdings g'fallen hod, is, dass ich den Mörder so schnell g'schnappt hob. Trotzdem werd ich wegen der außerdienstlichen Ermittlungen einen saubern Ärger krieg'n. Es muss nämlich erscht noch geprüft werd'n, ob die Beweise überhaupts gerichtsverwertbar sind, weil ich doch ned im Dienst wor, verstehst? Des wär freilich der Subba-GAU, weil's dann nämlich keinen Prozess geben tät.«

»Heißt des wohl, dass der elende Verbrecher für den Mord an der Tausendschön Helene gar ned bestraft wird?«

Der Maunzer zuckt mit den Schultern. »Theoretisch könnt's bassieren. Des is halt noch ned klar. Die Staatsanwaltschaft muss den Sachverhalt erscht amol prüfen, dann wird entschied'n, ob überhaupts Anklage erhoben werd'n kann.«

Betretenes Schweigen auf beiden Seiten.

»Wenn's bleed läuft, schmeißen sie mich naus, weil ich den Fall versaut hob«, gesteht er schließlich schuldbewusst.

Der arme Kerl. Seinen Rauswurf mag ich mir gar ned vorstellen. Was soll er denn dann machen, so ohne Job? Vielleicht Nachtwächter bei einer Sicherheitsfirma, wär mein spontaner Vorschlag.

»Aber morgen in der Früh wird wenigstens der Haider Laszlo freig'lassen. Gegen den besteht etzd kein Tatverdacht mehr. Der is sicher ganz schön froh, wenn er haam derf.«

Allmächd, den Laszlo hatte ich ja ganz vergessen. Des arme Wiener Würstchen hat tagelang unschuldig in U-Haft geschmort. Ob er nach dem ganzen Schlamassel überhaupt noch erwünscht is auf Gut Rosenhain? Hoffentlich is er ned auch einer, der wegen der Mordsache Helene Tausendschön seinen Job verliert.

»Ich koch uns amol Kaffee«, entscheid ich. »Und danach erzählst mir die Story vom Adrian zu End.«

Ich steh auf und geh in die Küche, weil ich einen Moment für mich allein brauch, um all die schlimmen Nachrichten zu verdauen. Wie ich des Kaffeepulver in die French Press schaufle und mit heißem Wasser aufgieß, schnauf ich erst amol tief durch. Was ich da grad erfahren hab, gefällt mir kein Stück. Dann richt ich ein Tablett mit Tassen und allem Zubehör her und trag es hinüber zu meinem neuen Duzfreund.

Wie jeder eine volle Tasse vor sich stehen hat, legt der Jungspund los: »Dem Adrian seine Gschicht is wärklich interessant. Der Kerl is nämlich a Pechvogel, wie er im Buch steht. Von Anfang an wor der auf der Schattenseitn vom Leben g'standen. Eigentlich is er eine ganz arme Sau.«

Tatsächlich? Wenn ich ehrlich bin, hält sich mein Mitleid für den Mordmaler in ziemlich überschaubaren Grenzen. Außerdem hätt er um ein Haar meine Freundin abgestochen. Sorry, aber mit so einem hab ich kein Mitgefühl, ned a bissla.

»So, Richart, dann schieß amol los«, fordere ich meinen neuen Kumpel auf.

»Der Roman Neuhaus hod den Adrian vor drei Jahrn am Bahnhof in Nürnberg aufgegabelt. Damals hod der keine feste Unterkunft g'habt und immer bloß bei irgendwelchen kriminellen Freundla g'haust, bei so Kleindealern, Kaufhausdieben und Autoknackern halt.«

»Man könnt also behaupt'n, dass er obdachlos war«, stell ich fest.

»Ja, so könnt man des formulieren.« Der Kommissar d. D. nickt. »Zu der Zeit hat der Neuhaus noch in Nermberch drin g'wohnt, also der Roman. In so einer Miniwohnung in der Altstadt. Do war grad amol Platz für ihn alleins, aber ned für zwei Leut. Drum hod sich der Roman einen Termin bei seiner Bank geb'n lass'n. Und so kam die Tausendschön ins Spiel. Die war dem Roman seine Finanzbereiterin, und weil er Beamter is mit einem festen Einkommen und einem guten Verdienst, hod sie ihm g'raten, ein Häusla in der Fränkischen Schweiz zu kaufen. Sie hätt scho ein passendes Objekt für ihn, hod sie g'sagt und ihm ein Musterhäusla im grünen Lauenburger Neubaugebiet schmackhaft g'macht. Ned so teuer wie in der Stadt drin, aber mit viel Lebensqualität und in einer schönen Umgebung. Der Roman hod ned lang g'fackelt und auf der Stell zug'schlagen. Innerhalb von a paar Wochen sind die zwei umgezog'n, der Roman und sein Adrian. Die Tausendschön hod dafür g'sorgt, dass alles reibungslos und ohne Komplikationen über die Bühne ganga is.« Er macht eine Pause. »Dora, ich hätt noch a weng an Durscht. Gibt's vielleicht noch was zum Trinken? Außer Kaffee?« Er räuspert sich vernehmlich.

Eilig wetz ich zurück in die Küche und hol ein Bier für ihn und eine Flasche Mineralwasser für mich. Ned dass die Kommissarskehle noch ausdörrt bei der langatmigen Erzählung.

»Also, der Roman und sei Adrian sind nach Lauenburg gezogen. Und wie is es dann weitergangen?«, will ich wissen.

»No ja, du weißt ja scho, dass der Roman gern amol in die Spielbank geht. Im letzten halben Jahr hod er einen ganzen Haufn Geld verloren, so um die fuchzigtausend Euro. Drum hod des mit der

Ratenzahlung scho bald nimmer funktioniert. Aber die Tausendschön hod's immer widder hingebogen, weil sie ja Nachbarn war'n und sich gut verstand'n hab'n.« Er hält kurz inne. »Eigentlich a netter Zug von ihr, oder ned? Was aber der Roman ned g'wusst und der Adrian ihm ned erzählt hod, des war, dass die Bankerin des Häusla vom Neuhaus Adrian seine Eltern vor Jahren hod zwangsversteigern lass'n. Dem Adrian sei Vadder war nach einem schweren Unfall berufsunfähig, und sei Mudder hod als Bedienung ned so vill verdient, dass sie die Ratn hätt zahl'n können. Auf amol war die Familie Übelhack, so hod der Neuhaus Adrian nämlich vor der Ehe g'heißen, auf der Strass g'standen. Obdachlos, von etzd auf gleich. Ein furchtbarer Schlag, von dem sich sein Vadder nie mehr erholt hod. Zwar sind sie auf dem Bauernhof von der Frau Übelhack ihrer Schwester untergekomma, aber ein halbs Jahr später hod sich dem Neuhaus sein Vadder auf dem Dachboden erhängt. Sein Sohn hod ihn g'funden und abgeschnitt'n. Der Bub wor fuchzehn. Für den war des der Schock seines Lebens. Damals hod er sich g'schworen, sich für den Tod von seim Vadder zu rächen, und zwar an der Bankerin, die in seina Augen für die Zwangsversteigerung von seim Elternhaus und den Selbstmord verantwortlich war.«

»Und trotzdem hat er sich mit der Helene ang'freundet, hat für sie eing'kauft und alle möglichen Botengäng erledigt? Warum hat er des bloß g'macht?« Da kann ich nur fassungslos den Kopf schütteln. Ich am Neuhaus Adrian seiner Stell hätt die Bankerin nimmer mit dem Hintern ang'schaut.

»Er wollt halt keinen Ärger, vor allem ned mit seinem Lebensgefährten, weil der halt ständich unglaublich schlecht drauf war. Wundert mich ned, bei dem Haufen Schulden. Dem Neuhaus Adrian isses ja beim Roman so gut gegangen wie noch nie zuvor. Er hod in einem schönen Haus g'wohnt und konnt sich ganz auf sein Hobby, die Malerei, konzentrier'n. So was setzt man ned leichtfertig aufs Spiel, bloß weil man Streit anzettelt mit der Nachbarin.«

Wir diskutieren noch eine Zeit lang hin und her, ob und wie viel Schuld die Bankerin an der Zwangsversteigerung des Elternhauses und dem Suizid von Adrians Vater trägt. Eine schwierige Frage.

»Aber wie und warum hat er die Helene zur Mordzeit getroff'n?«, überleg ich laut. »Was hat denn die vor unserm Lokal zu schaffen g'habt, in aller Herrgottsfrüh? Die hat doch genau g'wusst, dass um die Zeit noch ned offen is. Und was hat der Neuhaus dort getrieb'n?«

»Des wor wärklich nix andersch als wie ein ganz bleeder Zufall«, meint der Richart. »Der Adrian wor auf dem Weg zum Gut Rosenhain, weil er der Frau Reuß ihre Schuh bringa wollt. Wie er an der ›Hexenküche‹ vorbeig'fahren is, hod er die Tausendschön Helene g'sehen, wie sie grad einen Zettel an die Tür g'hängt hod.«

»Einen Zettel? Aber da war kein Zettel an unserer Tür, jedenfalls hob ich nix g'funden«, erwidere ich erstaunt.

»Freilich ned, weil der Adrian den eing'steckt hod.« Der Jungspund stärkt sich mit einem Schluck Bier.

Irgendwie kommt mir die Sache immer konfuser vor. Warum hat uns die Tausendschön Helene einen Zettel an die Tür gehängt? Warum hat sie ned einfach angerufen, wenn sie uns etwas mitteilen wollte? Ich frag des meinen neuen Freund, doch auch der weiß keine Antwort darauf.

Stattdessen berichtet er weiter, dass den Adrian auf amol ein tierischer Zorn gepackt hat, wie er die Tausendschön Helene da so lässig neben ihrem teuren Cabrio hat stehen sehen, in ihrem schicken Armani-Hosenanzug und den eleganten Schuhen. Bevor sie in ihr Auto steigen und wegfahren konnte, hat offenbar ihr Handy geklingelt. Sie hat es aus der Jackentasche gezogen, sich an den Wagen gelehnt und telefoniert. Da hat er angehalten und is aus seinem Auto gesprungen, weil ihn ihre Weigerung, dem Roman und ihm zu helfen, immer noch so dermaßen gewurmt hat. Des wollt er auf keinen Fall so hinnehmen. Aber sie hat ihn gar ned beachtet, sondern sich nur umgedreht und weiter Anweisungen ins Telefon geplärrt.

Erst wie sie des Gespräch beendet hatte, is sie zu ihm herumgefahren wie eine Irre und hat ihn angebrüllt: »Du abstandsbehinderte, aufdringliche Tucke! Stalkst du mich zu allem Überfluss jetzt auch noch? Was willst du denn noch von mir? Euch zwei Weicheiern ist nicht mehr zu helfen, geht das nicht in deine

Matschbirne? Romans Girokonto ist bis zum Anschlag überzogen, seine Kreditkarten wurden einbehalten, und mit den Raten fürs Haus ist er seit Monaten im Rückstand, hast du es jetzt endlich kapiert? Dein Ehemann ist zahlungsunfähig. Entweder verkauft ihr freiwillig, oder das Haus wird zwangsversteigert, mehr habe ich dazu nicht mehr zu sagen. Und jetzt lass mich vorbei, du Lusche.«

Wutentbrannt hat die Tausendschön Helene ihn weggestoßen, berichtet der Richart weiter, und is in ihr Cabrio gestiegen. Da hat der Adrian rotgesehen, die Bankerin an der Anzugjacke gepackt und aus dem Auto gezerrt. Die zwei haben sich umeinandergeschubst wie die Dorfraufbolde bei einer Bierzeltschlägerei. Erst wie die Helene wieder angefangen hat, über den Adrian die gemeinsten Beschimpfungen auszukübeln, is er total durchgeknallt. Durch sein offenes Autofenster hat er sich einen der Stilettos geschnappt und mit voller Wucht den nadelspitzen Absatz seiner Kontrahentin auf den Kopf geknallt, damit sie endlich des Maul hält. Sie is ein paar Schritte nach hinten getaumelt, hat noch versucht, sich festzuhalten, is dann aber gestürzt, und zwar genau auf unsere Treppe. In Sekundenschnelle war alles voller Blut.

Bei dem Anblick is der Adrian derart in Panik geraten, dass er ned nachgeschaut hat, ob sie vielleicht bloß verletzt is. Schnell hat er mit einem Taschentuch seine Fingerabdrücke auf dem Schuh abgewischt und in der Hektik natürlich weder an Faser- noch an Gewebe- oder Hautspuren gedacht. Schließlich hat er sich in seinen gammligen Kia geschmissen und is in einem Affenzahn davongebraust. Unterwegs hat er den anderen Pumps aus dem Fenster geworfen, irgendwo zwischen Heiligenstadt und Aufseß. Wenn seine Aussage stimmt, is er danach stundenlang durch die Gegend gekurvt, weil er sich ned heimgetraut hat. Er hat Angst gehabt, dass die Polizei scho vor der Tür stehen könnt, um ihn festzunehmen. Erst wie ein Tag nach dem anderen verstrichen is, ohne dass auch nur der Schatten eines Verdachts auf ihn gefallen is, hat er aufgeatmet. Irgendwann war er fast sicher, dass ihm keiner auf den brutalen Mord an seiner Nachbarin draufkommen wird. Es hat ja reichlich andere Verdächtige gegeben.

»Es is ned zu glaub'n, dass so ein mickricher Hänfling wie der Adrian so dermaßen hart zuhaua kann«, sag ich verwundert, wie der Richart zum Ende gekommen is.

»No ja, du derfst ned vergess'n, dass der eine ganze Zeit lang unter Junkies, Säufern und Schlägern auf der Strass g'haust hod. Da lernst schnell, dich zu verteidigen, sonst g'hörst der Katz«, meint der Jungspund und trinkt sein Bier aus. »Ich glaub, ich pack's etzd amol, Dora. Und danke für –«

In dem Moment schellt es an der Tür.

Wir schauen uns erstaunt an. Wer des wohl sein mag mitten in der Nacht? Mittlerweile is es nämlich schon elf.

Ich geh zur Tür. Draußen steht des Nordlicht, in der Hand wieder amol einen leicht ramponierten Strauß von der Tanke. Er lernt's halt einfach ned.

»Guten Abend«, grüßt er und lächelt. »Ich wollte mich nur erkundigen, wie es Frau Schmälzich geht.«

Ich glotz ihn an und weiß im ersten Moment gar ned so recht, wie ich auf den unerwarteten Besuch reagieren soll. Vielleicht einfach die Tür zupatschen?

»Ja, Herr Hauptkommissar, so eine Überraschung so spät noch in der Nacht«, stammle ich stattdessen, bevor ich dann doch beiseitetret. »Kommen Sie halt rein.«

Sorgfältig säubert er sich auf dem Abstreifer die Schuhe, bevor er in den Flur tritt. Ich geh vor ihm her ins Wohnzimmer.

»Das war ja sonnenklar, dass ich Sie hier treffe«, grunzt er übellaunig, wie er seinen Kollegen im Sessel lümmeln sieht. »Sie hängen wirklich an Frau Dotterweich wie klebrige Klömpkes.«

»Den Herrn Maunzer hab ich selber eing'laden, gell?«, lüg ich schnell, weil ich ned will, dass der Richart Ärger kriegt. Noch mehr, wie er eh scho hat. »Er is nämlich ein Freund des Hauses. Der hat noch nie uneingeladen nachts bei uns auf der Matten g'standen.« So wie Sie, würd ich am liebsten hinzufügen.

»Aha«, knurrt der ungebetene Gast, und es is ihm anzusehen, dass er mir kein Wort glaubt. »Wie auch immer, die Blumen sind für Ihre Mitbewohnerin. Wie geht es ihr eigentlich? Wie fühlt sie sich?«

»Auf jeden Fall is sie ned vernehmungsfähig«, geifere ich ihn an, nehm ihm des Unkraut ab und schmeiß es auf den Tisch.

Aber dann erinnere ich mich doch noch an meine gute Kinderstube, hol aus der Küche eine Vase mit Wasser und biet der Hamburger Gräte einen Platz an. Zu trinken kriegt der Kerl allerdings nix. Des wär wirklich zu viel des Guten.

»Deshalb bin ich auch nicht hier«, erwidert des Nordlicht ernst. »Ich wollte nur sichergehen, dass Frau Schmälzich in guten Händen ist.«

»Sie, aufpass'n, gell!«, schnauz ich. »Sie unterstell'n mir fei ned, dass ich mich ned um meine Freundin kümmern tät. Wenn wer gut auf sie aufpasst, dann bin ich des, verstand'n?«

»Ich nehme an, Herr Maunzer hat Ihnen erzählt, dass Ihre dubiosen ›Ermittlungsergebnisse‹ vielleicht nicht gerichtsverwertbar sind.« Er hat meinen Wutausbruch völlig ignoriert und funkelt mich an. »In dem Fall würde der Prozess platzen, noch bevor er begonnen hätte, und der Mörder würde straffrei aus der JVA hinausspazieren. Das wäre dann natürlich die Schuld von Ihnen und von Herrn Maunzer, das Worst-Case-Szenario für jeden Kriminalisten. Dann hätte Ihr unbesonnenes Vorgehen für Sie auch ein gerichtliches Nachspiel, sind Sie sich dessen überhaupt bewusst?« Er funkelt noch ein bissla wütender, wenn des überhaupt möglich is. »Wie oft habe ich Sie gebeten, angewiesen und aufgefordert, sich aus unserer Arbeit herauszuhalten? Aber Sie, Frau Dotterweich, Sie wollten einfach nicht hören. Diese Katastrophe hätte vermieden werden können.«

Der Richart und ich schweigen verlegen. Mir wird es heiß und kalt bei der Vorstellung, wegen meiner Schnüffeleien vor Gericht gestellt zu werden. Es war doch ned unsere Absicht, den Prozess zu verhindern, wirklich ned. Doch eher des Gegenteil. Ich schäm mich in Grund und Boden, weil wir des derart verbockt haben.

»Tja, für mich und den Kollegen Maunzer gibt es hier nichts mehr zu tun.« Der Janzen steht auf und hält mir die Hand hin. »Grüßen Sie Ihre Freundin von mir und richten Sie ihr aus, dass ich ihr eine schnelle und vollständige Genesung wünsche. Sobald Dr. Haager grünes Licht gibt, werde ich sie zur Befragung abholen.«

»Herr Janzen, ich tät Sie und den Herrn Maunzer gern einlad'n zu einem Mittagessen bei uns in der ›Hexenküche‹«, stottere ich, weil ich mich so dermaßen schuldig fühl und irgendwie mein schlechtes Gewissen beruhigen muss.

Er stutzt und zögert. »Wann denn?«, will er wissen.

»Übermorgen Mittag vielleicht? Im kleinen Kreis, nur mit der Mona, der Sofie und mir?«, schlag ich vor.

»Einverstanden. Dann können wir uns in Ruhe über diese leidige Angelegenheit unterhalten. Aber bitte erst NACH dem Essen.« Er lacht und schaut gleich viel freundlicher aus, gar nimmer so streng und griesgrämig wie sonst. Mit dem Richart im Schlepptau verlässt er schließlich des Haus.

Soll ich Ihnen amol was verraten? Ich glaub, der Janzen steht auf die Mona. So wie der die angeschaut hat nach der Geiselnahme und sie im Arm gehalten und an sich gedrückt hat, des war doch höchst verdächtig. Aber ob die anspruchsvolle Mona auf norddeutsche Blubberköpp steht? Da müss mer erst amol schauen, dann seh mer's scho.

Gebackener Bier-Camembert

Zutaten:
350 ml Pilsener Bier
1 Ei
Mehl
2 Camemberts
1 reife Kaki
Pfeffer
Saft einer halben Limette
Baguette oder Weggla

Zubereitung:
Bier und Ei verquirlen und nach und nach so viel Mehl dazugeben, dass ein zähflüssiger Teig entsteht.
Die Camemberts in den Teig legen und einige Male hin und her wenden, bis der Käse von allen Seiten bedeckt ist.
Die Kaki schälen und in der Küchenmaschine grob zerkleinern. Mit einer winzigen Prise Pfeffer würzen und mit Limettensaft beträufeln.
Wahlweise die Camemberts 5 min in der Fritteuse oder in der Pfanne in heißem Öl ausbacken.
Mir schmeckt dazu am besten Kakimus, aber auch Preiselbeeren, Aprikosenmus oder Erdbeerchutney passen gut zum Käse. Die ganz Hungrigen gönnen sich noch ein Baguette oder ein Weggla als Beilage. Dazu trink ich Rotwein oder einen Rosé, beides harmoniert nämlich gut mit den Früchten.

18

Weil die »Hexenküche« am nächsten Tag wegen der zwei Drittel Personalausfall noch geschlossen bleibt, hock ich mich gleich in der Früh, statt in mein Lokal zu gehen und zu kochen, mit der Mona und der Sofie bei uns daheim zsamm, und wir basteln ein Menü für die zwei Mannsbilder. Es soll was besonders Feines sein, was ned jeden Tag auf den Tisch kommt.

Wie dann alles feststeht, was es geben soll, vereinbaren wir, dass die Sofie bei der Mona bleibt, während ich in meinem Hyundai nach Nürnberg hinein zum Einkaufen rumple. Es dauert ganz schön lang, bis ich die Zutaten zsammgetragen hab. Aber bei Feinkost Fraaß gibt's halt alles, was so ein Gourmet-Magen wie meiner begehrt, von der Lammkeule über frische Kräuter und regionales Biogemüse bis hin zu Frankenweinen der Extraklasse. Ein echtes Schlemmerparadies. Meine koreanische Knutschkugel is bis oben hin mit Tüten, Taschen und Kartons vollgepackt. Zum Schluss gönn ich mir in der nächstbesten Kaffeebar noch einen Caramel Macchiato und zwei glasierte Zimtschnecken to go, sozusagen als Proviant für die Heimfahrt.

Weil ich heut freihab, schaukle ich gemütlich über Rückersdorf, Egloffstein und Pretzfeld zurück in unser Kaff. Ein Dorf schöner als wie des andere. Wer auf malerische Fachwerkhäuser mit aufwendigem Blumenschmuck, alte Kirchen mit hohen Türmen und romantische Burgen mit Abenteueratmosphäre steht, is in der Fränkischen Schweiz an der richtigen Adress. Und die Wirtshäuser, Brauereien und Brennereien sind auch ned zu verachten. Obwohl ich die Strecke wie meine Kochjackentasche kenn und scho hundertmal gefahren bin, gefällt sie mir jedes Mal noch a weng besser als wie zuvor. Für mich is rund ums Walberla einfach die beste Gegend in Deutschland, und ich möcht nirgendwo anders wohnen.

Am Nachmittag fällt unserer leicht lädierten Patientin ein, dass sie sich einen Ausflug nach Pottenstein zur Sommerrodelbahn und zum »Skywalk« wünscht, einem ewig langen Aussichtssteg in fünfundsechzig Metern Höhe mit semitransparentem Boden. Für mich klingt des wie Horror pur, aber die Sofie is gleich Feuer und Flamme, weil sie beides scho lang amol sehen wollt. Ihr Alex hat sich bisher immer erfolgreich davor gedrückt; er leidet unter extremer Höhenangst, noch mehr als wie ich.

»Aber den ›Hexenbesen‹ müsstest scho amol ausprobier'n. Der tät doch prima zu dir passen«, kichert die Sofie.

»Du, überleg dir, was d' sagst, gell!«, warn ich sie, weil ich mir ned amol vorstellen will, in einer Gondel wie eine Hex durch die Luft zu fliegen. Des sollen amol die zwei Madla machen, denen gefällt so was. Ich hock mich derweil lieber auf die Terrasse vom Ausflugslokal, wo ich mir einen Eisbecher schmecken lass.

Nach einer Stund sind sie wieder da, zerzaust und mit hochroten Backen. Auf den »Hexenbesen« haben sie verzichtet, weil so ein wilder Ritt für die Mona wegen ihrer Verletzungen ein bissla zu viel gewesen wär, aber die Sommerrodelbahn und der »Skywalk« waren offensichtlich der Hammer. Als Nächstes wollen sie durch die Pottensteiner Innenstadt bummeln und einen Blick in den Edelsteinladen »Höhlenbär« werfen, von dem sie scho so viel gehört haben. Mir soll's recht sein. Solang ich nur ned in luftiger Höh über einen Steg mit durchsichtigem Boden balancieren muss, bin ich zu allem bereit.

Den Tag lassen wir in einem Biergarten unter Kastanienbäumen direkt am Wiesentufer bei Rouladen, Klöß, Blaukraut und Weißbier ausklingen. Die Mona schaut mittlerweile viel frischer aus als wie noch heut in der Früh, nimmer so mitgenommen und käsig. Sie kann wieder lachen, und einen gscheiten Appetit hat sie auch. Die frische Luft und der Tapetenwechsel haben ihr echt gutgetan.

Wie wir abends nach dem Besuch vom Dr. Haager, der die Mona für vernehmungsfähig erklärt hat, zu zweit in unserem Wohnzimmer vor dem Fernseher hocken, muss ich dann aber scho amol nachfragen: »Wie g'fällt dir eigentlich der Fischkopf?«

»Meinst du den Hauptkommissar Janzen?«, fragt sie leicht irritiert.

»Wen denn sonst, ha? Den Maunzer Richart bestimmt ned.«

»Und warum willst du das wissen?« Es scheint mir, wie als würde sie ned so recht rausrücken wollen mit der Sprache.

»Weil er ein Aug auf dich g'worfen hod. Oder eher scho zwei«, teil ich ihr meine Beobachtung mit. »Kommt mitten in der Nacht bei uns dahaam vorbei, um dir einen Strauß welkes Gmüs zu bringen, des is doch eindeutig.«

»Hast du jetzt vollkommen den Verstand verloren, Dora?«, mault sie mich an. »Bloß weil jemand höflich und aufmerksam ist, muss er doch noch kein Auge auf mich geworfen haben, wie du es so feinfühlig formulierst. Er wollte sich sicher nur erkundigen, ob ich schon vernehmungsfähig bin.«

»Ja genau. Vernehmungsfähig heißt des etzd«, grinse ich hinterhältig.

»Weißt du was? Du nervst mich echt. Ich geh ins Bett. Gute Nacht.« Sie steht auf, rennt aus dem Wohnzimmer und knallt die Tür zu.

Damit steht für mich fest: Ihr gefällt der Janzen auch.

19

Am Tag vom gemeinsamen Essen mit den Kriminalern bin ich zeitig auf den Beinen. Die Vorbereitungen für des Mittagsmenü sind aufwendig, da muss ich beizeiten mit dem Kochen anfangen. Über meinem Kopf rumpelt und scheppert es. Die Mona is im Bad und brezelt sich wahrscheinlich auf.

Wie sie endlich die Treppen runterkommt, bleibt mir die Spucke weg, weil sie ausschaut wie ein Supermodel auf dem Weg zur Mailänder Fashion Week, in ihrem schwarzen Seidenoverall, mit dem feinen Goldschmuck, den hochgesteckten Haaren und dem dezenten Make-up.

»Alter Falter«, entfährt es mir. »Hast du dich heut aber aufg'maschelt. Da werd'n dem Herrn Hauptkommissar die Augn aus dem Kopf knall'n. Hoffentlich hat er eine Bundfaltenhosn mit viel Platz an.«

»Noch ein Wort und du kannst dein Festmenü allein kochen und auftischen«, pampt sie mich an. »Lass gefälligst deine eindeutig zweideutigen Kommentare stecken, bevor ich komplett und total die Contenance verliere.«

»Etzd krieg bloß keine Zyklusverschiebung vor lauter Aufregung«, grins ich sie an. »Und ärgere dich ned, weil des bloß Falten macht.«

»Ich mach dir gleich ein paar Falten, du Küchenclown«, schreit sie mich bitterbös an. »Halt endlich deine Klappe!«

Uiuiuiui, da bin ich jetzt wirklich lieber ruhig, sonst krieg ich noch einen echten Stress mit meiner Freundin. Im Moment liegen bei uns allen die Nerven ziemlich blank, und ich hau Sätz raus, die ich mir unter normalen Umständen verkneifen tät. Es war ja auch bloß als ein kleines Späßla gemeint, um sie aufzumuntern. Aber es is halt wie immer: Ich dreh auf, und die Mona dreht durch. Eben weil momentan ein jeder von uns ned besonders gut drauf is.

In der »Hexenküche« seh ich, dass sich auch die Sofie, der der Dr. Haager ebenfalls grünes Licht zum Arbeiten gegeben hat, zur Feier des Tages in ihren feinsten Zwirn gewickelt hat. Sie trägt ein rot-weißes Etuikleid mit eckigem Ausschnitt, dazu hochhackige Sandaletten, und sieht rundherum zum Anbeißen aus, wie ein Erdbeer-Sahne-Törtchen. Sonst bin ich ja immer der Meinung, dass so perfekt bloß eine ausschauen muss, die sonst nix kann. Aber die Sofie kann zum Glück noch viel, viel mehr. Allerdings tät ich mir mit den Mörderabsätzen sämtliche Knochen brechen, beziehungsweise könnt ich nie im Leben hin und her sausen und an den Tischen bedienen. Aber unsere tüchtige Sofie schafft des problemlos. Neben den zwei Madla in ihren schönsten Outfits schau ich in meiner nachtblauen Culotte und der beigen Bluse fast schäbig aus. Aber des macht nix, ich schmeiß mich gleich in meine blütenweiße Kochjacke, mit der ich ordentlich was hermache.

Für Gäste bleibt die »Hexenküche« heut Mittag geschlossen, weil wir uns ausschließlich um den Janzen und den Richart, den Sündenbock vom Dienst, kümmern wollen.

Die Mona, mein ehemaliges Beilagenmadla aus dem »Eppelein«, geht mir beim Mise en Place in der Küche zur Hand und bereitet die Champignonsuppe, den Spinat und die Kartoffeln vor, während ich mich um den Braten und die Hollerblüten kümmere.

Es is grad amol halb zwölf, wie der Richart auf der Matte steht. Er hat kaum Zeit, um der Mona und der Sofie Hallo zu sagen, da stürz ich scho aus meiner Küche, pack ihn am Arm und zerr ihn beiseite.

»Und? Hat die Staatsanwaltschaft scho entschieden, ob unsere Ermittlungsergebnisse gerichtsverwertbar sind?«, will ich als Erstes wissen.

»Meine Ermittlungsergebnisse, meinst wohl? Aber naa, ich weiß noch nix, Dora. Die lass'n einfach nix raus. Ich bin deswegen scho dodal fix und fertich, des kannst mir glaub'n.«

Stimmt, so schaut er auch aus. Total fix und fertig, der arme Kerl. Seine Hände zittern, und sein rechtes Auge zuckt, wie wenn er einen nervösen Tick hätt.

»Aber Hunger hast scho mitgebracht, oder?«, erkundige ich mich leicht beunruhigt.

»Wie des Krümelmonster persönlich«, versichert er mir. »Ich könnt a ganze Sau verdrück'n.«

Eh klar, warum frag ich eigentlich? Egal, wie schlimm es auch kommt, auf dem Maunzer seinen Appetit is immer Verlass.

Wie es von der Kirchturmuhr zwölf schlägt, is vom Kriminalhauptkommissar weit und breit noch nix zu sehen. Der Richart hat sich scho den besten Platz am Fenster gesichert, die Sofie schleppt ein Tablett mit Getränken für ihn und uns zum Tisch, die Champignoncremesuppe dampft im Topf, und der Braten duftet appetitlich und is eigentlich bereit zum Anschneiden. Bloß der Janzen fehlt noch.

Um Viertel nach zwölf platzt mir der Kragen: »So, etzd wird gessen, weil sonst der Spinat noch letschert und des Fleisch trocken wird. Wer ned do is, wird ned mitgezählt. Wenn der Hauptkommissar keine Uhr hod, muss er halt die Restla ess'n«, entscheide ich.

»Außerdem gibt's Telefon«, stimmt mir die Sofie ärgerlich zu. »Do könnt man jederzeit anruf'n und Bescheid geben, wenn's später wird.«

Wo sie recht hat, hat sie recht, denk ich, weil mich Unpünktlichkeit beim Essen scho immer mordsmäßig aufgeregt hat. Die Köchin gibt sich die allergrößte Müh, aber die eingeplanten Esser scheint des ned zu interessieren. Des is eine Frechheit sondergleichen. Und unhöflich außerdem.

Punkt zwanzig nach zwölf serviert die Sofie die Suppe. Wie alle ihre Tassen leer gelöffelt haben, is der Janzen immer noch ned aufgetaucht. Langsam werden wir unruhig, weil des sonst gar ned seine Art is. Man kann dem Fischkopf ja einiges vorwerfen, aber ned, dass er unzuverlässig is.

»Wie wär's, wenn ich etzd die Lammkeule anschneid?«, frag ich in die Runde, krieg aber keine Antwort. Mir wurscht, denk ich und geh in die Küche. Ich mach's einfach.

Während ich des Fleisch portionier, stellen die Sofie und die Mona des Spinat-Soufflé und die Chantilly-Kartoffeln auf den Tisch, an dem der Maunzer einsam sitzt.

In dem Moment wird die Tür aufgerissen, und der Janzen stürzt herein. »Entschuldigen Sie die Verspätung.« Er is ganz außer Atem. »Ich wurde im Präsidium aufgehalten.«

Wie er wieder reden kann, ohne zu schnaufen wie ein asthmatischer Gaul, bedankt er sich bei mir für die Essenseinladung. Die Blumen, die er diesmal dabeihat, sind ausnahmsweis ned von der Tankstell, sondern aus dem Blumenladen. Ein Strauß aus rosafarbenen Lilien mit Schleierkraut, der mords was hermacht.

Wie er der Mona die Hand schüttelt, werden seine Augen so groß wie Untertassen, weil sie nämlich noch nie umwerfender ausgeschaut hat als wie heut. Dass sie der Gräte richtig gut gefällt, des merkt ein jeder – bloß die Mona anscheinend ned, wenn man ihr glauben tät.

»Gibt's scho wos Neus, Herr Janzen?« Der Richart scheint vor lauter Aufregung sogar den Lammbraten auf seinem Teller vergessen zu haben.

»Ein wenig Geduld, Maunzer. Das besprechen wir alles nach dem Essen, darüber waren wir uns doch einig«, entgegnet der Hauptkommissar. Dann macht er sich heißhungrig über seinen Lammbraten her.

Auch den anderen scheint es zu schmecken. Dem Richart muss ich zweimal Fleisch und Beilagen nachlegen.

Wir sind gerade bei den frittierten Hollerblüten und Kaffee angekommen, da schellt ein Handy. Was is denn des für ein komischer Klingelton? Ich glaube, des is die Titelmelodie aus der uralten Krimiserie »Stahlnetz« oder so. Alle starren den Janzen an.

Der springt auf, reißt sein Telefon aus der Jackentasche, entschuldigt sich kurz und verzieht sich dann nach draußen. Was wohl so wichtig is, dass er dafür seine Hollerblüten kalt werden lässt? Alle klappen gespannt die Ohren nach vorn, aber natürlich is kein Wörtla zu verstehen. Wir sehen bloß, wie der Kriminaler aufgeregt mit der freien Hand umeinanderfuchtelt. Eine angenehme Nachricht is des mit Sicherheit ned, die er da erhält.

Es dauert noch eine Minute, dann beendet er sein Telefonat und kommt zurück in die Wirtsstube.

»Ist alles in Ordnung, Herr Hauptkommissar?«, erkundigt sich die Mona besorgt, weil sein Gesicht so weiß is wie eine Quarkspeis.

»Nein«, antwortet er knapp. »Nichts ist in Ordnung.« Er starrt außer sich vor Wut seinen Assistenzkommissar Maunzer an, der sich gerade den letzten Bissen Dessert in den Mund schaufelt. »Ihre Ermittlungsergebnisse, verehrter Herr Kollege, sind nicht gerichtsverwertbar. Das hat die Staatsanwaltschaft vor wenigen Minuten entschieden. Der Staatsanwalt wird im Mordfall Tausendschön keine Anklage erheben. Gut gemacht, Herr Kriminalkommissar, sehr gut gemacht. Mein Glückwunsch geht auch an Sie, Frau Dotterweich. Dank Ihrer engagierten Unterstützung wird in Kürze ein Mörder straffrei aus der U-Haft rausspazieren.«

Betretenes Schweigen. Alle betrachten konzentriert des Tischdeckenmuster, keiner traut sich, dem Hauptkommissar ins Gesicht zu schauen.

Ich fass mich als Erste. »Des is ja ganz furchtbar«, stottere ich und merk, wie mir der kalte Schweiß ausbricht. Mein Gesicht is schamrot, am liebsten tät ich im Erdboden versinken. »Es tut mir wärklich von Herzen leid, dass des so gelaufen is.«

»Ich kann Ihnen gar nicht sagen, wie leid erst mir dieser verpfuschte Mordfall tut«, faucht mich der Fischkopf an. Und fährt dann fort: »Das ist eine waschechte Katastrophe. Besonders für Sie, Herr Maunzer.«

»Sie meinen doch ned …?«, keucht er.

In dem Moment scheppert wieder die »Stahlnetz«-Melodie los, und der Janzen wieselt blitzschnell erneut nach draußen. Diesmal dauert des Telefonat länger als wie beim ersten Mal.

Wie er endlich wieder ins Lokal kommt, is seine Laune auf dem absoluten Tiefpunkt, des seh ich auf Anhieb.

»Maunzer, hopphopp, wir müssen sofort nach Bamberg ins Präsidium fahren«, bellt er seinen Untergebenen an.

Der springt auf wie vom wilden Affen gebissen. »Was is 'n etzd bassierd?«, will er wissen.

»Der Adrian Neuhaus ist tot«, knirscht der Janzen zwischen zsammgepressten Kiefern hervor.

»Tot?«, erklingt ein einstimmiger Aufschrei am Tisch.

»Ja, tot«, geifert der Janzen, als könnt er sich gar ned erklären, warum wir so entsetzt sind. »Und jetzt geben Sie Gas, Mann, wir haben trotz allem nicht ewig Zeit.«

Der Maunzer schmeißt seine Serviette auf den Tisch, und zwei Sekunden später fällt die Tür hinter den Mannsbildern ins Schloss. Dass sein Jackett immer noch am Stuhl hängt, hat der Jungspund gar ned gemerkt.

»Hast du das gehört, Dora? Der Neuhaus Adrian ist gestorben«, haucht die Mona.

»Ich bin ja ned taub«, entgegne ich, auch wenn ich es einfach ned glauben kann. »Aber wieso denn? Wie is des wohl bassierd? Der is doch bestimmt ned von alleins plötzlich tot umg'fallen. Der war höchstens sechsundzwanzig Jahr alt, da stirbt man doch ned so einfach.«

Wir drei Weibsleut hocken im Gastraum so lange wie versteinert auf unseren Stühlen, bis die Mona hinüber zur Bar geht und jeder von uns einen doppelten Edelbrand einschenkt. Den haben wir dringend nötig, um sowohl des Essen als auch den Schock zu verdauen.

»Und etzd?«, fragt die Sofie. »Wos bassierd denn etzd?«

»Mir wart'n, bis der Richart zurückkommt«, entscheide ich, während ich seine Jacketttaschen durchsuch. »Schaut, er hat sein Handy und seinen Personalausweis vergess'n. Des muss er sich später alles noch abhol'n.«

»Ich würde mich in der Zwischenzeit gern umziehen«, meint die Mona. »Fährst du mit, Sofie? Dann kann ich daheim rasch in meine Arbeitsklamotten für später schlüpfen, bevor ich dich zu Hause absetze. Du willst bestimmt vor dem Abendgeschäft ein Päuschen machen.«

Die Sofie nickt.

»Und ich bleib derweil da und wart auf den Richart«, beschließe ich. Umziehen muss ich mich ned, weil ich ja ned grad in meinem besten Sonntagsgewand steck.

Und so wird's gemacht. Die zwei Madla rauschen ab, und ich räum in der Zwischenzeit auf, stell Teller, Töpfe und Pfannen in den Geschirrspüler, schrubb die Küche und deck den Tisch neu ein. Zwischendurch lins ich immer wieder auf die Uhr, aber es rührt sich nix. Kein Anruf, kein Richart, kein Janzen, keine Nachricht aus Bamberg.

Wie ich fertig bin, schenk ich mir ein Glas Primitivo ein, stell mich damit ans Fenster, starr hinaus in den Tag, der nach Sommergewitter aussieht, und denk dabei an den Richart, den seine Vorgesetzten jetzt im Präsidium sicher zsammfalten, bis er in keinen Schlappen mehr hineinpasst. Ziemlich mies fühl ich mich dabei. Irgendwie hab ich ja auch eine ned zu knappe Mitschuld an der üblen Situation und daran, dass der Jungspund derart in der Klemme steckt. Wenn ich ned so begeistert von seinen Ermittlungen während der Suspendierung gewesen wär, hätt er sich bestimmt ned so reingehängt oder sie einfach ganz sein lassen. Aber was hab ich stattdessen gemacht? Ihn auch noch dazu animiert.

Nach einer Stunde is die Mona wieder da, diesmal in schwarzem Rock und weißer Bluse. Auch sie gießt sich ein Glas Rotwein ein, bevor sie sich zu mir an den Tisch setzt, an dem ich mich grad niedergelassen hab. Zäh wie Baumharz vertropft eine Minute nach der anderen, während wir warten. Es is so ruhig, dass wir die Mucken am Fenster brummen hören.

»Ich glaube, du hast recht«, unterbricht die Mona auf amol die Stille. »Der Janzen steht tatsächlich auf mich.«

»Und? Bist interessiert?«, will ich wissen.

»Eigentlich nicht. Nach dem letzten Beziehungschaos vor zwei Jahren bleibe ich lieber allein. Und bisher habe ich nur Mr. Charakterlos, Mr. Schnorrer und Mr. Lügenmaul getroffen. Das hat gereicht, ich glaub nicht mehr an Mr. Right«, antwortet sie mit einem schiefen Grinsen.

»Und du meinst, dass der Janzen genauso ein Windbeutl wär wie die andern? Könnt er ned vielleicht der Richtige für dich sein?«

»Wenn ich mich nicht darauf einlasse, kann ich auch nicht enttäuscht werden«, erklärt sie und zuckt mit den Schultern.

Schad eigentlich, find ich. Rein optisch wären die zwei ein schönes Paar, des attraktive Nordlicht und die schnucklige Oberfränkin. Aber wenn sie ned will …

»Und du?«, lenkt die Mona geschickt von sich ab. »Wie sieht es bei dir aus? Gibt es mit dem Konni endlich ein Happy End?«

»Keine Ahnung, aber ich hoff's. Irgendwie isses mir so ähnlich wie dir ergangen. Die schlimmsten Fehler in meinem Lebn hab ich ned g'macht, sondern g'vögelt. Ein Depp größer als wie der nächste«, gesteh ich. »Aber mit dem Konni is es anders. Bei dem hab ich zum ersten Mal wärklich ein rundherum gutes Gefühl.«

»Ja, der Konni ist ein –«

In dem Moment rappelt des Festnetztelefon.

»Dora?«, plärrt es aus dem Hörer. »Ich bin's, der Richart! Bist du noch länger im Lokal?«

»Ja freilich!«, schrei ich zurück.

»Du, ich komm demnächst vorbei, weil ich meine Jackn bei euch vergess'n hob«, teilt er mir mit. »Wart bitt schön, bis ich dort bin, mir zwaa müss'n reden.«

Ich verzichte, ihn darauf hinzuweisen, dass wir eh bald alles fürs Abendgeschäft vorbereiten müssen, und bin scho ganz gespannt auf seinen Bericht. Dann erfahren wir bestimmt gleich alles über des traurige Ende vom Neuhaus Adrian.

Aber der Richart lässt sich ned blicken. Nach und nach trudeln die ersten Abendgäste ein, dann immer mehr. Die Sofie, die von ihrer Nachmittagspause zurückgekommen is, serviert Lammhack mit indischem Karottensalat, Curry-Sahne-Geschnetzeltes vom Huhn, Naan-Brot und Linsenköfte, weil zurzeit indische Gerichte auf unserer Karte stehen, und alle sind begeistert.

Wie nach halb elf der letzte Gast des Lokal verlassen hat, sperrt die Mona die Tür zu. Und immer noch kein Lebenszeichen vom Richart. Schön langsam machen wir uns Sorgen. Hoffentlich is ihm nix passiert.

»Und etzd? Soll'n wir rumhock'n und wart'n, bis der Herr Kriminaler geruht, vorbeizuschau'n?« Ratlos sieht uns die Sofie an.

»Nichts da, wir fahr'n heim«, entscheidet die Mona und schnappt sich dem Jungspund seine Jacke. »Ich bin es leid, hier dumm herumzusitzen. Sollte sich der Herr Maunzer endlich bequemen vorbeizukommen, wird er hoffentlich merken, dass die

›Hexenküche‹ geschlossen ist, und so schlau sein, zu uns nach Hause zu fahren. Immerhin ist er ja trotz allem noch Kriminalkommissar, da müsste er eigentlich in der Lage sein, die richtigen Schlüsse zu ziehen.«

Wie wir kurz darauf wieder zu dritt durchs Dorf schaukeln, fliegt ein Rettungshubschrauber über unsere Köpfe hinweg Richtung Südwesten. Ganz in der Ferne is des durchdringende »Tatütata« von Feuerwehr, Rettungswagen und Polizeifahrzeug zu hören.

»Der Heli is bestimmt auf dem Weg nach Erlangen. Da war irgendwo in der Näh ein schwerer Unfall«, orakelt die Sofie.

Daheim sitzen wir stumm am Küchentisch. Die Sofie is mitgekommen und hat Tee aus selbst gesammelten Kräutern gekocht, von denen sie uns eine Dose voll mitgebracht hat. Des Herstellen von Tee is nämlich ned bloß ein Hobby von mir, sondern auch von der Sofie. Für die spezielle Mischung hat sie Kamille, Holunderblüten und Löwenzahn mit Johanniskraut gemischt, des der Konni vor einiger Zeit für uns zwei gesucht hat. Johanniskraut beruhigt, und ein bissla Beruhigung können wir derzeit alle gut brauchen.

Die Zeiger der Uhr sind immer weiter Richtung Mitternacht gewandert, da springt die Mona auf und mault: »Mir reicht es. Ich geh jetzt schlafen.«

Und des macht sie dann auch. Die Sofie und ich bleiben allein zurück.

»Soll ich dich heimfahren?«, frag ich schließlich.

»Naa danke, ich lauf des Stückla«, meint sie. »Es is ja ned weit, und a weng frische Luft tut mir etzd ganz gut. Des macht den Kopf frei.« Sie steht auf, nimmt mich in den Arm und haucht mir ein Bussi auf die Stirn. »Mach dir ned zu vill Sorgen, Dora, es wird scho nix bassierd sein. Der Maunzer is scho groß, der kann auf sich selber aufpass'n«, sagt sie und geht.

Ich bin grad noch dabei, in der Küche rumzuhantieren, da klopft es leis an der Haustür. So leis, dass ich es um ein Haar ned gehört hätt. Endlich! Des is bestimmt der Richart. Mit dem werd ich gleich amol ein ernstes Wörtla reden. Der spinnt wohl, uns so lang warten zu lassen!

Aus reiner Vorsicht lins ich durch den Türspion und schreck zurück. Es is ned der Maunzer, es is der Janzen, der da auf der Matte steht. Erschrocken reiß ich die Tür auf und lass ihn herein.

Diesmal tritt sich des Nordlicht ned die Schuh auf dem Abstreifer ab, sondern tappt mit hängenden Schultern an mir vorbei ins Wohnzimmer. Da stimmt was ganz und gar ned, des spür ich sofort.

Ich biet ihm einen Platz an, und er sackt im Sessel zsamm. Erst jetzt bemerk ich, wie blass und eingefallen sein Gesicht is, dass er einen schwarzen Bartschatten und dunkle Augenringe hat. Bestimmt die Erschöpfung. Wie lang er wohl scho im Einsatz is? Wie er den Mund aufmacht, entschuldigt er sich als Erstes für die späte Störung, ganz was Neues.

»Herr Janzen, was is denn los? Is was g'schehen? Sie schau'n ja zum Fürchten aus«, platz ich heraus.

»Hätten Sie vielleicht ein Glas Wasser für mich?«, weicht er einer Antwort aus.

»Ja freilich. Auch ein Bier oder ein Gläsla Wein, wenn Sie möcht'n.«

»Ein Glas Bier wäre mir sehr recht«, gesteht er.

Wie des Glas vor ihm steht, nimmt er erst amol einen tiefen Schluck. Des, was er mir erzählen will, kommt ihm sichtbar schwer über die Lippen. Mein Puls fängt an, nervös zu flattern.

»Ich habe Ihnen doch heute Mittag erzählt, dass Herr Neuhaus in der JVA Bamberg verstorben ist.«

Ich nicke und frage: »Wie denn überhaupt?«

»Er hat sich in seiner Zelle erhängt.«

»Naa, des kann doch ned sein. Is des wärklich wahr?«, entfährt es mir, bevor ich nachdenken kann.

»Natürlich stimmt das«, keift mich die Gräte an. »Oder wollen Sie mir unterstellen, dass ich lüge?«

»Auf kaan Fall. Entschuldigung. Aber wie kann denn so was bassieren? Müss'n ned alle Häftlinge in der U-Haft Gürtel, Krawatten, Schuhbändla und solche Sachen abgeb'n, bevor sie in die

Zelle gebracht werd'n? Damit so was wie mit dem Neuhaus Adrian eben ned bassieren kann.«

»Er hat sich an seiner Hose erhängt, so einem dünnen Seidending, das er vorher zu einer Kordel zusammengedreht hatte.«

»Aber warum denn? Er wär doch freigekommen. Es hätt doch keinen Prozess gegeb'n, weil unsere Ermittlungsergebnisse ned gerichtsverwertbar sind.«

»Ihre Ermittlungsergebnisse? Frau Dotterweich, ich bitte Sie. Wenn überhaupt, dann wohl eher die von Kommissar Maunzer.« Er is scho dabei, sich zu echauffieren, fährt dann aber einen Gang runter. »Lassen wir dieses Thema. Leider hat ihn die Nachricht zu spät erreicht. Hätte er nur eine Stunde länger gewartet, hätte ihn sein Anwalt über die neueste Entwicklung informiert, und er wäre jetzt tatsächlich wieder auf freiem Fuß.«

»Allmächd, des is ja furchtbar. Weiß es der Neuhaus Roman scho?«

Der Hauptkommissar räuspert sich angespannt. »Ja, ich war heute am Nachmittag bei ihm, um es ihm mitzuteilen. Bei dieser Gelegenheit musste ich ihn auch gleich festnehmen. Eine so unangenehme Situation habe ich während meiner gesamten Dienstzeit noch nicht erlebt und muss sie hoffentlich auch nie mehr erleben.«

Er knetet seine Hände und kann mir ned in die Augen schauen.

Die ganze Gschicht wächst mir langsam über den Kopf. Trotzdem reiß ich mich zsamm und frag: »Aber warum hab'n Sie den Roman verhaftet?«

»Adrian Neuhaus hat in der Vernehmung zugegeben, dass sein Ehemann Roman es war, der Sie im Golfclub mit einem Golfschläger niedergeschlagen und außer Gefecht gesetzt hat. Die Staatsanwaltschaft wertet diesen Angriff als Mordversuch. Roman Neuhaus hat befürchtet, dass Sie sein Gespräch mit Adrian belauscht haben könnten, in dem es um den Mord an Frau Tausendschön ging. Die Attacke auf Sie war ein heimtückischer Mordversuch, um eine andere Straftat zu vertuschen. Roman Neuhaus wird sich vor Gericht dafür verantworten müssen. Im Fall einer Verurteilung droht ihm eine lange Haftstrafe.«

Entsetzt schlag ich die Hände vors Gesicht. Ich bin so dermaßen durcheinander, dass ich keinen klaren Gedanken fassen kann. Einer unserer Stammgäste hat versucht, mich umzubringen. Des is eine ganz üble Sache. Aber auf die Beantwortung der drängendsten Frage wart ich immer noch, deshalb hak ich nach.

»Und wo is der Kommissar Maunzer etzd? Wir hab'n seit einem Telefonat heut Nachmittach kein Lebenszeichen mehr von ihm. Er hat mittags sein Jackett mit Handy und Ausweis bei uns im Lokal vergess'n und wollt es abhol'n, aber er is ned aufg'taucht, und mir machen uns große Sorgn um ihn.«

Der Janzen reibt die Hände aneinander, wie wenn er sie waschen wollt. »Da gibt es noch etwas, das ich Ihnen mitteilen muss, Frau Dotterweich.« Er schluckt ein paarmal heftig.

»Dann raus damit.« Ich bin ganz Ohr. »Schlimmer als des vom Neuhaus Roman kann's doch ned sein.«

Der Janzen rutscht unruhig im Sessel hin und her. Offensichtlich weiß er ned, wie er mir eine weitere schlechte Nachricht möglichst schonend beibringen soll. »Kommissar Maunzer hatte einen Unfall«, ringt er sich schließlich ab, nachdem er noch amol tief durchgeatmet hat. »Das ist der Grund, weshalb ich hier bin.«

Dazu fällt mir nix mehr ein. Ich bin so geschockt, dass mir die Worte fehlen, und des kommt bei mir ned oft vor, des können Sie mir glauben.

»Einen Unfall?«, press ich nach mehreren Sekunden endlich heraus. »Ja, was für einen Unfall denn?«

»Einen Autounfall. Leider einen sehr schweren.«

»Sie müss'n mir alles erzähl'n, Herr Janzen, jede noch so kleine Einzelheit. Ich halt des scho aus«, versichere ich ihm, obwohl mir des Herz bis zum Hals klopft und meine Hände ganz glitschig sind vor Schweiß.

»Sie kennen doch die Straße, die von Lauenburg hinauf zum Schloss führt? Die mit den vielen unübersichtlichen Kurven und dem steilen Abhang hinunter ins Aufseßtal?«

Ich nicke. Oh ja, die kenn ich nur zu gut, weil mich vor ned allzu langer Zeit auf genau dieser Straße ein Verrückter beinahe mitsamt dem Auto von der Fahrbahn ab- und in den Abgrund gedrängt hat.

»Er ist mit seinem Wagen abgestürzt, vierzig Meter tief in die Schlucht. Sein Auto ist ein Wrack.«

»Lebt er?«, flüstere ich voller Angst und krieg auf amol keine Luft mehr.

»Ja, aber er ist sehr schwer verletzt. Er musste von der Feuerwehr aus den Überresten seines Wagens herausgeschnitten werden. Danach hat ihn der Rettungshubschrauber in die Universitätsklinik Erlangen gebracht.« Der Janzen wirft einen Blick auf seine Armbanduhr. »Wahrscheinlich wird er im Moment operiert.«

Da hatte die Sofie also recht mit ihrer Vermutung, denk ich, und mir wird's speiübel. »Wiss'n Sie scho, wie des bassierd is? Der Unfall, mein ich.«

Der Hauptkommissar zögert und scheint zu überlegen, ob er mir die ganze Wahrheit zumuten kann. »Nun, es gibt zwei Möglichkeiten«, rückt er endlich mit der Sprache raus, »aber die Spurensicherung ist noch bei der Arbeit, deshalb kann ich momentan noch nichts Konkretes dazu sagen. Es könnte sein, dass er von der Straße gedrängt wurde. Hat das nicht auch einmal jemand bei Ihnen versucht, als Sie auf dem Heimweg zum Lauenfels waren?«

Ich nicke. »Aber was hat der Richart denn im Schloss gewollt? Wieso is er zum Lauenfels hinaufg'fahren, wenn er doch mit uns in der ›Hexenküche‹ verabredet war? Des macht doch keinen Sinn.« Ich bin vollkommen durcheinander.

»Ich weiß es nicht.« Der Janzen schüttelt den Kopf und sieht dabei ganz verzweifelt aus. »Vielleicht hat ihn ja jemand unter einem Vorwand zum Schloss gelockt. Aber das werden wir herausfinden, darauf können Sie sich verlassen.«

Ich kann bloß wieder nicken, zu einer Antwort bin ich nimmer fähig.

»Die andere Möglichkeit wäre, dass es ein Selbstmordversuch war, getarnt als Unfall.« Wie er des sagt, wird dem Janzen sein Gesicht noch käsiger.

»Nie und nimmer!«, schrei ich, und die Tränen schießen mir in die Augen. »Auf gar keinen Fall tät der Richart sich umbringen. Warum denn auch? Dazu gibt's doch gar keinen Grund.«

»Vielleicht doch, Frau Dotterweich.« Mitleidig betrachtet mich der Hauptkommissar. »Herrn Maunzer wurde heute nahegelegt, seine Kündigung einzureichen, weil er für die Polizei nicht mehr tragbar ist. Er hat nicht nur den Fall Tausendschön in den Sand gesetzt, sondern auch mehrfach die Schweigepflicht verletzt, hat interne Informationen an Außenstehende weitergegeben und sich wiederholt nicht an die Dienstvorschriften gehalten. In seiner Personalakte finden sich zahlreiche Einträge. Dass er während seiner Suspendierung einfach weiterermittelte, hat für seine Vorgesetzten das Fass zum Überlaufen gebracht.« Er seufzt. »Ich habe ihn oft genug gewarnt, aber wie Sie selbst wissen, war Kollege Maunzer auf diesem Ohr taub.«

»Des is alles Ihre Schuld!«, plärr ich los, weil ich nimmer an mich halten kann. »Sie hab'n ihn verpfiffen, Sie eifersüchtiger Bimbalaswicht, weil Sie es ned ertrag'n konnten, wie beliebt und erfolgreich der Richart is. Wenn Sie ihn ned hing'hängt hätt'n bei Ihren Vorgesetzten, wär der doch niemals entlass'n worden! Und etzd liegt er im Krankenhaus und stirbt. Wegen Ihnen und Ihrer Missgunst!«

»Beruhigen Sie sich doch, Frau Dotterweich«, stammelt der Mistkerl verlegen. »Es ist nicht meine Schuld, ich kann wirklich nichts dafür. Das müssen Sie mir glauben.«

Er will meine Hand nehmen, aber ich stoß ihn mit aller Kraft zurück. Mitsamt dem Sessel kippt er nach hinten und fällt um. Es tut einen Riesenrumpler, dann liegt er auf dem Rücken wie ein Maikäfer und zappelt mit Armen und Beinen.

»Was ist denn hier los? Sind denn jetzt alle verrückt geworden?« In ihrem knappsten Shorty steht die Mona im Zimmer.

»Der Richart –« Ich heul wie der Lauenfelser Schlosshund und bring vor lauter Schluchzen kein Wort heraus.

»Was ist mit dem Richart? Was haben Sie ihm angetan?« Wie ein wütender Stier geht die Mona auf den Janzen los, der immer noch verdattert am Boden liegt.

Von Weinkrämpfen geschüttelt schildere ich ihr, was dem Richart zugestoßen is.

Danach is meine Freundin vor lauter Wut nimmer zu bremsen. Sie packt den Fischkopf am Jackenkragen, zerrt ihn auf die

Füß und schumbert ihn gewaltsam zur Tür. »Raus aus meinem Haus, Sie elender Verräter! Und lassen Sie sich hier bloß nie mehr blicken!«, brüllt sie dabei. So dermaßen in Rage hab ich meine Freundin in all den Jahren noch nie erlebt.

Sie schimpft immer weiter aus voller Kehle, da is die Tür hinter dem Hauptkommissar scho längst mit einem fetten Knall zugekracht.

»Was meinst du? Sollen wir sofort in die Uniklinik fahren?«, fragt sie, wie sie mit hochrotem Kopf ins Wohnzimmer zurückkommt.

»Er wird doch grad operiert«, schnief ich. »Da hock'n mir bloß unnütz umeinander.«

»Okay, dann eben gleich morgen früh«, beschließt sie.

»Auf jeden Fall«, stimm ich ihr zu. »Wir müssen wiss'n, wie's dem Richart geht.«

In dieser Nacht machen wir kein Aug zu, an Schlaf is ned zu denken. Die Angst um unseren Freund hält uns wach. Wir wollen uns ned vorstellen, wie ein Leben ohne ihn ausschauen würde, ohne seine Freundschaft, sein sonniges Gemüt, seinen unstillbaren Appetit, seine liebenswert kauzige Art. Jedes Zugeständnis tät ich machen, wenn mein Kumpel Richart die Operation überlebt.

Das Menü:

Champignoncremesuppe

Zutaten:
150 g Champignons
1 große Zwiebel
60 g Butter
60 g Mehl
1 l Gemüsebrühe
1 EL Suppenwürze
Salz
100 ml Sahne

Zubereitung:
Die Champignons sorgfältig säubern und putzen, dann in Scheiben schneiden und diese halbieren.
Die Zwiebel schälen und würfeln.
Die Butter in einem hohen Topf erhitzen. Darin die Zwiebelwürfel und die zerkleinerten Pilze andünsten. Mit Mehl bestäuben. Mit der heißen Gemüsebrühe auffüllen und mindestens 30 min köcheln lassen.
Den Topf vom Herd nehmen und die Suppe mit dem Pürierstab pürieren.
Den Topf zurück auf den Herd stellen, die Suppe nicht mehr kochen lassen, salzen, dann die Sahne gut unterrühren.
In Suppentassen portioniert heiß servieren.

Spinat-Soufflé

Zutaten:
250 g Spinat
3 Eier
4 EL Butter
1 Weggla
25 ml Milch
Petersilie
Salz
Pfeffer
2 EL saure Sahne
1½ EL Semmelbrösel

Zubereitung:
Den Spinat putzen, waschen, abkochen und passieren.
Die Eier trennen, das Eiweiß steif schlagen.
Die Butter schaumig rühren und in den Spinat einrühren.
Das Weggla in Milch einweichen und gut ausdrücken. Mit der Petersilie, den Gewürzen, der sauren Sahne und dem Spinat vermischen. Vorsichtig den Eischnee unterheben.
Die Masse portionsweise in feuerfeste Förmchen füllen und diese in eine niedrige, zur Hälfte mit Wasser gefüllte Kasserolle stellen. Zugedeckt auf dem Herd bei niedriger Temperatur circa 30 min leise köcheln lassen. Dabei darauf achten, dass das Wasser nicht in die Förmchen sprudelt.
Vor dem Servieren die Soufflés mit angerösteten Semmelbröseln bestreuen.

Ofen-Lamm

(Für besondere Anlässe)

Zutaten:

2 kg Lammkeule (beim Metzger vorbestellen)
Saft einer Zitrone
Salz und Pfeffer
1 Zweig Rosmarin
5 Zehen Knoblauch
80 ml flüssige Butter
1 Zweig frischer Thymian
1 Zweig frische Minze

Zubereitung:

Das meiste Fett von der Lammkeule abschneiden. Nur eine dünne Fettschicht übrig lassen. Die Lammkeule unter fließendem Wasser abspülen und trocken tupfen.
Das Fleisch in die Bratreine legen, rundherum mit der Hälfte des Zitronensafts einreiben, dann salzen und pfeffern. Den Rosmarinzweig unter fließendem Wasser abbrausen und unter die Lammkeule legen.
Den Backofen auf 180 °C vorheizen. Mit einem scharfen Messer die Lammkeule mehrmals einritzen. Die Knoblauchzehen schälen, in grobe Würfel schneiden und damit das Fleisch spicken.
Das Fleisch mit der heißen Butter beträufeln. Eine Tasse heißes Wasser in den Bräter gießen.
Die Bratreine in den vorgeheizten Ofen schieben und circa 1 h garen. Zwischendurch den Braten immer wieder mit Bratensaft aus dem Bräter begießen, bei Bedarf etwas heißes Wasser nachfüllen.
Nach 1 h die Lammkeule wenden und noch 1 h braten. Die restlichen Kräuter gut abspülen, trocken schütteln, die Blättchen abzupfen, fein hacken und circa 10 min vor Ende der Garzeit auf dem Fleisch verteilen.

Das Ofen-Lamm wird mit dem Spinat-Soufflé oder einer Beilage nach Wunsch und den Chantilly-Kartoffeln serviert.

Chantilly-Kartoffeln

Zutaten:
1 kg Kartoffeln, mehlig kochend
Salz
250 ml heiße Milch
1 TL Butter
½ Becher Sahne
1 TL getrocknete Dillspitzen
100 g Gouda oder Emmentaler, gerieben

Zubereitung:
Die Kartoffeln schälen, vierteln und in Salzwasser circa 20 min weich kochen. Abgießen und in eine große Schüssel geben.
Mit dem Kartoffelstampfer oder einer Gabel die noch heißen Kartoffelstücke zerdrücken. Dann mit der heißen Milch und der Butter zu einem Kartoffelbrei verrühren. In eine gut gefettete flache Auflaufform füllen und glatt streichen.
Die Sahne steif schlagen, die Dillspitzen und den geriebenen Käse unterheben. Die Käse-Sahne-Masse auf dem Kartoffelpüree verteilen und im vorgeheizten Backofen bei 200 °C etwa 15 min überbacken.

Hollerblüten im Bierteig

Holler (Holunder) in Bier- oder Weinteig gebacken ist eine typisch oberfränkische Spezialität. Die Hollerblüten verbreiten bereits ab Anfang April ihren betörenden Duft, ihr fruchtiger Geschmack ist einzigartig.

Zutaten:
100 ml Milch
125 ml Bier
2 Eier
1 EL Öl
150 g Mehl
1 Prise Salz
Holunderblütendolden (2 Stück pro Person)
Öl zum Frittieren
Puderzucker zum Bestäuben

Zubereitung:
Milch, Bier, Eier und Öl vermischen, das Mehl und Salz unterrühren. Den Teig beiseitestellen und circa 30 min ruhen lassen.
Die Hollerblüten waschen und trocken schütteln.
Öl in der Fritteuse oder einer tiefen Pfanne erhitzen.
Die Dolden in den Bierteig tauchen, abtropfen lassen und in der Fritteuse oder Pfanne goldgelb frittieren oder ausbacken.
Herausnehmen, etwas abkühlen lassen, je nach Geschmack mit Puderzucker bestreut warm servieren.

20

Am Telefon krieg ich in der Uniklinik keine Auskunft darüber, wie es dem Richart geht. Die Rezeptionistin empfiehlt, persönlich vorbeizukommen, wenn ich etwas über den Gesundheitszustand des Patienten erfahren will.

Während des Mittagsgeschäfts funktionier ich wie ein Roboter. Zum Glück is ein jeder Handgriff automatisiert. In so einem Fall macht sich halt die jahrelange Küchenroutine bezahlt. In meinem Kopf is momentan nämlich bloß Platz für den Richart, an was anderes kann ich seit der letzten Nacht nimmer denken. Überpünktlich schließen wir den Laden und sind ein paar Minuten später scho auf dem Frankenschnellweg Richtung Erlangen unterwegs. Ned amol Zeit zum Umziehen haben wir uns genommen, ich steck noch immer in meinem Kochhemd, des nach Küchendünsten und Bratfett stinkt. Wie die Sofie erfahren hat, was passiert is, hat sie uns gedrängt, sie mitzunehmen. Schließlich kennt auch sie den Jungspund seit langer Zeit und kann ihn gut leiden. Bis auf den Janzen fällt mir eigentlich keiner ein, der unseren Bamberger Posaunenengel ned mag.

Zum Glück findet die Mona auf Anhieb einen Parkplatz, und mit einem bangen Gefühl gehen wir ins Krankenhaus. An der Rezeption will man uns ned amol Auskunft darüber geben, auf welcher Station der Maunzer liegt. Datenschutz, Sie wiss'n scho. Erst als die Sofie anfängt, wie eine Feuersirene zu heulen, wird uns geraten, es auf der Intensivstation zu probieren.

Auweh, des klingt gar ned gut, denk ich. Aber immerhin wissen wir jetzt, dass der Richart sowohl die Operation als auch die Nacht überlebt hat.

Wie wir vor der Tür zur Intensivstation stehen, is die abgesperrt. Man muss klingeln, wenn man reinwill, is auf einem Schild zu lesen. Auf unser Läuten und Klopfen hin wird die Tür einen Spaltbreit von einem jungen Kerl geöffnet, der uns misstrauisch anlinst.

»Ja, was gibt's?«, raunzt er.

Wir erzählen ihm, dass wir zum Maunzer Richart wollen.

»Nur Angehörige«, teilt er uns lakonisch mit. »Sind Sie mit ihm verwandt?«

»Das ist seine Verlobte«, lügt die Mona geistesgegenwärtig und schiebt die Sofie nach vorn. »Wir begleiten sie, weil sie in schlechter Verfassung ist, wie Sie ja selbst sehen können.«

Wie auf Kommando fängt die Sofie wieder an zu greinen. Wir drei sind halt ein top eingespieltes Team, da fehlt sich nix.

»Schon gut. Dann kommen Sie halt rein«, knurrt der Stationswächter und macht die Tür ungefähr fünf Zentimeter weiter auf, damit wir uns durch den Spalt zwängen können.

»Da drüben sitzt die Mutter von dem Patienten, aber die kennen Sie ja bestimmt«, teilt er uns noch freundlicherweise mit, bevor er verschwindet.

Aber wo jetzt genau? Wir halten Ausschau nach einer Frau Mitte sechzig, mit Kapotthütchen, Dauerwelle und Kittelschürzenkleid, aber es hockt nur ein mittelalter Feger mit erdbeerblondem Bob, todschickem grauem Kostüm und Stöckelschuhen auf der Bank. Einen Moment lang mustern wir uns gegenseitig, sie und wir drei, dann fragt die Mona: »Sind Sie Frau Maunzer, die Mutter von Richart?«

»Ja, und Sie sind …?«

Wir stellen uns der Reihe nach artig vor, auch ich, obwohl ich eigentlich geruchstechnisch sofort identifiziert werden kann, weil ich stink, wie wenn ich in der Fritteuse gebadet hätt.

»Frau Dotterweich, so eine Freude. Mein Richart spricht ständig von Ihnen.« Sie gibt mir die Hand. »Und natürlich auch von den beiden anderen Damen. Er sagt immer, seine besten Fälle sind die in Lauenburg, weil ihn dort die Dora bekocht. Er isst doch für sein Leben gern, und Ihre Kochkünste sind ganz nach seinem Geschmack.«

Eine Träne tropft ihr aus dem Auge und hinterlässt einen dunklen Fleck auf ihrer weißen Seidenbluse. Bei näherem Hinsehen merk ich, dass der Rock und die Jacke arg zerknittert sind, wie wenn sie darin geschlafen hätt. Ihre Augen sind rot geweint, des

Make-up verschmiert, die Mascara is verlaufen und klebt an den Unterlidern.

»Essen war schon immer sein Hobby. Schon als Kind war er ein kleiner Feinschmecker«, flüstert sie so leis, dass man es kaum versteht.

»Wie geht es Ihrem Sohn?«

Des wollen wir alle wissen, ned bloß die Mona.

»Er wurde in der letzten Nacht fünf Stunden lang operiert. Danach haben ihn die Ärzte in ein künstliches Koma versetzt, damit er sich erholen kann. Genaueres kann man noch nicht sagen, weil seine Verletzungen so schwer sind. Seit gestern Abend sitze ich jetzt hier und warte auf weitere Informationen, aber bisher hat mir niemand etwas gesagt.«

»Hab'n Sie ebba die ganze Nacht hier auf dem Bänkla verbracht?«, frag ich entsetzt.

»Ja, ich habe mich nicht von der Stelle gerührt, weil ich befürchtet habe, dass genau in dem Moment, in dem ich einen Kaffee hole, etwas Entscheidendes passiert.«

Ich schau die Sofie an, die gleich aufspringt.

»Ich besorg amol Kaffee und wos zu essen«, sagt sie und staubt davon.

»Zum Glück hat mich der Anruf noch erreicht, bevor ich das Büro verlassen habe«, schnieft die Maunzer-Mutter. »Sonst wäre mein Mobiltelefon ausgeschaltet und ich für Stunden nicht erreichbar gewesen. Eigentlich hatte ich für den Abend einen ausgedehnten Saunabesuch mit anschließender Massage geplant.«

»Was mach'n Sie denn beruflich?«, erkundige ich mich neugierig, weil sie ausschaut wie eine Managerin oder eine Bankerin.

»Ich habe eine Sicherheitsfirma in Nürnberg. Hat Ihnen das mein Sohn nicht erzählt?«

Wie bitte? Eine Sicherheitsfirma? Wenn der Maunzer von seiner Mutter erzählt hat, is eher der Eindruck entstanden, wie wenn sie eine ältliche Hausfrau wär, die sich ausschließlich, aber sehr erfolgreich mit der Herstellung von Backwaren, Marmeladen, Eintöpfen, Braten und Klößen beschäftigt. Dabei is sie höchstens Anfang fünfzig. Ganz sicher hat er mit keinem Wort je eine

Sicherheitsfirma erwähnt – oder dass seine Mutter eine jüngere Ausgabe von der Jane Fonda is, rank, schlank und megaattraktiv. Wahrscheinlich verbringt sie ihre knapp bemessene Freizeit außer in der Sauna noch im Yoga-Studio oder in der Muckibude. Seit ich den Richart kenn, hab ich des Bild von einem mausgrauen Hausmütterchen in Kittelschürze im Kopf gehabt, des den ganzen Tag im Haushalt umeinanderwerkelt und sich ausschließlich um dem Richart sein Wohlergehen kümmert. So kann einen des Kopfkino täuschen.

Zum Glück kommt grad die Sofie mit einem Tablett ums Eck, sodass ich der Frau Maunzer auf ihre Frage keine Antwort geben muss. Ich glaub ned, dass es ihr gefallen tät, wenn ich ihr erzählen würd, was für einen Eindruck ihr Richart mit seinen Erzählungen von ihr bei uns Madla hinterlassen hat.

Für jede von uns hat die Sofie einen großen Becher Kaffee und für Mutter Maunzer auch noch ein Wurschtweggla mit Zwetschgenbaames und Gurkenscheiben dabei.

»Das ist sehr lieb von Ihnen, Fräulein Sofie, aber ich esse kein Fleisch, ich bin seit vielen Jahren Vegetarierin. Aber den Kaffee nehme ich gerne.« Sie greift sich einen Becher vom Tablett.

Da bin ich jetzt aber platt, wieder amol. Die Mutter vom größten Fleischfresser seit dem Tyrannosaurus Rex isst kein Fleisch.

»Da staunen Sie, gell? Zwar verzichte ich auf Fleisch, aber meinem Sohn bereite ich gern einen Braten oder ein Steak zu, wenn er Appetit darauf hat.« Sie nickt schwach lächelnd vor sich hin. »Wissen Sie, ich will niemanden zum Vegetarismus bekehren. Jeder soll nach seiner eigenen Façon glücklich werden.«

Eine sympathische Einstellung, find ich, so wie die Mutter Maunzer rundherum eine ausgesprochen sympathische Person is. Genau wie ihr Sohn. Da zeigt sich dann doch die Familienähnlichkeit.

Eine Zeit lang nippt eine jede von uns wortlos an ihrem Kaffee und hängt den eigenen Gedanken nach. Dann sind eilige Schritte auf dem Flur zu hören. Wir stellen die Becher beiseite und setzen uns kerzengerade hin. Frau Maunzer streicht sich prüfend übers Haar und wischt sich mit einem zerknüllten Taschentuch übers Gesicht.

Nach einem Augenblick des Schweigens steuert ein junger Kerl im Arztkittel auf uns zu. »Frau Maunzer?« Er zieht einen Besucherstuhl zu uns heran und nimmt ihr gegenüber Platz. »Dr. Moreth mein Name. Ich bin der behandelnde Arzt. Die Operation ist ohne Komplikationen verlaufen. Ihrem Sohn geht es den Umständen entsprechend gut. Aber er hat viel Blut verloren, dazu multiple Frakturen, eine Nierenquetschung und ein Schädel-Hirn-Trauma erlitten, weshalb wir ihn in ein künstliches Koma versetzen mussten, wie Sie ja schon wissen sollten. Nur so bekommt er die Ruhe, die nötig ist, um sich von den schweren Verletzungen und der Operation zu erholen.« Er sieht sie mitfühlend an. »Ich würde Ihnen empfehlen, jetzt nach Hause zu gehen und zu schlafen. Hier können Sie nichts für Ihren Sohn tun, und wir rufen Sie natürlich an, sobald sich sein Zustand verändert. Denken Sie daran, dass Sie ausgeruht und fit sein müssen, wenn er wach wird. So müde wie jetzt nützen Sie ihm nichts. Auf Wiedersehen und alles Gute.« Er steht auf, legt Mutter Maunzer kurz die Hand auf die Schulter, nickt uns zu und verschwindet dann in Windeseile.

»Es wär wärklich besser, wenn Sie haamgeh tät'n«, schlage ich in dieselbe Kerbe. »Sie müss'n sich ausruh'n, da hat der Doktor vollkommen recht. Und wenn Sie uns brauch'n, könna Sie uns fei jederzeit anruf'n.«

Die Mona drückt ihr die Visitenkarte von der »Hexenküche« in die Hand. Sie is halt auf Zack, meine Freundin, und, ganz im Gegensatz zu mir, immer auf alle Eventualitäten vorbereitet.

»Danke«, schnieft die Maunzer-Mutter. »Es tut gut zu wissen, dass der Richart Freunde hat wie Sie.« Gemeinsam mit ihr machen wir uns auf den Weg zum Ausgang.

Vor der Klinik verabschieden wir uns von ihr, und sie verspricht, uns über den Richart seinen Gesundheitszustand auf dem Laufenden zu halten. So eine patente Frau, die Mutter Maunzer, echt bewundernswert.

Wie wir auf dem Weg zum Parkplatz sind, hör ich auf amol jemanden rufen: »Frau Dotterweich, einen Moment bitte!«

Ich dreh mich um, und vor mir steht der Fischkopf. Die beiden Madla mustern ihn bloß verächtlich von Kopf bis Fuß, bevor sie rasch weitergehen. Bei denen hat der Janzen auf alle Zeiten verschissen.

»Was woll'n denn Sie am Krankenhaus?«, zisch ich.

»Meinen Kollegen besuchen«, erwidert er ruhig.

»Ihrn ehemaligen Kollegen, meinen Sie wohl«, erinnere ich ihn bissig. »Aber etzd lass'n Sie amol ned den barmherzigen Samariter raushäng'n. Der Richart Maunzer is Ihnen doch scheißegal. War'n des ebba ned Sie, der dafür g'sorgt hod, dass er nausg'schmissen worden is?«

»Nein, so war es nicht. Ich kann es Ihnen erklären –«

»Naa, lass'n Sie Ihre Erklärungen stecken. Der Richart liegt auf der Intensivstation, Zimmer zehn. Er hat die Operation überstanden und is ins Koma versetzt word'n, aber vielleicht könna Sie trotzdem kurz zu ihm. Ich sag Ihnen jetzt ned ›Auf Wiedersehen‹, weil ich nämlich keinen Wert drauf leg, Sie noch amol zu treffen.«

»Aber Frau Dotterweich«, er greift nach meinem Arm, um mich festzuhalten, »Sie müssen doch zugeben, dass mein Kollege, hätten Sie ihn nicht zu Ermittlungen während seiner Suspendierung ermuntert, vielleicht jetzt wieder im Dienst wäre. Und diesen dubiosen Unfall hätte es unter den Umständen wahrscheinlich auch nicht gegeben. Sie und ich, wir haben uns beide nicht korrekt verhalten, deshalb trifft uns beide eine gewisse Mitschuld, finden Sie nicht?«

Unwillig befrei ich mich aus seinem Griff. Auch wenn es mir schwerfällt, es zuzugeben: Wo er recht hat, hat er recht, der Herr Kriminalhauptkommissar. »Ja, des stimmt scho irgendwie«, räum ich missmutig ein. »Mir tut es von ganzem Herzen leid, was dem Richart alles zug'stoßen is.«

»Ich mag Sie, Dora, auch wenn Sie mir das sicher nicht glauben. Sollten wir nicht einen friedlichen Abschluss unserer Beziehung finden? Ich überlege nämlich schon seit geraumer Zeit, wieder nach Hamburg zurückzukehren, und dort werden wir uns wahrscheinlich nicht mehr über den Weg laufen.«

»Ja, und ich brau Weihwasser für den Vatikan«, raunz ich grantig. Aber dann bin ich halt doch neugierig. »Sie woll'n tatsächlich widder nach Hamburg? Warum denn? G'fällt's Ihnen ned im schönen Oberfranken?«, will ich wissen.

»To Huus ist eben to Huus«, teilt er mir mit schiefem Grinsen mit. »Das verstehen Sie doch bestimmt am besten, nicht wahr?«

Ich nicke.

»Dann mach'n Sie's gut, Herr Janzen. Ich wünsch Ihnen viel Glück in Hamburch, oder wo immer Sie hingeh'n.« Mit diesen Worten lass ich ihn stehen und beeil mich, zu meinen Freundinnen aufzuschließen.

»Auch Ihnen und Frau Schmälzich alles Gute!«, ruft er mir noch nach.

Auf der schweigsamen Heimfahrt kämpf ich mit den Tränen und vor allem mit meinem schlechten Gewissen, weil ich wie der Janzen der Meinung bin, durch meine Neugier und die daraus resultierenden Schnüffeleien eine Mitschuld am Richart seinem Unglück zu tragen. Ohne meine tatkräftige Unterstützung bei seinen außerdienstlichen Ermittlungen wäre der Unfall vielleicht tatsächlich ned passiert.

»Eine tolle Frau, die Mutter von Richart«, unterbricht die Mona nach einer Weile meine Überlegungen. »Meint ihr, er kann in ihrer Firma anfangen, wenn er wieder gesund ist? Ich habe mir große Sorgen gemacht, ob und wie es beruflich für ihn weitergehen wird, aber jetzt bin ich schon ein wenig zuversichtlicher.«

»Aber erscht amol muss er wieder ganz g'sund werden«, analysiert die Sofie messerscharf. »Des wärd nuch lang dauern, bis er über einen neua Job nachdenk'n kann, so schwer, wie der arme Kerl verletzt is.«

Wieder drückt mich mein schlechtes Gewissen, noch viel ärger als wie vorhin. Wenn mein Freund Richart seine schweren Verletzungen ohne bleibende Schäden überlebt, werd ich nie mehr in irgendwelchen Mordsachen umeinanderschnüffeln, des versprech ich in diesem Moment hoch und heilig. Ich werd meine Nase nimmer in Sachen stecken, die mich nix angehen, sondern mich bloß noch um die »Hexenküche« und meine eigenen Angelegenheiten kümmern.

Auf jeden Fall werd ich's probieren. Aber garantieren kann ich fei für nix.

Rezepte

Danksagung

Mit dem Buch do geht's mir grad aso wie mit »Schnüffelei und Schäufele« oder »Meuchelmord und Mandelkracher«, ich weiß nämlich gar ned, bei wem ich mich alles bedanken soll, weil mich widder so viel Leut unterstützt haben bei meiner Arbeit.

Wie immer hod die weltbeste Literaturagentin, die Anna Mechler, maßgeblich dazu beigetragen, dass ich »Blinder Zorn und Blaue Zipfel« überhaupt schreiben konnt. Gleich danach kommt die Susanne Bartel, die erstklassigste Lektorin weit und breit. Die Hannah Naumann, die Sophie Olk, die Inka Stirnagel, die Nina Schäfer, die Daria Gaberdan, die Jana Budde, der Mike Jauß und die Leslie Schmidt vom Emons Verlag haben mir immer wieder mit Rat und Tat weitergeholfen. Danke auch an die Stefanie Rahnfeld und überhaupt an alle Mitarbeiter vom Emons Verlag für ihre freundliche Unterstützung. Die Zusammenarbeit mit euch macht richtig Spaß!

Und *last, but not least* den größten Dank an die allerallerbeste Familie der Welt: den Samy und die Linh, die Mama, den Mathias und den Marcel. Und natürlich an die dazugehörenden maximal besten Freunde: den Karl, die Heidrun, die Doria, die Tanja und den Thomas F. aus Neudrossenfeld, den Reiner Benker vom Schloss Greifenstein für seine musikalische Aufmunterung in schwierigen Zeiten, meine wunderbaren, hilfsbereiten Nachbarinnen Elfi und Tanja E., die Frau Grieß von J.A.Z. Bayreuth, die mich seit Langem nach Kräften unterstützt, den Norbert Heimbeck von der Genussregion Oberfranken, die zwei Pretzfelder Inspiratoren mit ihren Rezepten und interessanten Einblicken in die Kunst des Bierbrauens und Schnapsbrennens und die Gudrun Rentsch von der Zeitschrift »ärztliches journal/reise & medizin«. Mein besonderer Dank geht an meine Freundin Susan R., der ich eine Menge innovativer kulinarischer Denkanstöße verdanke, und an meine Freundin Carmen Schwind für ihre strapazierfähige Geduld sowie ihre originellen Geheimtipps zum Thema Fränkische Schweiz.

Unsere Gespräche haben mich immer wieder aufgemuntert und mobilisiert. Auch wenn wir uns wegen des lang andauernden Corona-Lockdowns ned so oft sehen konnten, wie es eigentlich geplant war, hattet ihr immer Zeit für einen ausgiebigen Ratsch am Telefon, im Chat oder per Skype und einen Haufen erhellender Vorschläge für mich.

Euch allen ein dickes Dankeschön für eure Unterstützung und dafür, dass ihr für mich da seid.

Birgit Ringlein
MEUCHELMORD UND MANDELKRACHER
Broschur, 240 Seiten
ISBN 978-3-7408-0814-3

Stars und Sternchen im Grafenschloss: Da, wo die Münchner Schickeria die spektakulärste Geburtstagsparty des Jahres feiern wollte, liegt auf einmal eine Tote – zu allem Überfluss handelt es sich dabei auch noch um das Geburtstagskind. Doch wo ist die Tatwaffe? Die neugierige Schlossköchin Dora Dotterweich bietet Kommissar Janzen großzügig ihre Hilfe bei den Ermittlungen an – und stolpert prompt von einem Fettnäpfchen ins nächste.

»Derb, unterhaltsam, spannend, witzig – und die angehängten Rezepte sind zum Niederknien! Ein äußerst unterhaltsamer Krimi, der Kochen und Verbrechen charmant verbindet.« Fränkische Landeszeitung